《조선후기 시조한역과 시조사》

조해숙 지음

보고사

책머리에

학부 시절 중등교육과정과는 다른 수업이 주는 재미를 깨닫게 되었던 그때, 그리고 대학원에 진학해 학문의 길을 꿈꾸던 무렵부터, 그 기쁨과 욕망의 근거지는 경계에 대한 관심이었던 것 같다. 확고부동하여 의문은 허용되지 않던, 언제나 붉은 펜으로 강조하고 형광펜으로 덧칠하며 암기만을 강요받던 문학 현상이 실은 당대의 조건이나 개인의 일상과 결합하여 자유롭게 유영하는 생명체로 해석될 수 있다는 사실에 설레고 벅찼다. 학문 연구 자체가 대상에 자기를 투사하며 동시에 분석한 대상의 성격을 통해 연구자 스스로를 끊임없이 재규정해가는 과정임을 알아차린 것은 이미 돌아 나올 수 없을 만큼 깊숙한 시간이 흐른 후였지만, 아직도 눈길을 끄는 것은 자료부터 불확실한 것들일 때가 많다.

국문시가의 한역은 국문문학과 한문학이 공존했던 우리 중세 문학 이래로의 숙명적 산물로, 그 가치 평가와 장르 귀속 문제는 다면적이고 민감하기만 하다. 시조한역은 그 핵심 영역인데, 연구 초기 단계에서 국문문학 쪽에서는 이미 완전한 우리 노래로서 보편화한 갈래인 시조를 한문으로 옮기는 현상 자체가 공연한 일로 자기 문화에 대한 폄시라고까지 단정해 버리기도 했고, 한문학 쪽에서는 한시의 우월성을 입증하는 영역 확장의 사례이기는 하나 본격 한시의 범주에는 포함시키기 어렵다는 판단이 우세했다. 어느 편에서나 그리 환영 받지 못했던 이 문제는, 이후 조선후기 사대부 문인의 자아각성과 정체성 모색의 과정을 추적하려는 연구 경향이 등장하면서 19세기 소악부 시를 고찰한 한문학 성과들에 의해 관심을 끌었다. 그러나 고려 말 소악부와의 간극을 채워줄 한역의 전통을 살피는 데 소홀했고, 한시다운 틀과 양식화를 연구 대상의 전제로 한 탓에 국문시가 연구자들의 반향을 불러오기에는 미흡했다.

이 책에 실린 논의들은 이처럼 대상과 방법상의 일정한 한계를 지니면서도 조선후기를 설명하는 중요한 문학적 현상으로 시조한역을 부각시키는 데 기여해 온 한문학계의 거듭된 논의들에 대한, 국문시가 연구자로서의 성글지만 본격적인 하나의 응답이라고 할 수 있다. 시조한역은 조선중기 이후 지속적으로 행해진 일련의 문학사적 사건으로 그 전개 과정 내부에 문학사적 전환과 대응의 양상을 구유하고 있다. 이는 현전 자료들만으로는 시조사의 표면에 포착되지 못하는 시조의 전승과 향유, 정착과 대중화 과정에 관해 설득력 있게 추론할 수 있는 이면의 자료가 되기도 한다.

이 점에 초점을 두고 각 시기의 경향성을 분명히 보이는 한역 작가와 작품을 논하는 데 집중하다보니, 마땅히 거두어야 할 과제들—개인 자작시의 한역, 특정 작품 한역의 시대적 추이, 소수 한역 작품을 산출한 다양한 작가의 출현 시기 특징 등등—을 전부 수렴해내지는 못해 아쉽다. 하지만 이 방면 연구에 먼저 착수한 분들은 영원한 서자 취급을 받던 연구 대상이 국문학사를 논하는 자리에서 정면으로 거론될 수 있게 된 점을 환영해 주시리라 믿으며, 유사한 시기와 문학적 성향을 연구하는 분들로부터는 논의 가치와 적극적인 관심을 환기할 수 있으리라 기대한다. 그렇게 공감하고 보완하면서 더불어

문학사의 한 시기를 메우고 다음 시기와 연결해 나가는 것이야말로 문학 연구자로서 평생 간직해 갈 풍경이다.

국문시가의 한역을 의미 있게 들여다보게 된 것은 학부 졸업논문을 마련하면서부터이다. 맨 앞에 실린 논의가 그때의 것이다. 1988년에 학부생으로 쓴 것이니 여러 가지로 미숙하고 빛바랜 구석이 있는 것이 사실이지만 당시의 구상과 연구 상황을 반영한다는 의의도 있기에 명백한 오자만 교정하고 그대로 실었다. 박사학위를 받고 다소 홀가분한 심정으로 묵은 과제를 다시 꺼내어 시조한역 중기에 해당하는 논의를 마련한 후 내친 김에 통시적 전개를 살피고 의미를 조망하는 마지막 글을 발표하였다. 기존 논의가 가장 풍부하고 자료의 성격도 이질적인 19세기의 양상을 규명하는 일은 미루어두다가 책을 내기로 작정하면서 완전히 새롭게 마련한 것이다. 따라서 시조한역 후기를 다룬 논의를 제외하고 각 편끼리는 작품이나 의미규명에서 겹치는 부분이 있는데, 약간의 수정과 보완만을 거친 채 빼지 않고 실어, 해당 시기에 관심을 가진 독자가 그 논의만을 읽고도 전체 성격과 의미를 파악할 수 있도록 하였다.

국어국문학과에 입학한 지 스무 해가 지나는 즈음 학부 시절 이후로 내내 관심거리이던 대상에 대한 연구를 책으로 엮겠다고 용기를 낸 것은, 그간 안팎으로 이루어져 온 논의를 정리하고 개인적으로는 학자로서의 중간 단계를 매듭지어 스스로를 점검하고 도약하려는 마음이 컸기 때문이다. 때로 준엄하고도 열정적으로 학자로서의 면모를 단련시켜 주신 모교의 선생님들과 모든 선학께 머리 숙여 인사 올린다. 이제 이 책의 처음과 끝을 가능케 해 주신 분들을 기억하는 것으로 머리글을 맺으려 한다.

처음 무엇이 공부거리가 될 수 있을지도 막연하기만 하던 때 기꺼이 이민성의 자료를 내어주신 湯民 류탁일 선생님을 새삼 감사의 마음으로 떠올린다. 먼 곳에서나마 늘 선생님의 강건하심을 기원한다. 학부 마지막 학기 고전문학연습 수업을 맡아 졸업 논문의 구상부터 완성까지 이끌어주신 조동일 선생님으로부터 학문적 자극과 깨우침을 얻었다. 박사 후 연수 과정을 통해 묵혀둔 과제를 풀어보고자 했을 때 지도해 주신 성기옥 선생님 덕분에 18세기 새로운 성격의 자료들에 눈뜰 수 있었다. 시조 한역 자료를 꾸준히 수집해 오시면서 새 논문을 발표할 때마다 본질적인 물음과 시각을 제시해 주신 권두환 선생님께 오랜 감사의 말씀을 여기 짧게 올린다. 언젠가는 애초의 기획처럼 선생님과 온전한 시조 한역 관련 공저를 꿈처럼 이루어 내리라. 책의 출간을 기다려오신 김병국 선생님께도 감사드린다. 그리고 두 분 사모님, 그 분들의 기도와 사랑이 없었다면 혹독하기만 했던 '그때 그곳'마다에서 지금 너머를 희망할 수 없었을 것이다.

언제나 전폭적인 지지자가 되어 주시는 양가 부모님들께 이 책이 일상의 사소한 기쁨거리가 되었으면 좋겠다. 끝으로 흔쾌히 원고를 받아들여 성심껏 만들어주신 보고사 김흥국 사장님과 편집부 여러분께 감사드린다.

2005년 9월, 다시 동틀 무렵
조 해 숙

차 례

조선후기 시조한역과 시조사

시조한역 초기(16세기 말~17세기 초) : 이민성

1. 서론 : 연구의 필요성과 연구방법

1.1. 연구의 필요성

국문학의 현 단계에서 한역된 국문시가의 연구는 몇 가지 어려움을 지닌다. 개인의 문집 내에 몇 편씩 산재해 있는 한역시가는 그 전후의 배경이 뚜렷하지 못하여 한역한 저자의 의도를 명확히 하기 어렵다. 한편으로 동일 제목과 소재를 사용한 서로 다른 한역시가 사이의 관련성이 문제되며, 같은 시대 한문학 수준에 근거한 국문시가의 위상까지를 고려한 포괄적인 논의 또한 미비하다. 그리고 한역시가를 남긴 대개의 작가들이 한시작가였다 할 때, 자작한시 전체의 문학관과 관련한 국문시가의 한역태도 등을 문제 삼아야 하겠지만, 그 작업은 광범하고 성과는 부분적일 수밖에 없다.

이런 어려움을 감수하고 작품 속으로 직접 파고들 때, 우리는 다시 보다 근본적인 어려움과 만난다. 한역작품만으로는 원시가가 어느 갈래에 속한 것이었는가, 곧 가사의 한역인가, 고려속요나 민요·시조 등의 한역인가 하는 것까지를 즉각적으로 판단하기 곤란해진다. 결국 현존하는 여러 갈래의 개별 작품들에서 원시가를 찾을 수밖에 없는데, 이 경우 현존작품이 발견되지 않는 한역작품의 귀속처리는 여전히 문제가 된다.

이 분야에서 행해진 기존의 연구경향은 이러한 어려움을 간접적으로 증명하고 있다. 그 간의 연구는 현존작품이 적어 내용만으로 명백히 고려속요의 한역임을 알게 하는 李齊賢의 <小樂府>[1]나, 조선후기 이른바 '樂府體'로 일컬어지는 작품군, 시조·민요 등의 한역작품[2]이 그 대상으로 고려되었다.

그 결과 한역시의 연구에서는 고려후기와 조선후기만이 강조되고 그 의의와 한계 또한 각 시대의 사회적 상황을 배경으로 논의되곤 하였다. 그러나 고려후기→조선후기라는 먼 시대적 격차를 극복할 수 있으려면 당연히 조선조 전반·중반기의 한역시가가 문제되어야 하며 樂府라는 명칭을 얻은 작품 외에 국문시가의 한역작품으로 보이는 모든 작품들에 대한 실증적인 검토와 그 의의가 평가되어야 할 것으로 본다. 이것이 국문학사 위의 일정 양식에 대한 연속성을 입증하는 자료가 되기도 하겠기 때문이다.

이 단계에서 밝혀지지 않은 한역작품을 발굴하고 그 성과를 통

---

1) 이제현의 소악부에 대한 연구는 다수 있으나 閔思平의 자료까지를 소개하면서 악부시의 전체배경과 의의를 연결시켜 논한 것으로, 李佑成, 「高麗末期의 小樂府: 高麗俗謠와 士大夫 文學」, 『한국한문학연구』 1집(한국한문학연구회, 1976)이 있다.

2) 이 분야에 대한 방법론적인 것을 제외하고 대표적인 논문으로는, 李東歡, 「朝鮮後期 漢詩에 있어서 民謠趣向의 擡頭」, 『한국한문학연구』 3·4집 합병호(한국한문학연구회, 1979) ; 沈慶昊, 「朝鮮後期 漢詩의 自意識的 傾向과 海東樂府體」, 『한국문화』 2(서울대 한국문화연구소, 1981) ; 호승희, 「한국의 악부논의에 나타난 시가관」, 『이화어문론집』 9집(이화여대 한국어문학연구소, 1987) ; 손팔주, 「申紫霞의 小樂府 研究」, 『부산여대 논문집』 6집(부산여대) 등이 있다.

해 같은 시대, 같은 사상 집단의 시가한역의 일반적 유형을 추론하는 실증적인 작업은 국문시가의 漢詩化 작업이 갖는 의의를 공시적으로, 또 통시적으로 밝혀준다는 점에서 아직은 유효한 작업일 수 있겠다.

본고에서는 지금까지 알려지지 않은 작가 李民宬을 소개한다.3) 敬亭 이민성(1570[선조 3]~1629[인조 7])은 조선중기를 거쳐 여러 관직을 두루 지낸 문장가로, 총 13권 4책으로 된 그의 문집『敬亭集』은 물론 그의 문학에 대한 기본적인 연구조차도 일찍이 이루어지지 못한 작가이다. 여기서는『경정집』권4에「聞人唱俚歌韻而詩之」란 題下에 소개된 漢譯時調 12首4)에 주목하고 고찰해보고자 한다. 한역시가의 전체적 위상을 고려한 이 작업의 의의는 각 작품에 대한 개별적이고 실증적 고찰에 의해 객관적으로 얻어지는 이 글의 결론이 담당해야 할 과제이다.

1.2. 연구의 방법

이민성의 시조한역 작품들이 갖는 성격과 의미를 찾아가기 위해, 그가 한역의 대상으로 삼았던 시조들의 성격을 내용적 측면에서 먼저 고찰한다. 다음으로 그의 시조의 한시화 방식을 검토하여 형식상 일정한 유형을 파악하고자 하였는데, 여기서는 한시의 주

---

3) 敬亭의 자료는 부산대학교 국어교육과 柳鐸一 선생님으로부터 제공받았다. 귀중한 자료를 소개하게 해 주신 선생님께 감사를 드린다.

4) 李民宬,『敬亭集』(13卷遺補合 4冊) 木板本. 31.5×20.5cm, 서울대 奎章閣本(5348), 1664년(顯宗 5)에 李廷機가 간행한 것으로 추정됨. 時調漢譯은 卷4, 張 二十八ａ～二十九ｂ에 수록됨.

된 형식과 시조의 구조를 대응시켜 거기서 야기되는 문제들과, 그들로부터 경정의 형식을 가능한 구조로 이끌어내고자 한다.

이들로부터 산출된 작품의 성격을 국문학사위의 통시적 특면에서 의미화시키는 것이 이 글의 마지막 작업이다.

본고에 인용된 모든 시조 및 한역시는 沈載完의 책5)을 기본자료로 하였다. 본문에 나오는 시조들의 고유번호는 위 책에 쓰인 고유번호를 그대로 사용하였다. 시조한역작품 및 문헌은 1차로 심재완의 책에 실린 자료를, 2차로 朴乙洙6)와 朴魯春7)의 자료를 사용해 찾았다.

2. 내용상의 수용과 변이 : 시조한역의 성격①

시조한역의 전체적 의미를 드러내기 위하여 우선 필요한 작업은 경정이 한역의 대상으로 삼은 시조의 성격이 무엇인가를 살피는 일이다. 그것은 결국 현재 한역된 작품들의 내용 그 자체로부터 가려질 수밖에 없다. 고찰 가능한 대상 한역시는 모두 12수이나, 그 중 필자의 능력으로 현재까지 원시조를 찾은 작품은 7수에 지나지 않는다. 나머지 5수는 한역시만으로 내용을 가려 고찰에 사용할 것이다.

우선 대상 한역시를 원시조가 밝혀진 것을 중심으로 내용을 살

---

5) 沈載完, 『校本 歷代時調全書』(세종문화사, 1972).
6) 朴乙洙, 『韓國時調文學全史』(成文閣, 1978), 704~739면.
7) 朴魯春, 「時調漢譯總覽」, 『국어국문학』 62·63 합병호(국어국문학회, 1973), 375 ~428면.

펴보자.

    ①8)我來豈無信   니언지 無信ᄒᆞ여 님을 언지 속엿관더
      月沉夜三更   月沉三更에 온 뜻지 젼혀 업너
      秋風自落葉   秋風에 지는 닙소리야 너들 어니ᄒᆞ리오.
      非我惱君情。   #5889) 황진이

이 시조의 소재는 님과 이별하여 홀로 있는 여인의 안타까운 심
정을 가을풍경에 얹어 노래한 것이다. 이런 내용은 대상시들 중 압
도적으로 많은 편수를 차지한다. 다음 시조는 別恨의 심정이 좀더
애절해 보이는 것이다.

    ⑧   誰種碧梧樹   뉘라셔 나 ᄌᆞ는 窓밧긔 碧梧桐을 심으돗던고
        婆娑月蒲庭   月明庭畔의 影婆娑는 됴커니와
        只怕三更雨   밤듕만 굴근 비소리 애긋는 듯 ᄒᆞ여라. #688
        令人睡不成。

    ⑩   戀我是虛語   思郎이 거즛말이 님 날 思郎 거즛말이

---

8) 본문 한역시의 원문자 기호는 원문에 실린 순서대로 필자가 붙인 것이며, * 표가
   붙은 것은 아직까지 원시조를 찾지 못했거나 모호한 것이다.
9) 같은 시조가 이민성 이후의 작가들에 의해 한역된 예가 있다.
   申緯(1769~1847)「小樂府」＜響屧疑＞
   寡信何曾瞞著麽 月沉無意夜經過 颯然響地吾何與 原是秋風落葉多. (七絶)
   南九萬(1629~1711)『藥泉集』「翻方曲」其八
   何曾妾無信 乃與君相欺 深夜遠來意 而君諒下知 鳴風落葉本無情 渠自爲聲妾
   何爲. (自由形 6句)
   『東歌選』(시조창작의 배경 소개)
   與徐花潭有約夜 去之則 花潭獨坐 悄然歌之暗中 作此歌而應之.

疑他夢見之	꿈에 와 뵈단 말이 긔 더욱 거즛말이
如儂長不寐	날갓치 좀 아니오면 어늬 꿈에 뵈리오.
安有夢來時。	#1405 金尙容

이 밖에 유사한 내용으로 원시조가 밝혀지지 않은 것이 3수 더
있다.

③ *別後身猶在	이별 후에도 몸은 남아 있어
秋風病起難	추풍에 병들어 일어나기 어렵네
至今支度意	지금 이 뜻을 헤아려
他日幸相看。	어느 날엔가 서로 볼 수 있기를.

⑨ *離別已久矣	이별한 지 이미 오래이건만
能保舊時容	옛 모습은 그대로 있네
請看猶是我	나는 예전과 변함없으니
莫怪願相從。	다시 만나기 원함을 괴이하게 여기지 마소서.

⑦ *一足病行蟻	한쪽 다리가 병 든 개미 행렬이
含沙湨江湄	대동강가 모래를 머금어
塡斷綠波渡	저 푸른 파도를 메우려 하네
是間無別離。	이 사이에는 이별 없게 하소서.

그 다음으로 많이 나타나는 내용은 자연과 더불어 살면서 삶으
로부터 초탈하고자 하는 심정을 노래한 것이다. 다음의 두 수를
보자.

④ 落葉響馬啼　　落葉이 물발에 지니 닙닙히 秋聲이라
　 秋聲箇箇俱　　風伯이 뷔 되여 다 쓰려 브고나
　 風吹掃山徑　　두어라 崎嶇山路를 덥허둔들 엇더리.　　#480
　 何似覆崎嶇。

⑤ 浪足秋江夜　　秋江에 밤이 드니 물결이 추노미라
　 投竿魚不來　　낙시 드리치니 고기 아니 무노미라
　 無心一片月　　無心혼 돌빗만 싯고 뷘 비 저어 오노라.
　 空載釣般迴。　　　　　　　　　　　　#2966 月山大君

　　外物의 변화나 조건에 구애됨 없이 적어도 표면상으로는 일상적 삶으로부터 초탈한 경지를 이 시들은 보여준다. 이러한 강호자연의 한정을 노래하는 것은 한시를 비롯한 우리시 전통의 오랜 소재였으며, 특히 작가가 위치한 사대부집단의 성향을 분명히 보여주는 것이기도 하다.

　　이와 유사한 내용을 읊은 것이면서도 특히 '술'이라는 소재를 택하여 세상에 대한 낙관적 자세를 읊은 것도 있다.

② 定使百年住　　일뎡 빅년산들 그 아니 초초혼가
　 豈非草草過　　초초혼 부싱이 무스 일을 흐랴흐야
　 草草百年內　　내 자바 권흐는 잔을 덜 먹으려 흐는다.
　 君今不飮何。　　　　　　　　　　　　　#2444 정철

⑥ 醉枕松根臥　　술이 醉흐거늘 松根을 벼고 누어
　 覺來仍忘返　　져근듯 잠드러 꿈씌야 도라보니

忽然望江村　　明月이 遠近芳草에 아니 비췬 더 업드라.
明月無遠近。　　　　　　　　　　　　　　　　　　　#1745

이상 소개한 작품 이외에 기타 한역시들의 소재는 앞선 내용들과 일견 연결되면서도 정감상 미묘한 차이를 보이는 것들이다.

⑫ 愁心暗自警　　수심이 깊어 가는데 홀로 놀라니
　　落葉打窓聲　　낙엽이 창을 치는 소리로다
　　何處失群鴈　　어디서 무리 잃은 갈매기는
　　喪喪獨叫征。　슬프게 홀로 울며 가는가.

⑪ *天賦固皆定　　하늘이 나면서부터 모든 것을 정하셨으니
　　人間自不知　　인간은 스스로 알 수 없구나
　　唯我信彼蒼　　다만 나는 저 하늘만을 믿어
　　一任造化爲。　造化翁이 하는 대로 一任하리라.

⑫는 詩作의 배경을 이해함이 없이는 정확히 내용을 판단할 수가 없다. 한편으로는 앞서 소개한 애정노래와 유사하면서도, 또 한편으로는 그 詩語의 무게로 보아 앞서의 작품들과는 달리 홀로 깊은 산중에 은거하면서 살아가는 자의 고독을 작품화한 것도 같다. 다만 여기서는 작품의 유형화를 위하여 문면의 의미만을 빌어 前者의 유형에 포함시켜 둔다.

⑪은 내용상 특이한 작품이다. 속에 내재한 의미까지를 파고든다면 인생에 대한 낙관적 자세를 견지하는 듯하다. 다음 시조와 관련지으면 더욱 그러하다.

人間 언의 일이 명밧긔 삼겻시리
吉凶禍福은 하늘에 붓쳐 두고
그 밧긔 녀남은 일으란 되는디로 ᄒ리라.   #2381 金天澤10)

이 시조의 몇 구를 제외하면 ⑪이 이 시조 내지 유사내용의 한역임을 상정할 수 있다. 원시조의 정조는 다분히 삶에 대해 낙관적 태도를 취하는 것이다. 다만 양쪽의 연관관계를 확정할 수 없는 현재 상황에서 한역시만을 주의해 보면, 인간의 일을 하늘에 맡겨두겠노라는 운명론적 사고를 나타내고 있음을 보게 된다. 이 점이 앞서 예시한 부류에 이 작품을 전적으로 소속시키는 것을 꺼리게 한다. 운명론의 인식은 작자나 唱者를 포함한 담당층의 세계관에 영향을 끼치는 중요한 요소로 보아, 일단 따로 분류해 두자.

이상의 논의를 종합해 보면 대상이 되는 시의 내용은, 애정과 별한을 노래한 것이 7편(①③⑦⑧⑨⑩⑫), 자연 속에서 삶으로부터 초탈하고자 하는 심정을 밝힌 것이 2편(④⑤), 술과 관련하여 낙관적 자세를 읊은 것이 2편(②⑥), 인간사를 하늘에 맡기겠다는 운명론적 사고를 보여주는 작품이 1편(⑪)이다.

그렇다면 이민성의 한역시의 대상이 된 이상의 시조들의 내용은 시조작품 전반의 경향과 어떤 관계가 있을까? 전통 한시의 소재와는 또 어떠한가? 그러한 관계양상은 무엇을 뜻하는가?

시조에 사용된 어휘를 분석한 논문11)에 따르면, 14세기에서 19

---

10) 내용상 이 시조는 이민성의 한역시와 유사하나, 김천택(연대미상, 숙종조~영조 연간)이 작자로 알려져 있어[심재완(1972) 참조] 본 한역시의 원시라고 하기에 어려운 점이 있다. 그렇다면 작가가 잘못 알려졌거나 유사한 내용의 시를 김천택이 의작했다고 볼 수도 있는데, 작가고증의 자세한 논의는 이 글 4장으로 미룬다.

세기 말 사이에 제작된 2400여 수의 작품 가운데 가장 많이 사용된 어휘는 '님'이며, 다음으로는 '일', '술', '달', '사람', '몸', '물', '꽃'과 같은 순위의 빈도수를 보인다. 또 조선후기 소악부 대상시조를 내용별로 정리한 논문12)에서도 이와 비슷한 순서가 성립된다. 님 그리는 마음, 남녀간의 사랑, 부부의 정, 이별의 심정 등을 노래한 것이 가장 많고 강호한정의 생활과 풍월을 읊은 노래, 늙음에 대한 탄식 등이 다음으로, 기타 교훈적 내용의 노래나, 임금과 신하 사이의 충절과 신의를 노래한 것이 다음 순으로 나타난다.13)

이를 이민성의 한역시와 비교해 보자. 비록 12수에 국한되는 곤란이 있기는 하지만, 시조 전체의 내용 경향과 거의 다름없이 나타남을 볼 수 있다. 다만 전체 비중으로 볼 때, 애정으로 인해 야기되는 아픔과 고통을 노래한 것이 많은 반면, 소악부 작품은 물론 시조 일반에서 흔히 보이는 늙음에 대한 탄식은 그의 한역시에서는 보이지 않는 점이 특징적이다. 전자는 한시세계에서는 퍽 금기시되어왔던 소재가 시조에서 비교적 자유롭게 구가되고 있음을 이민성이 인식하고, 사랑 혹은 이별 따위의 인간의 보편적 정서를 다룬 내용을 한역시에 담으려 했던 노력으로 설명될 수 있을 듯하다. 후자 역시 인간 보편의 정서임은 다를 바 없는데 그의 한역시 대상에서 제외된 것은, 그러한 정서에 공감하기에는 아직 이른, 비교적 작자의 나이 어린 시기에 이 작업이 이루어졌던 때문이 아닌가 한다.

---

11) 정병욱, 「시조의 어휘」, 『한국고전시가론』(신구문화사, 1982), 175~176면.

12) 黃渭周, 「朝鮮後期 小樂府 研究」(한국학대학원 석사논문, 1983).

13) 황위주(1983), 37~41면.

또 한역된 시조들이 대부분 여러 시조집에 널리 채록 혹은 전사되어 있음이 주목된다. 원시조가 드러난 7수의 경우 20여 곳 이상에 수록된 시조가 대부분이며(①④⑤⑧⑨), ②는 13종의 시조집에 실려 전한다.14) 이처럼 동일 시조가 많은 시조집에 상당히 폭넓게 수록되어 있다는 것은 이들 작품의 수록 문헌들 가운데 이민성 이후의 것들까지 포함해서 그가 대상으로 삼은 시조가 당대뿐만 아니라 이후에도 시조 향유층에게 전해져 폭넓은 애호를 받았음을 의미한다. 동시에 이런 경향의 시조들이 한시작가에게도 알려질 만큼 보편화하였다고도 볼 수 있을 것이다.

이러한 내용상 특징들로부터 발견되는 몇 가지 성격을 정리해 보면 다음과 같다.

첫째로, 이민성의 한역시에 보이는 강호한정이나 운명론적 사고, 隱者의 심정 등의 내용은 이들이 극히 미약한 소재로 나타나는 조선후기 소악부 시들과 비교할 때, 이민성이 사대부 집단의 성향 내지 한시의 영향권으로부터 아직까지 완전히 자유로울 수 없었음을 증거한다. 만약 이들이 이민성에 의해 의도적으로 선택된 소재일 경우 더욱 그러하다.

둘째, 내용으로 보아 기생이 그 작가일 것으로 추정되는 몇 편의 원시조에 주목해 볼 수 있다. 기생들과 비교적 쉽게 어울릴 수 있었던 사대부들 사이에서 이런 노래가 유행했을 것이기에 이민성이 이를 한역할 수 있었던 것은 당연하다. 몇 작품이 익명으로 전하는 것은 사대부들의 신분상 제약으로 그렇게 되었을 가능성이 있다.

---

14) 각 이본 수는 심재완의 『역대시조전서』에 밝혀진 채록 작품의 이본 수를 종합한 것이다.

관점을 달리해 본다면, 기녀시조의 출현이라든지 무명씨의 사랑노래를 발생사적 측면에서 다룰 수 있을 것이지만, 그것은 이 글 4장으로 미루기로 한다.

셋째, 이민성의 한역시들에 대한 원시조는 단형시조이면서 민간에서 노래로 불릴 수 있는 것들이다. 한역시 제목 가운데 쓰인 '唱'이라는 글자가 이를 뒷받침한다. 이 점에서 볼 때, 문헌시조와 민간에서 노래로 불려진 시조를 구별하고 후자를 조선후기에 한역가능한 대상으로 설정하는 기왕의 관점15)은 재고의 여지가 있다. 아울러 이 사실은 시조창이 시조의 발생과 연원을 함께 한다는 시조창 발생문제와도 관련이 있다.16)

마지막으로 이민성이 한역한 시들이 지닌 소재의 다양성을 지적할 수 있다. 사랑노래들에 대해서 이미 밝힌바 작자의 특별한 관심을 전제한다면, 앞서 소개한 시들은 내용상 다양함을 보여주며, 유사 감정을 노래하면서도 서로 다른 소재를 끌어들여 표현의 효과를 거두고 있다. 이는 이민성이 시조라는 대상을 한역할 수 있었던 조건과도 관계된다. 즉 그의 문집 총 13권 가운데 11권에 이르는 시들을 보면 우리의 토속적인 풍속, 예술, 산물들에 대한 깊은 관심을 바탕으로 그들을 제재로 삼은 작품들과 만나게 된다. 바로 이러한 현실문제와 기층문화에 대한 폭넓은 관심이 그로 하여금 시조한역을 가능케 했으며, 내용 또한 다양하게 실상을 있는 그대로 보여주고 있다고 하겠다.

---

15) 이동환(1979), 38면.

16) 황면주, 「時調唱의 起源」, 『현대문학』 3-11(현대문학사, 1957); 구본혁, 「時調唱 小考: 平時調唱에 對하여」, 『명지어문학』 3(명지대, 1966) 참조.

3. 형식의 보편성과 그 원인 : 시조한역의 성격 ②

본 장에서는 형식이 다른 두 양식—시조와 한시를 어떤 정형성을 바탕으로 연결시켰는가 하는 시조의 한시화 방식과, 이민성의 한역시에 나타난 표현상의 특징을 고찰하고자 한다.

시조와 한시는 여러 가지 측면에서 상당히 이질적이고 쉽게 동화할 수 없는 서로 다른 특색을 지니고 있다. 작품 창작의 기본이 되는 문자가 표의문자와 표음문자(음절단위 표기)로 서로 다르다는 것에서 시작하여, 실제 작품 양식에 있어서도 한시는 4구 혹은 8구를 기본 구조로 하고 있음에 비해 시조는 6구를 기본 구조로 하고 있다는 본질적인 차이점이 내재한다. 그 밖에도 언어감각의 차이점이나 작품서술의 구체적 차이점은 일일이 열거할 수 없을 정도이다.17)

따라서 두 양식을 결합시키고자 할 때에는 어느 한 쪽을 중시하여 그 양식에 맞추어 다른 한쪽을 축소하거나 또는 부연할 수밖에 없다. 시조의 한시화에 있어 가장 대표적인 한역형은 한시의 4행 구조를 부인하고 6구체 형식에 맞추어 직역하거나, 시조의 6구체 형식을 부인하고 한시의 4행구조로 변용, 표현하는 두 가지 방법이 있다. 전자는 시조를 더욱 중시하는 태도로서 南九萬의 「翻方曲」, 李衡祥의 「浩歌謳」, 南夏正의 「桐巢樂府」, 南蕭寬의 「短謠」18) 등으로 自由形 6句 내지 8句體가 기본이며, 후자는 한시를 중시하는 태도로 조선후기 소악부가 여기에 해당한다.

---

17) 황위주(1983), 47면.

18) 박노춘(1973).

두 양식 사이의 이질성을 인식한 소악부 작가의 다음 예문은 그
들이 시조를 한역하는 데 겪었던 어려움을 느끼게 한다.

우리나라의 언어문자는 번잡하고 간결함이 엄격히 달라서 예부터
詞曲이 모두 언어문자를 參合시켜서 이루어졌다. 고로 처음부터 질서
정연한 평측법이나 구두의 韻을 맞추는 것이 없었다. …(중략)… 그러
나 管絃에 맞추면 스스로 律侶를 이루어 애락의 변화하는 모양으로
마음과 뜻을 감동케 하니 이는 천지간에 본디 자연스런 음악이 있어서
땅을 한정하고 경계를 나누어서 (서로) 논하지 못할 것이 있음이다.[19]

위의 진술은 신위의 소악부 서문 첫머리에 해당하는 글로, 한문
과 국어의 차이점을 인식, 그 쓰임을 서로 아우르기 어려움을 말하
고 있다.

이러한 어려움을 이민성은 어떻게 받아들였으며, 어떤 형식을
통하여 한시화를 시도했을까? 이 문제에 답하기 위해 우리는 그의
한역시를 두 가지 관점에서 바라볼 수 있다.

이민성은 시조한시화의 방법으로 예외 없이 5언고시를 택했다.
앞장에서 예시한 시들에서 알 수 있는 바이지만, 12수 중 한 수도
빠지지 않고 이 형식을 취한 것은 한역시 전체의 경향에 비추어
볼 때 극히 드문 현상이다. 박노춘의 자료[20]에 의하면 한역시는

---

19) 申緯, 『驚修堂全集』 17책, 「小樂府」 49首 幷序. "東國言語文字 繁簡懸殊 古來
　　詞曲 皆參合言語文字而成也 故初無然之平仄句讀之協韻 …… 雖然 被之管絃
　　自成律侶 哀樂變態 感動心志 是知天地間 原有自然之樂 有不可以限地分彊而
　　論也." 『한문 악부·사 자료집』 3(계명문화사, 1988), 461면에서 再引用.
20) 박노춘(1973).

소악부계의 7언절구가 가장 많고 그 밖에 자유형 6구 내지 8구형
이 대다수를 차지한다. 5언4구의 시도는 대단히 제한적이며, 그 중
에서도 5언율시와 5언절구가 보일 뿐 5언고시는 찾아보기 어렵다.
물론 절구로 올라 있는 것들은 대부분 엄격히 형식을 따지지 않은
채 古詩를 그렇게 파악했을 가능성이 있지만, 그렇다 하더라도 5
언4구 형태는 총 729편 한역시 가운데 10편 미만이라는 점을 감안
하면 이민성의 한역 방법은 예외적이라고 할 수밖에 없다.

　첫 번째의 물음은 여기서 제기된다. 왜 5언인가? 이 물음을 두
가지 측면에서 해명해 보자.

　먼저 고려후기에 이루어졌던 소악부가 '당시 유행하던 우리말
노래를 한시로 옮겨 놓은 것'[21]을 의미한다고 할 때, 이민성의 시
조한역 동기와 성격은 이를 전범으로 삼은 것으로 상정할 수 있다.
이것은 결국 소악부의 개념 문제와도 상통하는 것으로 여기에는
異見[22]이 존재하지만, 여기서는 소악부란 중국 악부에 대한 자기
폄시에서 나온 용어가 아니라 남북조시대의 小詩를 응용한 것이라
고 보는 견해[23]에 따른다. 다만 이제현의 소악부를 절구시로 단정
하고 이제현의 소악부와 조선후기 소악부를 동일한 것으로 파악했
던 점은 재고를 요한다. 즉 이제현이 전범으로 했으리라 생각되는

---

21) 조동일, 『한국문학통사』 2(지식산업사, 1983), 157면.
22) 소악부의 개념 문제는 '小'字의 의미를 중국에 대한 事大나 자기 폄시 내지 중국
　　악부와의 구별 의미로 사용한 경우와, 絶句的 小詩라는 의미로 파악한 경우로 구
　　분된다. 전자의 논의는 徐首生, 「高麗歌謠의 硏究: 益齋 小樂府에 限하여」, 『경
　　북대학교 논문집』 제5집(경북대학교, 1962)과 이우성, 「고려말기 소악부」, 『한국
　　한문학연구』 제1집(한국한문학연구회, 1976)에서 보이며, 후자는 李鍾燦, 「小樂
　　府 試攷」, 『동악어문연구』 창간호(동국대학교 동악어문학회, 1965)에 나타난다.
23) 이종찬(1965).

남북조시대 齊·梁의 소악부는 절구 형식이 아니다. 이때는 아직 절구·율시와 같은 근체시적 양식이 형성되지 못한, 여러 양식이 다채롭게 시도되던 과도기적 단계에 해당한다. 이 시대 시인들이 장편시가와 달리 5언4구, 7언4구 등 짧은 형식의 단형시가를 다채롭게 시도했는데 이 짧은 형식의 단형시가를 그들은 '小詩'라는 용어로 일컬었던 것이다. 그리고 당시 시도된 소시들은 남북조시대 혼란한 사회상의 영향으로 민간의 가락과 정취를 대폭 수용하게 되었으니24) 이는 고려후기 소악부 전통의 근원이 되는 것이다.

요컨대 이제현은 남북조 시대의 輕艶浮靡한 정조와 민가적 성격이 강한 5언4구 내지 7언4구의 小詩 양식을 본받아 小樂府를 시도했던 것이다.

다시 이민성으로 돌아와 보자. 경정이 민간의 노래를 한시화하려고 시도했다는 것은 이제현의 전통에서 벗어나지 않는다. 다만 이제현이 사용한 '樂府'라는 틀은 수용하지 않았다. 그러나 앞서 밝힌 바와 같이 이제현의 소악부가 7언절구라는 형식으로 고정될 수 있는 것이 아니고 그의 전범인 남북조시대 전통에 비추어 7언4구, 5언4구의 여러 양식 중 하나가 임의적으로 작가에 의해 선택되었을 뿐이라 한다면, 다양한 형식 그 자체가 소악부의 성격일 수 있는 것이다.

또 악부라는 형식으로 이민성과 같은 시기에 한시화를 시도한 이정구나 신흠의 형식을 보면 5언4구 형식과 7언4구의 형식이 나타나는데25) 이는 위의 논의를 받침할 만한 근거가 되지 않나 한다.

---

24) 華正書局, 『中國文學發展史』, 287면. 황위주(1983), 13면에서 再引用.

이민성의 5언고시 형식은 이런 맥락에서 오히려 타당한 양식이다. 즉 5언4구나 7언4구의 형식만 갖추고 전대의 전통을 소화해 낼 수 있는 경우라면 절구라는 정제되고 형식화된 틀보다는 古詩의 자유로운 형식이 제격이었을 터이다. 그 자유로움은 민간노래 수용이라는 새로운 시도에도 걸맞은 것이었으리라 본다.

그런데 문제는 시조를 한시화하는 데 있어 고시 중에서도 그 정보량이 비슷한 7언을 택하지 않고 왜 5언을 택했는가 하는 점이다.26) 이것이 5언의 선택에 대한 두 번째 해명이다. 이를 필자는 이민성의 한시 전체 세계와 대조하여 살피고자 하였다. 문집에 나타난 바, 그의 한시는 詩에 特長을 지녔다는 評27)에 걸맞게 여러 다양한 시형식을 보여주고 있는데 어느 한 형식을 주조로 삼았던 것 같지는 않다. 5언고시도 예외가 아니어서 여러 권에 두루 몇 편씩 나타나지만 한역시가 실린 권4와 권7에 특히 많은 비중으로 실려 있다.28) 따라서 경정에게 5언고시는 주도적 형식은 될 수 없으나 한시화에 있어 시도 가능한 형식이기는 했던 것이다.

이상의 논의를 가지고 이민성이 5언고시를 택했던 이유를 몇 가지로 정리할 수 있겠다.

첫째, 이민성이 이제현의 소악부 개념과 그 배경을 이해하고 5

---

25) 李廷龜, 『月沙集』; 申欽, 『象村集』. 『漢文 樂府 · 詞 資料集』1, 239~257면 참조.

26) 이러한 논의는 애초에 이 글의 구상이 가능하게 된 1988학년도 제2학기 서울대학교 국어국문학과 ‘고전문학연습’ 수업(조동일 선생님 담당) 발표 도중 깨우침 받은 바 크다. 기타, 형식에 관한 많은 논의들이 이 시간 중에 제기되었다.

27) 이민성이 詩文과 글씨에 능했으며 특히 시에 뛰어났다는 것은 仁祖 · 孝宗 당시의 儒臣인 趙絅, 張顯光, 鄭斗卿 등의 공통된 의견이었다. 서울대학교 奎章閣 『韓國圖書解題』, 「集部」, 1, 40~41면 참조.

28) 『경정집』 권 1~11 참조.

언고시를 한역의 가능한 형태 중 하나로 상정했을 가능성.

둘째, 이제현의 전범을 전혀 알지 못했거나 무시한 상태에서라면, 그가 시조의 한역을 자신의 한시 창작과 다름없이 생각하고 자기에게 익숙한 작품양식으로 5언을 택했을 가능성. 이 가설을 수용한다면 이민성은 시조한역에 적합한 특정형식이 굳이 필요하다고 여기지 않았을 것이다.

셋째로는, 현재까지 알려진 시조한역의 역사가 신흠(1566~1628) 등 이민성과 동시대인들까지를 상정해서 아무리해도 경정 이전 시대로는 소급될 수 없으므로 그는 전혀 새로운 입장에서 시조를 한역해야 하는 어려움을 가졌을 것이며, 따라서 한역을 창작으로 생각하지는 않았다 할지라도 나름의 정형으로 자의적인 5언고시를 택했다고 볼 수 있다.

마지막으로, 시조한역의 의도와 관련한 문제이다. 대개 시조의 한시화는 두 가지 의도에서 시도되는데, 하나는 시조에 대한 애착에서 그것을 한시로 옮기고자 하는 경우와, 다른 하나는 한시세계의 확장과 재충전을 위한 계기의 마련[29]을 시조의 소재에서 찾으려는 경우이다. 전자의 한역시는 7언절구 내지 5언6구 형태로 원시조에 더욱 충실하고 있으며, 후자는 5언4구 한역이 있을 수 있는데 이 경우 원시조의 훼손이 우려된다. 이민성의 5언4구 한역도 한시세계의 확장의 측면에서 고려가 가능하다.

이제 논의를 더욱 심화시키기 위해 그가 시조의 형식을 구체적으로 어떻게 한시구조로 수용했는가를 살펴보자.

---

29) 조동일, 『한국문학통사』 3(지식산업사, 1984).

　기왕에 있어 온 시조한역 방법30)을 근거로, 원시조가 밝혀진 7
수를 형식별로 분류하면 다음과 같다(기존 방법은 시조의 한 章을
각각 한시 한 行에 대응시켜 왔으나 좀더 세밀한 비교분석을 위해
서는 시조를 각 句별로 총 6句로 나누어 한시행과 대조해 보는 방
법31)이 타당할 듯하다).

형식 1.　　　기 ─┬─ 1구
　　　　　　　　　└─ 2구
　　　　　　　승 ─┬─ 3구
　　　　　　　　　└─ 4구
　　　　　　　전 ── 5구
　　　　　　　결 ── 6구

　: 분석된 7수 가운데 가장 많은 작품이 해당하는 유형으로 한시
의 제1행과 2행은 5언이라는 짧은 형식 속에 시조의 한 장의 의미
를 함축적으로 수용하고 있다. [⑤, ⑧, ⑩]

형식 1′.　　　기 ── 1구
　　　　　　　　　　　2구
　　　　　　　승 ── 3구
　　　　　　　　　　　4구
　　　　　　　전 ── 5구
　　　　　　　결 ── 6구

---

30) 정병욱, 『한국고전시가론』(신구문화사, 1977); 鄭垣杓, 「紫霞 漢詩 研究 序說」(서
　　울대학교 석사논문, 1972).
31) 황위주(1983), 52면 참조.

: 이 형식은 기존 논의에서는 형식 1에 해당되는 것이었지만, 시조를 句별로 분류한 결과, 초장과 중장의 각 1句에 해당하는 내용이 이 한시에서는 표현되지 않고 있어 형식 1과 엄격한 의미에서 분류되는 형식이다. [①]

형식 2.　　　기 —— 1구
　　　　　　　승 —— 2구
　　　　　　　전 ┬ 3구
　　　　　　　　 └ 4구
　　　　　　　결 ┬ 5구
　　　　　　　　 └ 6구

: 형식 1과 대조되는 방법으로, 시조의 초장을 한시의 두 행에 배당시킨 경우이다. 이때에도 엄격한 의미에서 한역시 ②는 시조 제4句의 내용이 한시에서 드러나지 않지만 한시의 일반적 한역 방법에 비추어 이 유형으로 분류한다. [②]

형식 2'.　　　기 —— 1구
　　　　　　　승 —— 2구
　　　　　　　전 ┬ 3구
　　　　　　　 ├ 4구
　　　　　　　결 ┼ 5구
　　　　　　　 └ 6구

: 초장의 1·2句가 한시의 기·승에 배당된 것은 형식 2와 같지

만 중·종장의 내용이 한시의 전·결에 중첩되어 나타나고 있어 다소 특이한 점을 지닌 형식이다. [④]

형식 3.

기 ┬ 1구
  └ 2구
    3구
승·전 ─ 4구
결 ┬ 5구
  └ 6구

: 기존 분류에서 한시의 승·전이 중장에 배당된 경우에 해당하나 엄격히 시조 3句의 내용이 한시에서 번역되지 않았음을 고려한 형식이다. [⑥]

이상 이민성의 한역 방법에서 드러나는 것은 형식 1과 형식 2, 즉 시조의 제1·2句와 제5·6句가 특히 중시되어 한시의 2行씩에 배당되는 형식이 압도적으로, 이는 한시화 전체 양식에서 볼 때 이들 유형이 두드러진다는 기존 논의32)에 특이한 점을 가져다주지 않는다.

그런데 한역 방법에서 이들 형식이 특히 두드러진다는 것은 어떤 이유에서인가? 앞서의 논의들은 이러한 양식이 대표적이라는 어떤 정형은 제공했으나 그것이 어디에서 연유한 것인가 하는 원인해명에는 실패한 것처럼 보인다. 그나마 시조의 주제 부위와 시

---

32) 정병욱(1982); 정원표(1972).

조 창법과의 문제에 연결시킨 것[33]이 있긴 하지만 아직은 미흡하다. 이 문제는 시조한역의 방법론에서 간과할 수 없는 부분으로 중국문학과 국문학이 끝없는 관련양상을 보이는 오랜 전통을 생각할 때 해결해야 할 요소로 특히 중시된다.

김대행[34]은 시조를 형태적 특성과 주제의 구조, 양면에서 고찰하면서 시조의 율독 구조상 종장 첫구의 감탄사가 따로 처리되어야 하며,[35] 주제면에서 볼 때에도 초·중장의 병렬관계가 종장에서 접속종결의 관계로 연결된다고 보아 시조의 삼단구조의 의미는 초·중장의 병렬과 그 극복으로서의 종장이라는 구조원리가 지배하는 것으로 파악했다. 이것은 결국 시조의 주제가 종장에 집중되며 특히 감탄사를 따로 처리할 경우 종장의 분화는 필연적이니, 한역시에 있어서도 두 행으로 처리할 경향이 유력해짐을 의미한다.

정혜원[36]은 시조를 의미구조에 따라 분석하면서 초장과 중장이 대조 또는 대립관계로 항등식을 이루고 여기에서 종장이 유도되는 형이라고 밝혔다. 종장에서 최종적인 의도를 표현하기 위한 비유의 방법으로서 초·중장이 쓰여진다고 할 수 있다. 특히 그는 시조의 의미의 중점이 초장과 종장에 올 경우가 가장 많다는 것을 지적하고, 초장에 중점이 오는 것은 유교적 윤리관 내지 도덕률

---

33) 황위주(1983), 54~55면.

34) 金大幸, 『韓國詩歌構造硏究』(三英社, 1976), 221~238면.

35) 감탄사에 따른 분절형식은, 金興圭, 「平時調 終章의 律格·統辭的 定型과 그 機能」, 『어문론집』 19·20합집(고려대학교, 1977)에서도 언급한 바 있다.

36) 鄭惠媛, 「時調의 意味構造에 關한 분석」(서울대학교 석사논문, 1970).

교화, 훈민가 계통의 글로서 초장에서 결론적 의미를 제시한 후 중·종장은 그것을 설명해주며, 종장에 중점이 오는 것은 한시의 기승전결의 의미단락이 시조에서도 부분적으로 적용된 것으로 파악, 이를 한시의 시작태도가 무의식적으로 용해된 것으로 이해했다.37)

그러나 이상의 논의는 앞서 분류한 형식 1을 설명하는 데는 유효하지만 시조의 초장이 중시되는 형식 2를 설명하기에는 부족하다. 형식 2를 설명할 만한 근거는 시조의 각 장 연관에 따른 의미구조에서 찾아질 수 있다.

여기에 임종찬38)의 논의가 있다. 그는 시조의 구조를 크게 '초장을 위한 중장'과 '중장을 위한 종장'으로 설정했다. 전자는 초장과 중장이 서로 유사한 내용으로 이 두 장이 결국 종장으로 "그러니", "그러나"의 관계로 연결되므로 초·중장의 어느 한 구를 빼고 읽어도 의미상 상관이 없음을 실제 작품을 통해 증명하였다. 후자는 중장과 종장이 서로 연결되어 초장과 의미상 맞서는 구조로, 초장에서 제시된 사실·명제에 대한 작가의 심정을 중·종장에서 나타낸다.39) 요컨대 전자의 논의는 종장에, 후자는 초장에 더욱 그 강조점이 놓인다고 볼 수 있다. 이 논의는 결국 시조한역 방법에서 초장과 종장이 강조되거나 부연되는 이유를 간접적으로 시사하는 것이다.

---

37) 정혜원(1970), 15~16면, 38~40면.
38) 林鍾贊, 『時調文學의 本質』(대방출판사, 1986).
    기타 시조의 의미구조에 따른 기승전결의 전개양상은 尹在根, 『文藝美學』(고려원, 1979), 63~72면에서 부분적으로 거론했다.
39) 임종찬(1986), 14~20면.

이상에서 필자는 시조의 한역 방법 중 주된 형식을 이루는 것들에 대하여 기존 연구 업적을 바탕으로 그 원인을 추론했다. 결국 이민성의 한역 방법은 원시조의 의미구조에 따라 나누어 기승전결의 한시 전개 양상을 적용시키는 것이 타당하다고 본다. 한 首만을 예로 들어본다.

落葉이 몰발에 지니　　　　　　　　　　④ 落葉響馬啼
닙닙히 秋聲이라　　　　　　　　　　　　　秋聲箇箇俱
風伯이 뷔 되여 다 쓰려 ᄇ고나　　　　　　風吹掃山徑
두어라 崎嶇山路를 덥허 둔들 엇더리. #480　　何似覆崎嶇。

원시조를 그 의미에 따라, 제시한 바와 같이 크게 네 부분으로 나눌 수 있다. 각 부분은 모두 하나의 행위 내지 사고를 표현하고 있는 것이다. 즉 초장은 결국 두 개의 의미내용으로 이루어져 있으므로 한시화할 때에는 이것이 기와 승으로 대응될 수밖에 없다. 동시에 이것은 초장의 내용이 시조의 주내용이며 중장과 종장은 그에 따른 설명 내지 감정을 후술하고 있다고 할 것이다.

위에서 한역시의 5언고시 형태와 한역화 방법에 대한 논의를 진행시켜 왔다. 형식적 측면에서의 접근법에서 마지막으로 간단히 한역시의 표현의 문제를 서술하고 넘어가자.

표현의 문제에서 먼저 제기될 수 있는 것은 詩語와 語順의 문제이다. 원시조를 보면 대개 시조 속에 한자어가 다수 포함되어 있는데, 한역시에서도 이 한자어들이 그대로 사용되었음을 본다. 또 어순에 있어서도 국어를 한문으로 옮기는 데 흔히 있기 쉬운 문장의 도치나 표음문자로서의 특징 등이 한역시에서 거의 나타나지 않는다. 이것은 이민성의 한역태도가 원시조에 가급적 충실하고자 했음을 말해주는 것이 아닐까.

우리가 본 장의 서두 부분에서 시조를 중시하는 한역태도로서는 5언6구와 7언절구 형식이 일반적이며, 5언4구는 한시를 중시하는 태도로 파악한 바 있다. 그러나 어순과 시어의 사용으로 코아 이민성은 한시 형식보다 시조의 내용에 더욱 강조점을 둔 듯하다. 이로 보면 그의 5언고시 형식 또한 한시세계의 확장으로 시도된 것이 아니라 민간의 노래를 그대로 옮기려는 의식 속에서 자의적으로 택하게 된 형식이 아니었나 한다. 5언고시라는 형식적 특징만으로 이민성의 한역태도를 한시세계 쪽으로 기울어진 것으로 이해하는 것은 오히려 부당하다.

표현법상 또 하나의 문제는 시조에서의 관용구 문제이다. 한역시 ②의 원시조 초장 "일뎡 빅년산들 긔 아니 초초혼가"는 그와 유사한 구절이 여러 시조에서 나타난다.[40] 또 원시조를 찾지 못한 ⑫의 전·결 부분 "何處失群鴈/ 喪喪獨叫征"은 이 한역시의 내용과는 초·중장이 다른 시조 작품의 종장 "어듸셔 벗 일흔 기럭이는 혼자 우러 녜느니"[41]라는 내용과 일치한다. 이로 보아 이들 시조의 특정 章은 당시에 유행하던 관용구가 아니었던가 한다. 이로써 이민성의 시대에 이미 조선후기까지 지속적으로 전승되기에 이

---

40) 심재완(1972). #1719 "술 먹고 노난 일을 나도 왼 줄 알건마는/ 信陵君 무덤 우희 밧가는 줄 못 보신가/ 百年이 亦草草ᄒ니 아니 놀고 엇지ᄒ리." ᄭ 多數.

41) #1675 "솔 밋희 도든 둘이 째 밋팀 쩌나도록/ 거문고 빗기 안고 바회 우희 안자시니/ 어듸셔 벗 일흔 기럭이는 혼자 우러 녜느니." 심재완(1972).

르는 관용적 시조句가 자리잡고 보편화하였던 사정을 짐작할 수 있다.

조심스럽게 한 가지만 더 지적해보면, 한역시 ⑥과 그 원시조의 내용은 松江의 <關東別曲> 마지막 부분 "松根을 볘여 누어 픗줌을 얼픗 드니…(중략)…나도 줌을 씨여 바다홀 구버보니 기픠롤 모르거니 フ인들 엇디 알니 明月이 天山萬落의 아니 비쵠듸 업다"[42]라는 내용과 관련이 있다. 이 같은 사실로 미루어 이 시대에 시조의 관용구만이 아니라 시조에서건 가사에서건 어떤 문학적 心象이 있어서 서로 다른 갈래를 드나들며 관용화되었다고 가정할 수 있지 않은가 한다. 한역시 ⑪과 김천택의 시조(전서 #2381)의 경우[43]와 같이 이민성 전후의 문학세계에 일반적 詩想이 존재하여 작품화한 경우도 함께 생각해 볼 수 있다.

4. 새로운 흐름의 시작 : 경정 시조한역의 문학사적 의미

본 장에서는 앞 장에서 검토한 이민성의 시조한역의 내용과 형식의 특징들을 국문학사, 특히 시조한역의 역사 위에서 어떻게 평가할 수 있는가를 밝히는 것이 과제이다. 이는 앞서 논했던 이민성의 시조한역이 지닌 당대적 성격을, 시간을 확장시켜 그 위아래를 고찰함으로써 통시적 의미로 전환시키는 작업이기도 하다.

이민성이 살던 시대는 전통 한문학의 중세적 가치관이 안팎의

---

42) 松江, <關東別曲>, 國語國文學會 編, 『歌辭選』(大提閣, 1976).
43) 본 글 2장 참조.

충격으로 나름의 새로운 방향전환을 꾀하던 시기였다.[44] 임진왜란과 병자호란 이후 지배계급의 질서가 흔들리고 儒學이 하나의 관념론으로 떨어져 현실 문제를 해결할 수 없게 되자 이를 넘어서려는 움직임이 實學으로부터 모색되었다. 국문학 역시 인간생활의 문제를 다루고자 하였으니, 새로운 경험자체의 논리를 작품구조로 형상화하는 것은 사회 기층의 문학에서 가능했다.[45]

한문학의 반성적 경향은 한시 내부에서 위기해결을 시도하게도 했지만 새롭게 세력을 확장하는 국문시가의 영역에서 참신한 소재와 표현법을 도입하게도 하였다. 이민성의 시조한역은 바로 여기에 위치한다. 전반적 비판과 반성, 새로운 시대의 전환과 더불어 이들을 감지하고 전환을 자기 내부에서 모색하려는 이민성의 작가의식이 개입하여 이러한 시조한역을 가능하게 했던 것이다. 비록 그것이 양식화되지는 못하고 "聞人唱俚歌韻而詩之"라는 부득이한 편법 정도로 행해지기는 했지만 국문시가에 대한 그의 관심은 한문학권 내의 전반적 변화 동향에 부응하는 것이었다.

그가 특히 시조라는 갈래를 한역의 대상으로 택했던 이유는 무엇일까? 다른 국문시가 양식이 본격화하기 이전이기 때문에 그러하기도 하겠지만 무엇보다 중요한 이유는 양반으로서 가장 손쉽게 접할 수 있는 양식이 시조였기 때문인 듯하다. 특히 한역 대상 시조가 남녀 간의 애정과 이별의 심정을 노래한 작품이 많은 것으로

---

44) 조동일은 임진왜란과 병자호란을 중세에서 근대로의 이행기가 시작될 수 있게 하는 계기로 보고, 이민성의 시대를 비판과 반성의 시대로 파악했다. 조동일(1984), 7~50면.
45) 조동일(1984), 10면.

미루어 기생들과 흔히 접할 법한 양반들이 창으로 불렀던 시조들에 관심을 갖는다는 것은 예외적인 일이 아니다.

이러한 기녀시조의 출현과 작가가 밝혀지지 않은 사랑노래 등은 시조들 간의 선후관계를 이해하는 데에도 도움을 준다. 흔히 무명씨의 사랑노래 등 남녀 간 애정문제를 다룬 시조들의 출현은 조선후기 시조의 작자층 확대에 따른 변모로 이해하는 것이 일반적이었다.46) 그러나 이민성의 시대로 이들 시조들의 향유시기가 소급되면서 失名의 원인도 기녀와의 정분을 표현한 이들 노래의 작가가 지니는 신분상의 제약으로 이해된다면, 기왕의 논지는 시조사에서 이러한 경향을 지닌 시조들의 출현을 두고 적어도 50년 내지 100여 년의 거리를 부당하게 벌여놓은 셈이 된다.

같은 시기상의 문제가, 원시조뿐만 아니라 한역시들의 경우에도 제기된다. 조선후기 소악부를 위시한 일련의 시조한역 추세를 국문문학과 한시단 내부의 문제로 연결시켜 이를 시도한 작가군의 탁월한 현실자각 의식을 반영하는 행위로 이해하는 태도47)가 여기서 다시 고려되어야 한다. 고려후기 이제현에 의한 소악부가 조선후기에 그 시대적 정황에 힘입어 새롭게 부상한 것으로 파악되곤 했던 그러한 논의들은 이민성 시대에 이미 전거를 마련하고 있었던 것이다. 이민성과 동시대의 작가인 신흠 역시 자작시 30여 수를 한역했던 점48)을 보아 이 시대에 이미 시조한역의 추이가 있었으며, 당연히 당대에 시조의 보편화 현상이 이루어졌음을 알

---

46) 조동일(1984), 283~290면.
47) 황위주(1983) 및 이우성(1976) 참고.
48) 박노춘(1973).

수 있다.

　이민성으로부터 시조한역의 전통을 잡아가면 조선후기 소악부에 비해 우리는 50년에서 200년까지의 앞선 전범을 갖게 되는 셈이다. 소악부의 출현을 문학사 위에서 파악할 수 없이 당대적 성격에만 귀착시킴으로써 갑자기 등장한 획기적 현상 내지 창작물로 파악해 온 논의들에게는, 이민성이 먼저 이룩한 결과물이 발견되었다는 점이 국문학사 위의 연속성을 설명할 수 있도록 해 주었다는 점에서 다행스러운 것이 되리라 본다. 바로 이 점은 이민성을 19세기 소악부 작가들과 동렬에 놓이게 하는 요소이면서 동시에 그들로부터 특별한 자리에 그를 위치시켜야 하는 근거가 된다. 동렬이라는 것은 시조를 한역했다는 공통점에서다. 특별한 자리라는 것은 이 흐름의 가장 앞자리에 이민성이 있다는 점에서 마련된 좌석이다. 이민성 시대의 시조의 보편화 현상과 시조한역의 추이가 후기 소악부 출현에 깊이 관여했을 것임은 자명한 일이며, 그렇다면 소악부라는 중요한 의미군을 파생시킬 만한 선각자적 위치에 이민성은 서게 되는 것이다.

　문제를 여기까지 이끌면, 이민성의 한역이 과연 후기의 한역시들에 어떤 구체적인 영향을 끼쳤는가가 주목된다. 여기서는 특히 한역의 형식이 문제되는데, 주지한 바와 같이 이민성의 5언고시 형식은 소악부 작품들의 질서정연한 7언절구 내지 5언6구 등 타 형식과 이질적이다. 소악부의 형식은 고려후기 이제현의 소악부를 전범으로 삼은 형식인 것으로 이미 파악하였다. 그러나 본문 3장에서 밝힌 것처럼 이제현의 소악부는 단지 그가 7언4구의 형식을 택한 것에 불과할 뿐, 다시 그에게 전범으로 작용했던 남북조시대의 한시에 비하면 5언4구와 7언4구 등이 다 같이 가능해진다. 즉 이민성이 택한 한역의 형식은 예외적인 것으로만 볼 수는 없는 것이다. 다만 5언고시가 시조한역 형태로서 가능한 형식 가운데 하나였음을 증거할 수 있게 될 뿐이다.

그런데 이민성과 비슷한 시기의 金尙容이 시도한 한역시를 보면 앞서 소개한 시조의 "날갓치 잠 아니 오면"[49]이 "若使如儂眠不得"으로 한역되고 있다. 같은 구절을 이민성은 "如儂長不寐"로 한역하고 있는데, 여기 쓰인 '儂'이 '나'를 가리키는 1인칭 대명사로 일반적이지 않다는 점에서 작자 상호간의 교류 가능성을 생각해 볼 수 있다.

세부적이지만, 이민성의 한역을 통해 원시조의 작가고증이 부분적으로 가능하다. 앞서 소개한 시조 #688 <뉘라서 나 자는…>은 심재완이 조사한 이 시조의 異本 가운데 朴氏本『詩歌』에 의하면 李觀徵(1618~1695)이 작자라고 되어 있다.[50] 그러나 시조를 한역한 이민성의 생몰 연대(1570~1629)로 보면 그가 시조의 작자일 수는 없는 것이다.

또 본문 2장에서 언급한 바, 원시조를 찾지 못한 ⑪의 경우 김천택(숙종 조)의 시조 <人間 언의 일이…>와 내용이 거의 유사한데, 이로 보아 시조의 작가가 잘못 알려졌거나 또는 김천택이 노래한 것과 같은 詩想이 이민성의 시대에도 유사작품으로 존재해 오다가

---

49) 이민성의 시조한역 ⑩. 본고 2장 참조.
50) 심재완(1972), 248면.

김천택에 이르러 그렇게 시조화되었을 수 있다. 이밖에 이민성의 한역시 ⑥, 원시조 #1745의 내용이 송강의 <관동별곡> 후반부와 유사한 점은 앞의 3장에서 밝힌 바가 있는데, 이것도 김천택 시조의 경우처럼 이민성 전후의 문학세계에 일반적인 심상이 존재하여 이것이 갈래의 제한 없이 드나들면서 작품화되었던 사정을 말해준다.

이상의 논의를 종합해보면, 이민성은 한문학의 비판적 각성과 국문문학의 새로운 전환이라는 시대적 배경과 그러한 분위기를 감지할 만한 작가의식을 결함하여 시조한역을 시도할 수 있었다. 특히 시조가 그 한역 대상이 된 것은 사대부 남성이 국문시가 중 가장 손쉽게 접할 수 있는 갈래라는 이유에서였으며, 기생들과의 접촉이 그러한 관심을 뒷받침하는 구실을 하였다.

이러한 기녀시조를 비롯한 남녀의 사랑노래는 같은 류의 시조가 발생한 시기를 이민성의 시대로 소급하게 하며, 이런 시조가 보편화된 사정으로 미루어 시조한역의 추이 또한 이민성의 시대 이전으로 소급시켜 준다. 이 점에서 「소악부」 등 이민성 이후 시조한역 흐름의 선각자적 위치에 이민성을 올려둘 수 있다.

이민성의 시조한역이 후대의 한역에 형식상 영향을 끼친 근거는 발견되지 않으며, 다만 비슷한 시기에 한역을 했던 문인들 사이에 교류가 있었을 것으로 짐작된다.

그밖에 이민성의 시조한역을 통해 해결할 수 있는 문제는 부분적인 원시조의 작가고증, 서로 다른 갈래들 간에도 공통적인 시상이 공유되었을 가능성 등이다.

5. 의의와 한계

앞에서 우리는 이민성의 시조한역 작품 12수를 내용과 형식의 양 측면에서 성격을 고찰하고, 거기서 밝혀진 것들이 국문학사상 어떤 의미를 갖는가를 살폈다.

이민성의 시조한역에 대해 필자가 중요하게 관심을 둔 것은 대개 다음의 문제들이었다.

첫째, 이민성이 어떤 내용의 시조들을 대상으로 하였는가 하는 점, 둘째, 이러한 원시조들의 내용적 성격으로 보아 이들을 택하게 된 배경, 셋째, 이민성의 한시화 방식과 그 주류를 이루는 형식의 이유 분석, 넷째, 한역시의 형태로 5언고시가 선택된 이유, 다섯째, 이민성의 시조한역을 후대의 시조한역 흐름과 관련하여 어떻게 평가할 수 있는가 하는 것 등이 그것이다.

본문에 밝혀진 바를 좇아 위의 문제를 해결해 가면 다음과 같다.

첫째, 이민성이 한역한 원시조의 내용은 애정과 별한을 노래한 것이 가장 많다. 다음으로 삶으로부터 초탈하고자 하는 심정, 술을 소재로 낙관적 자세를 읊은 것 등이 눈에 띄며, 그 밖에 운명론적 사고를 표출한 작품이 있었다.

둘째, 이민성이 이러한 내용의 시조를 택한 것은 시조 전체의 내용상 비율과 비교하여 예외적이지 않다. 특히 기녀시조를 수용하고 사랑노래를 다수 한역한 점 등은 국문시가에서 이루어진 소재상의 신선함이 그의 한시관에서 새로운 것으로 인식되었기 때문이다.

셋째, 이민성의 한역방법에서는 초·종장이 한시에서 각각 두 행씩으로 한역되는 유형이 가장 많다. 그 이유는 시조에 있어 의미구조가 초장과 종장에서 두 부분으로 분절되는 경우가 가장 많으므로 여기에 기승전결이라는 4단 구성을 대응시킨 결과이다.

넷째, 이민성이 택한 5언고시라는 한역 형태는 남겨진 시조한역 작품들의 형식들 중 예외적이라 할 만하다. 하지만 이제현이 전범으로 삼았던 남북조시대의 자유로운 한시유형을 감안할 때, 민간의 노래를 한시화하는 데 가능한 형식이다.

다섯째, 임진왜란과 병자호란 이후 전반적인 문학 내부의 전환과 이를 긍정적으로 수용한 이민성의 작가의식이 결합하여 시조한역이라는 양식이 이루어졌다. 이것은 후대에 시조한역이 확대되어 가는 흐름에 비추어 선구적 의의를 지니는 것이다.

이들 해결 과제 가운데 필자의 개인적인 생각으로는 '소악부'라는 중요한 흐름을 국문학사 위에서 하나의 돌발적 사태가 아닌 연속성을 지닌 것으로 이해하게 했다는 점에서, 이민성의 시조한역이 무엇보다 중요한 의의를 가진다고 본다.

이밖에 본고에서 다루지 못하고 한계로 남은 문제들은 다음과 같은 것들이다.

첫째, 한역 작품의 원시조가 밝혀지지 못한 것이 있어서 그들을 부득이하게 형식상 논의에서 제외시킬 수밖에 없었다는 점이다. 특히 이들 원시조를 밝히지 못한 것들은 현재까지 알려지지 못한 시조들의 발굴을 재촉하는 자료가 될 수 있을 것으로 본다.

둘째, 이민성의 전체 한시관에 비추어 이들 한역시의 형식과 내용을 조명하는 데 미흡했던 점이다. 이는 셋째 문제와 연결되는데, 이민성의 전체 한시 세계가 밝혀지면 그의 한역의 태도를 당시 문

인들의 국문시가 한역 태도와 비교 고찰할 수 있겠지만, 그 전제조
건이 마련되지 못하여 불가능했다는 점이다. 이것이 이 글의 가장
큰 한계이기도 하다. 만약 이 한계가 극복되면 이민성이 지니는 문
학사적 위치도 어느 정도 가늠될 것이다. 이를 위해서는 사장된 채
있는 그의 문집이 착실히 연구되고 진척되어야 한다. 이는 이 글의
다른 의의이기도 하다. 이민성의 시조한역에 대한 본고의 맺음말
이 경정문학연구의 머리말이 되어야 하는 이유는 여기에 있다.

시조한역 중기 I (17세기 말~18세기 초)
: 남구만·이기휴·이형상

1. 서론 : 연구사의 향방과 논의의 시각

국문학 연구에서 시조와 한시 사이의 양식적 넘나듦을 주목하고 그 장르적 영향을 고찰하려는 시도가 이루어진 것은 비교적 이른 시기부터이다. 두 갈래가 국문문학과 한문학 속에서 워낙 대단한 비중을 차지하고 있고 둘 사이에 일어난 교섭의 양상 또한 쉽게 발견되므로, 연구자의 숱한 관심이 쏠린 것은 일견 당연해 보인다. 하지만 더욱 중요한 이유는 다른 데 있다. 첫째, 국문문학과 한문학의 공존이라는 국문학사의 특성상 양자를 아우르는 접근법을 통해서만 온전한 연구 시각을 확보할 수 있다는 점과, 둘째, 두 갈래는 작품의 생산 당대에 이미 서로 견제하고 보완하면서 다른 갈래의 영향으로부터 자유로울 수 없었다는 점이 그것이다. 곧 이는 현재 국문학 연구자로서의 균형잡힌 시각을 위해서만이 아니라, 당대적 실상으로부터 비롯한 불가피한 고민거리였던 셈이다.

객관적 양상은 크게 한시가 시조에 수용된 경우와 시조를 한역한 경우로 나뉜다. 어느 경우나 조선중기 이후 중세의 보편문학으

로서의 한문학이 자국어문학의 부상으로 혼효와 갈등을 겪고 새로
운 모색을 추구하던 때의 과도기적 현상이라 할 만하다. 다만 이를
평가하는 관점은 한문학 연구와 국문시가 연구자의 관점이 확연히
달랐다. 한시 중심의 관점에서는 한시의 시조화나 시조한역이나
모두 당시 확고한 갈래로 보편화한 한시양식이 자기 영역을 확장
하면서 시조라는 양식을 끌어낸 것으로 본다. 이러한 견해는 시조
의 발생에 관한 외래기원설의 대표적 근거로까지 확장되기에 이르
렀다.

국문학의 自生性을 중시하는 쪽에서는 이 같은 견해에 정면으
로 맞서는 논거로서 동일한 사례를 적극적으로 해석하였다. 특히
시조의 한시기원설의 논거가 된 한시현토식 차용이 전체 시조 중
극히 미미한 현상이며, 다만 두 경우의 현상 모두가 결국 한시와
시조 사이의 구조적 불일치성을 확인시켜주는 것일 뿐이라고 주장
하였다. 이처럼 출발부터가 국문시가의 기원설과 관련한 예민한
문제였던 논의는 이제 국문학계의 해묵은 시비를 해결할 수 있는
새로운 시각을 기다리고 있다.

그간의 연구성과도 둘로 구분된다. 한시의 시조화는 첫 단계 연
구 이후 차용 빈도를 계량화하는 객관적 접근법을 거쳐, 1980년대
이후에야 한시 수용 양상을 몇 가지로 유형화하고 그 시대적 분포
를 통해 문학사적 의미를 조명한 성과가 제출되었으며,[1] 최근에는
두 갈래 사이의 구체적이고 부분적 유사성을 흥미롭게 대비하는

---

[1] 나정순, 「한시의 시조화에 나타난 시조의 특성 연구」(이화여대 석사논문, 1981);
김영진, 「고시조의 한시수용에 관한 연구」(전북대 석사논문, 1988); 姜惠貞, 「時
調의 漢詩 受容 樣相 硏究」(고려대 석사논문, 1995).

차원의 논의도 발견된다.2)

 시조한역 논의는 다른 연구 시각에서 이루어졌다. 일찍이 조윤제가 '시가의 한역시대'를 설정하여 의미를 부여한 이래, 자료소개와 정리 작업이 활발해졌고, 문학사적 이행기로서 조선후기가 부각되면서 19세기 '小樂府'에로 관심이 집중되었으며,3) 이후 시대를 거슬러 17·18세기의 李民宬, 李衡祥, 金養根4), 黃胤錫, 洪良浩 등에 의한 시조한역 양상을 개별적으로 분석하는 작업5)으로 이어졌다. 이 과정에서 시조한역의 보편적 양상을 추출하거나6),

---

2) '소악부' 연구 성과는 다음 주석에서 다룬다. 최근 경향의 예로는 安大會, 「漢詩와 時調 意象의 유형적 특질 : 錯覺 모티브를 중심으로」, 『한국한시연구』 2(한국한시학회, 1994)와 이종묵, 「고전시가에서 용사와 점화의 미적 특질」, 『한국시가연구』 3(한국시가학회, 1998) 등을 들 수 있다.

3) 조선후기 '소악부'와 관련하여 전반적 경향을 다룬 대표적인 논문은 다음과 같다. 李東歡, 「朝鮮後期 漢詩에 있어서의 民謠趣向의 擡頭」, 『한국한문학연구』 3·4(한국한문학연구회, 1979); 鄭垣杓, 「紫霞 申緯 漢詩 研究 序說」(서울대 석사논문, 1979); 黃渭周, 「朝鮮後期 小樂府研究」(한국학대학원 석사논문, 1983); 호승희, 「한국의 악부논의에 나타난 시가관」, 『이화어문론집』 9(이화여대, 1987); 沈慶昊, 「朝鮮後期 漢詩의 自意識的 傾向과 海東樂府體」, 『한국문화』 2(서울대 한국문화연구소, 1981); 孫八州, 「申緯 詩文學 研究」(동국대 박사논문, 1983).

4) 그의 시조한역을 다룬 김명순에 의해 '金良根'으로 소개[金明淳, 「金良根의 時調漢譯에 대하여」, 『문학과 언어』 11집(문학과 언어 연구회, 1990)]되어 이후 논의들에서 거듭 잘못 표기되어 왔다. 『東埜集』을 남긴 18세기의 인물은 '金養根'이므로 바로잡아져야 한다. 본고에서 이후 동일 인물 및 관련 논문을 인용할 때는 수정하여 사용한다.

5) 조해숙, 「李民宬의 時調 漢譯의 性格과 意味」, 『관악어문연구』 13(서울대 국문과, 1988); 姜銓爕, 「瓶窩 李衡祥의 漢譯歌曲 小考」, 『국어국문학』 102(국어국문학회, 1989); 成範重, 「時調의 漢譯과 그 形象化의 問題 : 耳溪 洪良浩의 「靑丘短曲」을 中心으로」, 『울산어문논집』 6(울산대 국문과, 1990); 孫燦植, 「頤齋 黃胤錫의 時調漢譯의 性格과 意味」, 『어문연구』 30(충남대 어문연구학회, 1998); 金明淳, 「時調漢譯의 性格과 意味 : 李衡祥의 作品을 中心으로」, 『문학과 언어』 12집(문학과언어연구회, 1991); 김명순, 「黃胤錫의 時調漢譯의 性格과 意味」, 『동방한문학』 13집(동방한문학회, 1997) 및 김명순(1990) 등이 대표적이다.

시대별 한역작가를 망라하여 흐름을 제시한다든지[7], 개성적인 한 작가를 통해 시대적 의미와 갈래의 대응을 심도 있게 파고 든 성 과들도 나타났다.

국문시가의 자생성 문제를 시빗거리로 삼던 단계를 훌쩍 넘어선 현 단계 국문학 연구에서 이 방면의 논의를 의미 있게 진전시키기 위한 방법은 무엇인가. 아마도 그 해답은 시조의 한역을 고찰하는 쪽에서 찾아져야 할 것 같다.

국문학의 총체적 양상을 제대로 드러내기 위해서는 두 장르간의 내적이고 심층적인 교류와 영향관계를 논하면서 양 방향을 함께 다루는 것이 긴요하다. 그러나 한시의 시조화는 시기나 방법, 취향 이 시조한역 양상에 비해 훨씬 단순하다. 한시를 시조 속에 수용하 는 가장 보편적인 양상인 한시현토형 시조의 경우, 18세기 후반 이 후 19세기까지 음악성에 경도된 전문 가객들의 모방적 산물이 대 부분으로 중인층의 당대적 취향을 반영한다.[8] 반면 시조가 한시화 하는 양상은 17세기 이전부터 한시와 시조 양쪽에 관심을 가진 사 대부들에 의해 지속적으로 이루어져 왔으며, 전개 과정에서 다양 한 변이 요소가 끊임없이 포착되는 것이 사실이다. 따라서 한시와 시조가 공존한 현상 자체를 다루거나 양상을 수치화하는 데 그치 지 않고, 상호간의 문학내적 장르문제로 연구 시각을 전환하기 위 해서는 시조의 한역 양상을 다룰 수밖에 없는 것이다.

---

6) 金明淳, 「時調漢譯歌 研究」(경북대 석사논문, 1988).

7) 尹勝俊, 「朝鮮朝 時調漢譯 研究」(단국대 석사논문, 1991).

8) 김석회, 「한시 현토형 시조와 시조의 7언절구형 한시화」, 김병국 외, 『장르교섭과 고전시가』(월인, 1999), 157~159면.

이상 제기한 문제의식을 바탕에 두고, 한역시의 성립 조건과 한역 양상을 유형화할 필요성을 점검한 후 시조가 한역되는 양상을 17세기라는 특정 시기에 국한하여 살피는 순서로 본 논의를 진행하고자 한다. 특정 시기 유형화된 시조한역이 지니는 의미는 마지막 단계에서 자연스럽게 드러날 것이다.

2. 한역시의 조건 및 유형화의 문제

시조의 한역 양상을 다룰 때 고려해야 할 사항은 다음 몇 가지이다.

우선 한역 작품의 구분 문제이다. 작품이 전하고 있는 자료의 성격에 따라 개인문집에 전하는 경우, 조선후기 가집에 전하는 경우, 기타 악부·사 자료집에 실려 전하는 경우로 구분할 수 있다. 또 자작한 시조를 직접 한역한 경우와 민간에서 유행하는 작품을 듣고 한역한 경우가 존재한다. 자작시를 한역한 경우는 개인적인 창작기록물로서 시조를 인식했을 가능성이 높은 반면, 유행 시조를 임의로 한역한 경우라면 대개 시조의 연행 현장에서 노래로 인식하여 한자로 기록했을 개연성이 커진다. 율곡시나 퇴계시의 경우처럼 특정 작가의 연시조를 여러 차례에 걸쳐 한역하는 경우도 있는데 이것 역시 자작시 한역의 경우와 동일한 조건에서 한역이 이루어졌다고 생각된다.

다음으로 한역시의 범주 문제이다. 이는 한역의 태도 내지 작가의식과 관련되는 것으로, 한역을 하되 원시조의 의미를 좇아 逐字

的 번역만을 시도한 경우와, 시조의 내용을 한시의 형식에 맞도록 차용 내지 변용하는 경우, 시조의 소재와 주제를 내면화하여 거의 재창작에 가깝게 한시로 탈바꿈하는 경우 등 여러 층위의 한역이 가능하다. 피상적으로는 첫째의 경우가 시조를 한시보다 가장 우위에 둔 태도로 여겨지나 한역시의 문학적 완성도를 문제 삼는다면 이는 간단하게 판단할 성질이 아니다.

이런 점을 고려할 때, 한시와의 장르적 변별성을 논할 수 있는 문학적 양식으로서의 한역시의 조건은, 개인문집 속에 소재하는 한역시로서, 10편 이상으로 경향을 입증할 수 있는 것이어야 하며, 한역 방법 면에서 단순히 시조를 축자적으로 전이한 것이 아니라 완성된 한 편의 문학 작품으로 한시화한 것이라야 한다. 문집소재 한역시의 경우 시기의 변증이 확실하고 작가의 문학적 지향과 의식을 살필 수 있으며, 한두 편 산재하는 작품은 한역자의 의식을 반영하는 자료로 삼기에 곤란하기 때문이다.

앞서 진술한 바 시조의 한역의 문제는 조선후기에 대량 생산된 이른바 '樂府體' 현상을 설명하는 것에서 출발하였다. 이것이 고려 말 이제현의 「小樂府」에 나타난 고려속요의 한역 방식과 의도에 관한 탐색과정과 직결되고, 19세기 중후반의 사대부가 『詩經』의 採詩觀風 정신을 바탕으로 당대의 노래를 한역함으로써 문학사적 소용돌이 속에 대응하려 한 것으로 해석되곤 하였다.[9] 시조한역 양상이 문제적일 수 있었던 중요한 이유 가운데 하나는 이념적으로나 신분면에서 중세적 친연성을 갖는 계층에서 한시라는 중세

---

9) 주3)의 논문 참조.

이전의 양식을 통해 국문시가의 정서를 자기화함으로써 혁신을 꾀한 점이 문학사적 전환기의 대응 양상으로 설명될 수 있었기 때문이다.

그런데 18세기 이전 시기로 관심을 소급하면서부터 연구는 특정 작가의 개인적 성향을 면밀히 파고드는 방법으로 진행되었다. 19세기만큼 광범한 실증을 확보하지 못한 상황에서 적극적인 해석을 시도하기가 어려웠을 뿐만 아니라, 17·18세기의 현상은 문학사의 시기가 19세기와 일치하므로 동질화할 수 있다고 판단했을 것이다. 한역 방법이나 소재상의 특성도 개별적 성향 내지 초기적 특징 정도로 취급되었다. 이리하여 16세기 말 이래 19세기까지 지속된 시조한역은 모두 동일한 경향을 입증하는 개별적 사례들로서 해석되곤 하였다.

기왕에 축적된 성과를 바탕삼아 시조한역의 전개 과정을 입체적으로 파악하는 것이 가능해졌다고 본다. 이를 위해서는 각 시기 작가별로 주목해 온 양상을 통시적인 관점에서 재조정하고 유형화하려는 태도가 요구된다.

이런 관점에서 필자는 두드러진 시조한역 활동을 보인 작가를 중심으로 18세기의 한역 양상을 유형화하고 의미를 탐색한 적이 있다.10) 시조한역을 논하는 자리에서 19세기에 비해 상대적으로 소홀하게 다루어져 왔고 문학사적 의미도 두드러지지 않았지만 18세기는 17세기에 시작된 시조한역이 본격화한 시기이며, 19세기 소악부 시들의 발생에 어떤 식으로든 영향을 끼치면서 독자적인

---

10) 조해숙, 「시조의 한역화 양상과 그 의미 : 18세기의 한역 경향을 중심으로」, 『국어교육』 108(한국국어교육연구학회, 2002).

특징도 부각되는 시기라고 보았기 때문이다. 그 결과, 시조한역사에서 18세기는 가능한 모든 형식적·내용적 실험이 시도된 시기로, 한역시이면서도 가장 시조다운 모습을 모색해 간 때이며, 여타 갈래에서 보이는 이행기다운 발랄함과 생동감이 한역 작품 속에 드러난다고 보았다.

이미 제출된 성과들에 의한다면, 시조한역의 시기와 경향은 몇 단계로 구분 가능하다. ① 敬亭 李民宬(1570~1629)이 「聞人唱俚歌韻而詩之」란 제목 아래 실린 한역시조 12수를 한역한 16세기 말에서 17세기 초반에 이르는 시기, ② 耳溪 洪良浩(1724~1802)의 「靑丘短曲」 40수 및 「北塞雜謠」 내 한역시조, 頤齋 黃胤錫(1729~1791)의 「古歌新翻29章」 및 「古歌新翻續14章」을 중심으로 한 18세기 중후반, ③ 紫霞 申緯(1769~1845)의 「소악부」 이후 악부시들의 생산기인 19세기 등이다. 이 때 ①과 ② 사이의 공백이 문제이다.

본고에서는 바로 이 17세기 후반 18세기 초기에 시조한역을 적극적으로 시도한 이형상(1653~1733)과, 南九萬(1629~1711), 李基休(1650~1710)[11])의 시조한역 양상을 살펴 그 유형적 특징을 추출함으로써[12]) 18세기 한역의 양상과 초기 한역 양상 사이의 상

---

11) 姜銓爕, 「李基休의 「短歌十九章」에 對하여」, 『한국한문학연구』 16집(한국한문학회, 1993).

12) 조선조 국문시가의 한역 양태를 조사한 논문에 의하면, 조선조 전 기간을 통하여 100여 명의 작가가 1200여 수의 시조를 한역하였다고 한다. 이 가운데 한두 편 단편적으로 한역한 경우를 제외하고 연작형태 및 10수 이상 한역한 작가는 40여 명에 이른다. 자세한 목록은 金文基·金明淳, 「朝鮮朝 漢譯詩歌의 類型的 特徵과 展開樣相 硏究(Ⅰ) : 類型的 特徵을 中心으로」, 『대동한문학』 7집(대동한문학회, 1995), 18~20면 참조.

이성을 매개해 줄 시기로 의미부여하고자 한다.

시조한역 양상을 이해하는 데 전제가 되는 요소들을 정리하는 일을 여기서 그치고, 구체적인 한역 양상을 다루는 다음 장으로 넘어가 보자.

3. 17세기 시조한역의 양상

본 장에서는 관심 시기에 한역 작품을 남긴 주요한 작가들의 한역시를 구체적으로 검토하여 우리가 주목하고 있는 시기의 유형적 특징을 밝히고자 한다. 이 시기의 한역 작가로서 樂學에 특별한 조예를 지니고 활발한 한역 작품을 남긴 이형상을 중심에 두고, 비슷한 시기의 남구만, 이기휴의 한역시를 관련시켜 다룬다. 또 시기상의 특징을 명확히 하기 위하여 전후시기의 한역 작가와 작품도 적절히 인용될 것이다.

3.1. 한역의 배경과 자료의 성격

앞서 제시한 세 사람의 한역 작업을 17세기의 것으로만 보는 것은 얼핏 보아 어렵다. 이들의 생몰시기가 17세기 후반에서 18세기 초반에 걸쳐 있고, 특히 한역 작품이 실린 이형상의 자료는 18세기에 들어선 직후 마련되었다고 확인되기 때문이다. 그러나 자료에 나타나는 여러 정황 증거들은 이들 자료가 17세기 중·후반 시조의 연행과 향유 양상을 반영한 것임을 알려주므로, 한역의 양상 또한 17세기 후반의 것으로 볼 수 있다.

이형상의 시조한역 가운데 학계에 먼저 보고된 것은 그의 문집에 수록된 「浩皤謳」 16수[13]이다. 작가가 1715년 이후 경북 永川에 두 번째로 돌아와 살 때 지은 것으로, 초고본이 실린 『병와전서』 내의 「更永錄」에도 서문을 비롯한 일체의 관련 언급이 없이 작품만 전한다. 다른 자료는 영광 군수를 사임하고 영천에 처음 浩然亭을 짓고 은거할 당시인 1706년에 저술한 「芝嶺錄」에 실린 것이다. 「今俗行用歌曲」이라는 제목 아래 평시조 한역 작품 55수와 사설시조의 한역으로 보이는 長歌 4수[14]가 실려 있다.[15]

이형상은 중국과 우리나라의 역대 음악에 대한 기록과 작품들을 수록한 『樂學便考』(1707~1725)를 편찬하기도 하였고, 저작 곳곳에 음악에 관한 많은 기록을 남겼다. 또 스스로 악부시를 짓는 등 우리 노래에 대한 특별한 관심을 기울였던바, 여러 차례에 걸쳐 시조를 한역하려 했던 동기는 미루어 짐작할 수 있다. 「금속행용가곡」의 앞머리에 적힌 다음 글은 다른 한역 작가들처럼 국문시가의

---

13) 『병와집』 권4(『병와전서』 1, 한국문집총간 164) 및 『병와전서』 8(한국정신문화연구원 영인). 「호파구」 자료는 심재완, 『역대 시조전서』(세종문화사, 1972)의 시조한역 자료 부분 및 朴魯春, 「時調漢譯總覽」, 『국어국문학』 62·63 합병호(국어국문학회, 1973)에 일찍부터 소개된 바 있다.

14) 「금속행용가곡」을 다룬 기왕의 논문들에서 대부분 시조한역 55수만을 「금속행용가곡」으로 분류하고 장가는 달리 구분하고 있다. 이것은 서문에 곡조의 평시조의 곡조만 언급되었기 때문일 것이다. 그러나 「지영록」의 제목 부여 방식으로 보아 「금속행용가곡」 아래 '평조 제1지', '계면조 제1지' 등과 동일한 자리에 '장가' 및 <僧父詞>를 적은 '別曲'이 적혀 있으므로 「금속행용가곡」은 '장가'와 '별곡'을 모두 포함하는 용어로 판단된다.

15) 이를 일찍 소개한 이는 권영철(『瓶窩 李衡祥 硏究』, 한국연구원, 1978)과 강전섭(1989) 두 분이며, 『병와가곡집』과의 관계를 문제 삼은 비교적 최근의 연구로 김용찬, 「瓶窩 李衡祥의 <今俗行用歌曲>에 대한 考察」, 『고전문학연구』 10집(한국고전문학연구회, 1995)이 있다.

효용성을 역설하려는 것이 아니라, 시조의 향유가 보편화한 상황에서 곡조별 배열에 의해 시조를 기록하는 의의를 강조하려는 것이다.

> 행용되고 있는 가운데 평조·우조·계면조는 大綱이다. 그래서 중대엽·심방곡·감군은·북전과 같이 금보에 실려 있는 것들은 가히 살펴서 그 緩急을 알 수 있다. 그러나 만대엽은 소리가 끊어질 지경에 이르러 梨園[樂院을 지칭]의 老師들조차 그것을 노래할 수 있는 자가 없다. (그래서 내가) 단지 속악 가운데 이해할 수 있는 것들을 가려내어 세 가지 곡조로 나누어 후세 사람들로 하여금 취하고 버릴 바가 있음을 알게 하고자 한다.16)

즉 이 글은 당대에 널리 행해지고 있던 가곡(시조)이 '삭대엽', '중대엽', '만대엽' 등의 완급보다는 분위기(또는 高低)에 의한 평조·우조·계면조로 악곡 분류의 기준을 삼고 있음을 반영하고 있다. 또 17세기 후반에는 이미 만대엽이 거의 불리지 않게 되었으며, 대신 삭대엽을 포함한 여러 악곡으로 재편되었다는 음악사적 전개 과정을 증거하고 있다.

55수의 평시조 한역 작품 중 현재까지 원시조가 밝혀진 것들은 모두 36수인데,17) 한역 과정에서 朱義植 등 당대의 인물을 비롯

---

16) 「芝嶺錄」 제6, 『瓶窩全書』 8(한국정신문화연구원 영인본), 788면. "八行用中平調·羽調·界面調 自足大綱 而如中大葉·心方曲·感君恩·北殿之載於琴譜者 可考 而知其緩急也. 然慢大葉幾乎絶響 梨園老師 亦未有歌之者 只取俗樂之可解者 以分於三調之中 使後人知有所取舍焉"

17) 권영철(1978)과 강전섭(1989)의 논의도 한역 작품의 원시조를 찾는 일에 거의 집중되어 각각 39수와 32수의 원가를 밝혀놓고 있으나 다수의 오류가 발견된다. 따

하여 작가가 밝혀진 작품을 절반 정도 취택한 점이 주목된다. 곡조별 작품 수는 평조 26수, 우조 21수, 계면조 8수이며, 각 작품의 앞에 '村居樂', '感君恩', '江興獨'과 같이 3자의 제목을 붙여 원시조의 내용을 짐작하도록 하였다. 김양근이 시조한역가 64수를 15개 항목으로 분류[18]하고, 홍양호가 한역시 첫구의 일부를 따서 제목을 삼은 것[19]과는 달리 개별 작품의 주제를 명시하는 태도라고 짐작된다. 즉 그는 곡조별 분류를 앞세우면서도, 제목에서 보듯 내용면 또한 시조 취택의 기준으로 삼은 것이다. 한역시의 형식은 4언6구와 5언6구 등 齊言體가 23수이나 장단구체가 32수로 더 많고, 한역의 방법도 원시조의 내용을 거의 그대로 옮겨놓은 것이 대부분이다.

「호파구」는 동일 작가의 한역임에도 한역의 방법과 태도 면에서 다르다. 형식면에서 16수 모두가 5언6구의 제언체로 통일되었고, 한역된 원시조는 작자 미상의 작품이 대부분이다. 한시화의 과정에서도 형식의 엄격함을 따르려다 보니, 원시조의 소재를 차용하되 내면화하여 상당 부분 변개한 흔적이 다수 발견된다. 한역 작품의 제목을 역시 밝혔고, 원시조가 밝혀진 13수를 분석해보면 전체 경향은 隱逸과 脫俗, 歎老를 노래하여 개인적 취향을 띤다.

이처럼 이형상의 「금속행용가곡」과 「호파구」는 상이한 성격을 지닌 자료로 판단된다. 「금속행용가곡」이 당시 널리 통용되던 노

라서 해당 작품의 원시조는 역대시조전서 #2982 작품이 #2892로 오기된 '春風丏'의 원시조 번호만 바로잡는다면 김명순(1991:149~150)의 성과를 활용할 수 있다.

18) 김명순(1990), 165~168면 참조.

19) 홍양호의 한역 작품과 제목은 성범중(1990:39) 및 陳在敎, 『耳溪 洪良浩 文學 硏究』(성균관대출판부, 1999), 156~157면 참조.

래를 취사선택하여 '記錄'하는 데 의의를 둔 자료라면, 「호파구」는 '樂府'를 짓는 관습에 따라 당시의 노래를 개인적으로 '詩化'한 결과이다. 때문에 한역의 태도 또한 전자는 원시조를 충실히 '재현'하려는 기록자의 것인 반면, 후자는 원래의 의경을 '변이'하고 '재창작'함으로써 노래의 본질적인 의미를 살리는 시인의 태도를 지닌다. 「호파구」가 작자 미상의 원시조를 다수 취택하게 된 것도 내면화 과정에서 훨씬 부담이 적었기 때문이라 여겨진다.

이상의 비교를 통해 볼 때 이형상의 상이한 시조한역 태도가 분명해진다. 「금속행용가곡」은 당대의 가곡과 연행 상황에 친근했던 이형상이 곡조별 분류를 염두에 두고 대표곡을 전승하려는 기록자의 소산이다. 반면 「호파구」는 시조와 한시 사이의 장르적 이질성을 고려하면서 한역의 완성도를 추구하려는 시인의 입장에서 개인의 한역 태도 및 시대적 성격을 드러낼 수 있는 자료이다. 시조한역의 태도를 온전히 파악하려면, 「호파구」를 중심에 두고 「금속행용가곡」을 보조 자료로 다루면서 동시대 다른 한역시들과의 비교를 통해 시대적 성격을 파악하는 데로 나아가야 할 것이다.

남구만의 한역시는 「翻方曲」이라는 제목 아래 배열된 11수이다.[20) 이 자료의 전후를 살펴도 그가 시조를 비롯한 국문시가에 어느 정도 관심을 기울였는지, 시조를 한역하게 된 계기가 무엇인지는 자세하지 않다. 다만 두 차례 대제학에 오르고 삼정승을 두루 역임한 그가 국내외 기행문과 우리 역사에 대한 고증을 많이 남겼고, '동창이 밝았느냐…'로 시작되는 시조의 작가라는 점을 고려하

---

20) 『藥泉集』 제1(『한국문집총간』 131, 430~431면).

면, 시조의 한역을 통해 무엇을 추구했는가는 짐작할 수 있다. 한역 작품 중 원시조를 확정할 수 있는 것은 8수인데, 戀情을 읊은 것이 5수로 가장 많고, 忠義(頌祝) 3수, 無常 및 懷古 1수, 田園 1수, 歎老 1수 등으로, 이형상의 경우는 물론 당대 일반적인 사대부의 경향과도 차이를 보인다. 한역 형식은 5언6구 3수, 7언6구 2수 외에 대부분 6구 장단구 형식을 취하였다.

이기휴의 한역 태도는 확인할 수 있는 바가 더욱 적다. 일찍부터 문명이 있었으나 과거에 뜻을 두지 않고 문을 닫고 자취를 감추어 公州에서 詩酒로 즐기면서 출세의 뜻을 버리고 不世堂主人으로 自號하여 林泉에 숨어 살려는 뜻을 가졌다고 한다.[21] 한역 작품의 내용은 江湖(隱逸, 脫俗)를 노래한 것이 가장 많고 무상과 회고를 담은 것이 그 다음이며 연정, 취락, 풍유가 두루 나타난다.

이상 17세기 시조한역 자료의 전반적 성격을 고려하면서 시조한역이 이루어진 양상을 크게 재현과 변이의 방식으로 나누어 살펴보자.

3.2. 시조의 재현에 의한 한역

고려시대 이제현의 소악부 이래로 국문노래를 한역하면서 원가를 재현해내려는 방식은 한역의 의도 내지 정신과 더불어 오랜 전통을 지닌다. 주지하듯이 이형상은 원시조의 정감과 분위기를 살리면서 내용을 있는 그대로 전달하는 일은 「금속행용가곡」을 통해 거듭 보여주었고, 「호파구」에서는 원시조를 정취와 의경을 빌리되

---

21) 강전섭(1993), 136면.

한시로서의 미의식과 형태미를 살리기 위해 필요하다고 생각되는 변이와 첨삭을 시도하였다. 하지만 그 중에서도 원가의 재현 의도가 발견되는 작품들을 찾아내어 분석하는 일은 「호파구」 전체의 창작의식을 추정하기 위해서 소중하다.

이 시기 한역시 가운데 가장 먼저 주목되는 것은 동시대 남구만의 노래를 한역한 다음 작품들이다.

東方明否	동녘이 밝았느냐
鸒鴣已鳴	노고지리 벌써 울었네
飯牛兒胡	소 먹이는 아이들은
爲眠在房	잠자느라 방 안에 있으니
山外有田壟畝闊	산 너머 밭은 이랑이 넓은데,
今猶不起何時耕	지금껏 일어나지 않으면 언제 밭갈까.

「번방곡」 5.

東方欲曙未	동녘이 밝으려는가
鶬庚已先鳴	꾀꼬리는 벌써 울었는데
可憎牧豎輩	얄밉구나 목동들은
尙耽短長更	아직도 밤 긴 것만 좋아하네
上平田畝長	윗녘들 밭이랑이 긴데
恐未趁日耕	해 맞추어 못 갈까 걱정이라네.

「호파구」 13. 督農課

東方明邪否	동녘이 밝았느냐
布穀處處啼	뻐꾸기는 곳곳에 우는구나

牧童起耶未   목동은 일어났느냐

犁牛覓草去   소 몰고 풀 먹이러 가야 할 것을

西疇多宿草   서쪽 두둑 묵은 풀 많은데

今夕恐不易   오늘 저녁도 어려울까 하노라.

「단가십구장」 10.

東窓이 밝갓느냐 노고지리 우지진다

쇼 칠 아히는 여태 아니 니러느냐

재 너머 스래 긴 밧츨 언제 갈려 ᄒ나니.   #899 南九萬

위의 한역에서 보듯이 남구만의 시조는 작가 자신의 「번방곡」을 비롯하여 이형상과 이기휴 등 동시대에 한역 작품을 남긴 작가에 의하여 모두 한역되었다. 각 한역시를 비교하면 초장에 등장하는 새가 달라졌을 뿐, 한역 방식이나 전체 대의를 전달하려는 의도에는 큰 차이가 없다.

남구만은 초장과 중장을 각각 4언2구로, 종장은 7언2구의 형식으로 한역하였다. 초·중장에 비해 過音步등으로 인해 늘어난 종장의 정보량을 7언2구에 수용하려 한 것이다. 이처럼 초장과 중장에 비해 종장의 글자수를 늘여 한역하는 방식은 이 시기 한역시들에 자주 보이는 특징적인 현상이다.

시조의 한역 형식에서 구절의 의미와 가락을 제대로 살리기 위해서는 4언구는 다소 부족하고 7언구는 넘쳐, 일반적으로 5언6구가 시조의 형식구조를 살리면서 한시로서의 정제된 형식미를 갖출 수 있는 방식으로 적합하다. 그런데 단순한 의미를 담은 초중장 내

용은 4언과 5언에 담고, 의미상 비대해진 종장만을 7언구로 옮기려는 시도가 나타난 것이다. 「번방곡」 11수 가운데 2수, 「단가십구장」 중 5수가 이런 형식이다. 반면 시조 원가의 재현을 목적으로 했던 「금속행용가곡」에서는 이런 형식이 보이지 않는 점도 흥미로운 사실이다.

위 세 편의 한역시 가운데 가장 원시조를 충실히 좇은 것은 남구만 자신의 한역이다. 한시다운 의경에 치중하기보다는 원문의 어순과 뜻을 잘 보존하고 있다. 이기휴의 한역은 초장 후반부와 종장 전체가 한역자의 의도대로 상당부분 수정되었다. '西疇多宿草 今夕恐不易'라는 한역에서는 원시조 종장의 리듬감이나 경쾌한 분위기 대신 '오래 묵은 풀'이 상징하는 바 중의적인 무게를 풍긴다. 「호파구13」에서는 원시조의 분위기가 살아나고 있다. 근면을 강조하면서도 잠에서 깨지 못한 아이를 책망하려는 의도보다는 전원의 한가한 풍경을 가볍게 데생하고 있는 듯한 원가의 분위기가 '얄미운 목동들'이나 '恐未趁日耕'이라는 표현으로 대체되었다.

다만 작가의식에 의해 달라졌다고 생각되는 부분은 중장의 '尙耽短長更'인데, '여태 아니 니러느냐'라는 제3자의 어투가 아닌, 잠에 취해 깨어나지 못하는 목동의 입장에서 좀더 한시답게 바꾸어 표현했다. 이로 보아 이형상은 전체적으로 재현 방식을 따르면서 한시다운 묘미를 살리는 쪽으로 부분적 수정을 가한 것으로 생각된다.

다음 작품은 제언체 한시의 엄격성 속에서도 원시조의 의미와 더욱 근사하게 재현한 경우이다.

十年經營久   십년 오랜 세월 경영하여
草屋一間設   초옥 한 칸을 지으니
半間淸風在   반 칸은 청풍
又半間明月   또 반 칸은 명월
江山無置處   강산을 둘 곳 없어
屛簇左右列   병풍삼아 좌우에 벌여 두리라.

「호파구」 4. 陋巷樂

十年을 經營ᄒ야 草廬 ᄒ 間 지어너니
半間은 淸風이오 半間은 明月이라
江山을 드릴 디 업스니 둘너 두고 보리라.   #1803 金長生

이 작품은 사용된 어휘와 어순의 배열만으로도 원시조를 정확히 옮겨 놓고자 한 의도를 알 수 있다. 전체 5언6구의 한역시에서 각 2구씩을 초장, 중장, 종장에 정확히 나누어 배당하였고, 시조의 어휘와 의경을 한자어로 대체한 데 불과하다. 달라진 곳이 있다면 종장의 마지막 구인 '둘너 두고 보리라'를 '병풍처럼 벌여두겠다'로 바꾼 정도인데, 원시조에서 충분히 연상될 수 있는 바이므로 한역자의 의도가 반영된 결과라 보기는 어렵다. 마치 「금속행용가곡」에서 노래를 재현한 방식과 흡사한 것으로, 직·간접적으로 원시조를 변개하여 한역자의 내면을 드러내는 '詩化'에 초점을 둔 「호파구」의 다른 작품들과 대비된다. 동일한 작품에 대한 황윤석의 한역과 견주면 이 점이 분명해진다.

靑山下綠水上   청산 아래 녹수 위에

新成屋一間	새로 집 한 칸 지으니
半間淸風	반 칸은 청풍
又半間明月	또 반 칸은 명월
江山無處貯	강산은 둘 곳 없어
環四面永相看	사면에 둘러놓고 오래도록 서로 보리라.

「고가신번속」 7.

중장과 종장이 원시조의 축자역에 가까울 만큼 「호파구」의 한역 방법과 동일한데도, 초장에서는 '靑山下綠水上'이라고 공간을 구체화하고 시간을 경영하였다는 의미를 '成'이라는 서술어 속에 함축하고 있다. 이처럼 재현의 의도를 가지고 한역할 경우에도 부분적 변이를 통해 자연물의 공간을 구체화하는 등 한역자의 의도를 드러내는 것이 자연스러운 일이라면, 이형상이 얼마나 원시조의 훼손 없이 한역하고자 했던가를 짐작할 수 있다. 이형상이 특별히 이 시조의 의취와 표현을 완전한 것이라 여기고 문자를 달리할 뿐 한시에 견주어 손색없다고 판단한 결과가 아닌가 한다.

또 이 한역을 통하여 원시조의 확정 문제에도 기여할 수 있다. 흔히 宋純의 작으로 알려진 유사시조 "十年을 經營ᄒ여 草廬三間 지여내니/ 나 ᄒ 간 ᄃᆞᆯ ᄒ 간에 淸風 ᄒᆞᆫ간 맛져 두고/ 江山은 들일 ᄃᆡ 업스니 둘러두고 보리라"(珍靑370)를 대표작으로 여기고,[22] 중등교육 과정에서도 이를 텍스트로 삼고 있다. 그러나 이형상의 한역시의 어휘와 배열을 감안할 때 김장생의 시조가 원시조였다고 보는 것이 옳다. 이 시조를 전하는 19곳의 가집 가운데 송순의 시

---

22) 실제로 권영철(1978:96)은 이 원시조의 작가를 宋純이라고 밝히고 있다.

조처럼 표기된 것은 『진본 청구영언』을 포함하여 4곳뿐이라는 점과, 이형상의 한역이 『진청』보다 시기적으로 앞서 있다는 점까지 고려한다면 김장생의 시조가 먼저이고, 후에 송순의 시형으로 변이한 것이라고 본다.

다음으로 한역시를 통해 원시조의 의미를 재구할 수 있는 예가 있다. 다음 작품을 보자.

宿鳥飛入 新月升之	잘 새는 다 ᄂᆞ라들고 새 둘은 도다 온다
獨木矼上 獨去被禪師	외나모 ᄃᆞ리에 혼자 가는 뎌 듕아
爾寺何許 遠遠鐘聲聞	네 뎔이 언머나 ᄒᆞ관ᄃᆡ 먼 북소ᄅᆡ 들리ᄂᆞ니.
「금속」 18. 夕眺歡	#2495 鄭澈

시조 각 장의 정보량에 따라 한역시에 각기 다른 글자 수를 배당한 장단구 형식이다. 사용된 어휘뿐만 아니라 語順과 구별 배치도 시조와 동일하며 '鐘聲聞'에서 보듯 서술어마저 우리말처럼 배치시켜 놓아 따로 한시의 해석이 불필요할 정도이다. 새들도 둥지를 찾아 들고 이미 달마저 떠올랐는데 오직 외로운 선사만은 절로 돌아가는 길이 멀다는 뜻을, 먼 데서 울려오는 북소리의 아득함으로 형상화하여 물리적 거리감이 심리적 거리감으로 다가든다.

그런데 동일한 시조를 한역한 이기휴의 한역에서는 종장의 의미가 사뭇 달라진다.

宿鳥投林栖	잘새는 수풀 사이 날아들고
新月上樹掛	새 달은 나무 사이 걸렸네

前溪小橋危	앞 내의 작은 다리 위에
歸僧獨杖閒	歸僧은 홀로 지팡이 짚고 한가한데
有寺知不遠	절 있는 곳 멀지 않은 듯
鍾聲來入耳	북소리 귀에 들려오네.

「단가십구장」 1.

　중장에 묘사된 선사의 모습은 바삐 절을 찾아들어가는 황망한 모습이 아니라 유유자적하는 모습이다. 그렇게 한가로울 수 있는 것은 마지막 5·6구에서 드러나는 것처럼 화자의 귀에까지 미치는 가까운 종소리, 곧 절의 소재가 멀지 않기 때문이라고 표현했다. 이기휴는 종장의 의미를 이형상과는 전혀 다른 방향에서 이해하였고 그것을 한역 과정에서 드러낸 것이다. 초장을 번역한 '宿鳥投林栖'이나 '新月上樹掛'가 한시에서 숱하게 발견되는 익숙한 표현이며, 전체를 5언6구 제언체 형식으로 한시화한 것 등을 감안하면 그러한 한역의 의도를 추정할 수 있다. 시조를 한역하되 그것을 한시의 입장에서 번역하고, 의미 또한 한시에서 일반적으로 연상되는 것으로 자기화하여 옮긴 것이다.

　이같은 차이는 두 사람이 시조 연행 현장에 노출된 경험이 달랐기 때문으로 보인다. 곧 이형상은 당시 가집을 접한 적이 있고, 시조 연행을 여러 차례 경험하여 음악적 소양이 상당하였으며, 그것을 기록하려는 의도에서 「금속행용가곡」을 마련한 것이기에 노래로서의 시조를 옮겨 놓았다고 하겠다. 반면 이기휴는 세상에 나오지 않고 고향인 公州에서 평생을 살다 마친 것으로 알려져 있으므로, 시조 향유 또한 개인적인 차원에서 다분히 한시답게 해석한 것이라고 여겨진다. 이기휴와 같은 문인이 유행 시조를 어떤 경로를 통해 접하게 되었는지, 서울과 먼 지방의 시조 전승 경로에 대해서도 관심을 가질 만한데, 구체적 진술은 4장으로 미룬다.

바로 다음 시기에 이 노래가 사설시조화한 작품을 황윤석이 한역한 작품을 보면, 노래의 의미 전승이 이형상이 이해한 쪽에서 이루어졌음이 확인된다. 사설시조의 한역으로 보이는 유사 내용 작품은 다음과 같다.

<table>
<tr><td>宿鳥翩翩飛入北靑樓</td><td>잘 식는 플플 把淸樓로 희도라들고</td></tr>
<tr><td>新月稍稍輾上神雪樓</td><td>새 둘은 漸漸 新雪樓로 불가올제</td></tr>
<tr><td>瞻彼獨木橋獨歸僧</td><td>외나무 드리에 홀노 가는 즁아즁아</td></tr>
<tr><td>獨歸僧招提隔幾里</td><td>네 졀리 언머나ᄒ관더</td></tr>
<tr><td>暮鐘聲傳白雲悠</td><td>遠鍾聲만 들니ᄂ니.</td></tr>
</table>

「고가신번」 6.

#2495의 평시조보다 구체화된 이 사설시조는 『槿花樂府』 대중 창본 가집에 전하고 있다. 그렇다면 17세기 후반에 이미 일반화한 이 노래가 후대로 오면서 사설을 확장하면서 더욱 활발히 연행되었다는 것인데, 의미는 이형상의 한역과 동일하게 전승되었음을 알 수 있다.

3.3. 시조의 변이에 의한 한역

지금까지 우리는 시조다운 정감과 시상을 유지하면서 전반적인 분위기를 재현하는 데 충실한 작품들을 대상으로 17세기 후반의 한역의 한 양상을 점검하였다. 동시대의 작품들을 함께 견주거나 18세기의 작품과 대비함으로써 17세기 후반기 한역의 특징을 파악하였다. 그런데, 공식적인 시조 향유의 축자적 기록이 아닌 개인적인 한역의 경우에는 한시화에 따르는 의경의 전이, 정서의 함축, 첨가 등 내면화의 결과 원가의 변이 양상을 드러내는 것이 일반적이다. 「금속행용가곡」의 기록성과는 달리 이형상은 「호파구」 작품들 중 대부분 작품에서 중·종장 혹은 전체의 상당 부분을 변이하고 있다.

講畢忘書帙	강의를 마치고 책을 잃었고
睡了失釣竹	졸다보니 낚싯대마저 잃었구나
老我昏耗象	나는 늙었거니 쇠잔하고 어릿하나
兒曹勿深督	아이들아 심하게 책망마라
少年雄豪氣	젊은 날 호걸스런 기운,
吾亦緬如昨	나 또한 어제인 양 뚜렷하구나.

「호파구」 12. 老妄歎

睡起忘釣竿	졸다가 일어나니 낚싯대가 없어졌고,
舞罷失蓑衣	춤추다보니 도롱이 잃었다오.
嗟爾小兒曹	아! 아이들아
莫笑老夫狂且癡	늙은 이 몸 미치고 어리석다 비웃지 마라
春江十里桃花發	春江十里에 桃花가 만발하니
少日豪興未全衰	젊은 날 호탕한 풍치 다 쇠하진 않았다오.

「청구단곡」 11. 睡起

조오다가 낙대를 일코 춤추다가 되롱이를 일헤
늘근의 망녕을 白鷗ㅣ야 웃지마라
져 건너 十里 桃花에 春興을 계워하노라.   #2609

원시조의 작자를 알 수 없는 작품을 이형상은 5언6구의 형식으로 옮겨놓았다. 그의 한역에서 변이의 정도를 실감하기 위해 같은 작품을 한역한 홍양호의 한역시를 먼저 보기로 하자. 홍양호의 <기수>는 5·7의 장단구로 한시화하면서 시조의 원의를 대부분 수용하고 있다. 다만 중장에서 백구에게 향하는 발화를 도치법으로 표현했던 것을, 한시에서는 압운을 고려해서 아이를 향해 말하는 정식 어순으로 바꿔놓았다. 하지만 아이들을 불러들이는 부분이 한 구 전체에 배당되어 있어 도치에 버금가는 중요성을 갖도록 했다. 또 종장 마지막 구에서 '春興을 계워'하는 소극적인 정서를 '少日豪興未全衰'라 하여 적극적이고 긍정적인 뉘앙스를 첨가함으로써 한역 작가의 의식을 드러내었다. 이처럼 치환과 첨가를 통한 한시의 형상화는 원가의 분위기나 의경을 선명히 드러내는 역할을 한다.

이에 비해, <노망탄>은 원가에는 없던 '講畢忘書帙'이 첨가되어 춤추고 낚시하던 한가한 일상의 분위기를 진지한 것으로 바꾸어 놓았을 뿐만 아니라, 마지막 두 구에서는 제목이 암시하는 것처럼 젊은 날을 반추하는 탄식이 이어져 시조의 종장보다 더욱 애잔함을 드러낸다. 이는 한역을 시도한 작가의 개인적인 성향으로 돌릴 수도 있겠으나, 전체 시조를 대하는 한역자의 태도에 연관되어 있다고 본다. 가곡(시조)의 온전한 기록이었던 「금속행용가곡」에서는 나타나지 않던 것이 개인적인 한시화 작품인 「호파구」에서는 이처럼 정서의 과도한 몰입이 가능하였고 이것이 원가의 변이를 가져 온 것이다.[23)

　이러한 이형상의 한역 의식이 어떻게 구체화되었던가는 「금속행용가곡」과 「호파구」에 모두 한역된 다음 두 작품을 대비하면 더욱 분명해진다.

樵翁負薪　所怨燧人	초옹이 섶을 지고 원망하느니 수인씨를
有巢氏作　木實亦生	유소씨 나서도 열매 먹고 살았거니
何敎人火食　使我困行	어찌 사람에게 화식을 가르쳐 나를 곤케 하는가.

「금속」 22. 樵翁慍

老翁持斧出	노옹이 도끼를 쥐고 문밖을 나서며
所怨燧人氏	수인씨를 원망하네
木實亦命延	열매먹고도 연명하며
無慾最可喜	욕심 없는 것이 최고이건만
如何敎人食	어찌 사람에게 밥 먹기를 가르쳐
使我未晨起	날 새기 전부터 나를 일어나게 하는가.

「호파구」 7. 樵翁怨

---

23) 19세기에 동일 작품을 한역한 申緯(1769~1845)의 다음 시 제1구는, 이형상의 <노망탄>에 나타난 변용이 개인적 취향에 따른 변이임을 짐작하게 한다.
　　睡失漁竿舞失蓑　졸다가 낚싯대 잃고 춤추다 도롱이 잃었구나
　　白鷗休笑老人家　저 백구야 이 노인 비웃지 마라
　　溶溶綠浪春江水　콸콸 흐르는 봄강의 물결은 푸르렀는데
　　泛泛紅桃水上花　두둥실 강물에 도화가 떠 가네.
『警修堂集』17冊 <洛花流水>

白髮에 섭흘 지고 願(怨)ᄒᆞᄂᆞ니 燧人氏를
食木實홀 젹에도 萬八千歲를 스라거든
엇더타 始攢燧ᄒᆞ야 사룸 困케 ᄒᆞ나니.   #1186

이형상은 동일한 시조를 「금속행용가곡」과 「호파구」에 거듭 한역하면서 제목 또한 '樵翁愠', '樵翁怨'이라고 하여 火食을 비롯하게 한 존재를 향한 정서를 직접 드러내었다. 4언과 5언의 장단구로 이루어진 <초옹온>은 시조에 없던 유소씨24)를 등장시켜 전달 의미를 확실히 한 점 이외에, 대체로 시조의 구성이나 정보를 넘어서지 않는다. 반면, <초옹원>에서는 생명을 보존의 소박함을 전달하는 중장에서 보이지 않던 '욕심을 없애는 것이 가장 중요한 것'이라는 한역자의 가치관을 개입시켜 '無慾'의 소중함을 강조하고 있다. 이것은 운자와 형식을 배려한 단순한 첨가가 아니다. 시조를 자기화하여 한역했다는 한시화의 주요한 태도를 보여주는 예이다.

이와 같은 한역자의 적극적인 개입은, 시조의 한역에 개성적인 면을 강조했던 홍양호의 경우와 대비될 만하다.

腰鎌山上去   허리에 낫을 차고 산으로 올라
背薪雪中歸   땔 섶을 지고 눈 속에 돌아오니
老妻滌釜待炊   늙은 처 솥 씻어 땔나무 기다리고
穉子候門呼饑   어린 자식 문에서 배고프다 소리친다

---

24) 전설상의 인물로, 불을 일으켜 인간에게 화식을 가르쳤다는 수인씨보다 앞서 살면서 사람에게 집 짓는 방법을 알려 주었다는 인물이다.

飜嫌燧人氏	되려 수인씨를 혐오하니
交印火食眞多事	사람에게 화식시켜 참으로 번거롭게 만들었구나
不如餐木飮水時	열매 따 먹고 물 마실 적만 못하니
人生百憂從此始	인간 온갖 근심 이로부터 시작하네.

「청구단곡」 2. 山上去

눈 속의 혹독한 상황, 늙은 처의 기다림과 아이들의 아우성이 수인씨를 원망할 만한 충분한 근거를 마련해 준다. <산상거>는 마치 <초옹원>의 설정을 구체적으로 장면화하여 설득력 있게 다시 제시하고 있는 한역처럼 여겨질 정도이다. 한역 작가들 사이의 소통 가능성에 관한 추론 역시 4장으로 미루어두고, 이형상의 다음 작품으로 넘어가 보자.

借問爾何居	"그대는 어디에 사는가?"
朅來江居且	"강가를 오가며 산다네."
又問爾何業	또 "그대 무엇 하며 사는가?"
無事漁魚且	"아무 일 없이 고기만 잡고 사네."
心精不外役	마음이 외물에 부림당하지 않으니
吾亦爾偕且	나도 그대와 더불어 어울리리.

「호파구」 6. 漁父約

아희야 네 어듸 사노 닉 말솜이요 강변사오
강변셔 무엇ᄒ노 고기잡아 싱익ᄒ오
네 싱익 죵두 됴쿠나 나도 함끠.   #1844

漁父와 客의 문답으로 구성된 시조의 어법을 살리면서, 한역에서는 2, 4, 6구의 마지막에 '且'를 동일하게 배열해 각운의 효과를 주었다. 작가의 의식이 반영된 부분은 '心精不外役'으로 한역 과정에서 어부의 생애를 부러워하게 된 근본적인 이유를 제시하고자 한 것으로 보인다. 다분히 說理的인 뉘앙스를 풍기는 이 구절의 개입으로 인해 한역시는, 의기투합하여 흥겨움을 돋우는 시조 종장의 분위기를 차분히 가라앉히는 역할을 한다. 시조 연행의 현장을 반영한 한역이라면 사정은 이와 달라졌을 것이다.

「금속행용가곡」에도 동일한 제목으로 한역된 작품이 있는데, 이를 각 장별로 배열하면 이러하다. "爾何居 江居且/ 爾何事 漁魚且/ 吾亦汝偕且." 어디 사느냐/ 강에 산다, 무슨 일 하느냐/ 고기 잡지, 그리고는 나도 너와 더불리라는 표현이 전부이다. 두 한역시가 대의는 유사하지만 달라진 형식을 택할 수밖에 없었던 이유는 무엇일까. 또 이를 어떻게 해석할 수 있는가. 이 점에 대하여 현전 시조의 형식과 내용에 「호파구」의 것이 더 부합하며, 당대의 연행 내용은 「금속행용가곡」과 같은 것이었다고 추론하고 본래의 노래가 전승과정에서 형식내용 모두 달라졌을 가능성[25]을 제시하기도 한다.

아마도 이런 추론은 이 노래가 이후 18세기와 19세기 중반기까지의 가집에는 나타나지 않고 19세기 후반 대중용 시조창 가집인 『남훈태평가』(1863)에 가서야 등장한다는 점에서 비롯되었을 법하다. 그러나 두 한역 작품과 원시조를 비교할 때 내용과 구성이

---

25) 김용찬(1995), 188~190면.

차이가 나는 것은 아니다. 「금속행용가곡」의 간결한 형식은 본래
의 단순한 정서를 소박하고 실감나게 한역한 결과일 뿐 삭제하거
나 변용한 결과는 아니다. 「호파구」 한역시는 한역자의 삶에 대한
자세와 의식을 반영하느라 달라진 정도로, 근본적으로 다른 노래
의 한역이라고 하기는 어렵다. 단, 이 예는 가집을 통한 기록과는 별
도의 시조 전승 경로가 존재하지 않았나 추정케 한다. 더 세밀한
고찰이 필요한 부분이다.

晴沙紅蓼邊	모랫벌 여뀌풀가
窺魚彼白鷺	물고기 노리는 저 백로야
口腹如是急	배 채우는 것 이처럼 급해서
不憚折腰步	허리 굽혀 걷는 것 꺼리지 않느냐
一身若不閑	일신이 한가롭지 못하다면
雖飽亦何補	비록 배부른들 무엇하리오.

「호파구」 9. 白鷺駁

白沙場 紅蓼邊에 구버기는 白鷺들아
口腹을 못 메워 뎌다지 굽니는다
一身이 閑暇홀션졍 슐져 무슴ᄒ리오.   #1192

 한역시는 5언6구의 형식을 엄격히 지키기 위해 초장의 첫 구를
'晴沙紅蓼邊'으로 바꾸어 놓았을 뿐 나머지는 시조의 내용과 구성
을 그대로 따르고 있다. "一身이 閑暇홀션졍 슐져 무슴ᄒ리오"라
는 내용을 한가함이 배부름보다 중요하다는 제5·6구의 표현으로

옮겨, 인간이라면 유유자적함을 즐겨야 한다는 주제를 드러냈다. 그런데 이기휴는 이 시조를 옮기면서 종장을 "一身貴閑暇 縱饑亦何傷"이라고 한역하였다.26) 일신의 한가함이 귀중하니 배고프더라도 어찌 상심하랴는 의미는 <백로박>과 다르지 않다. 문제는 '-ㄹ션정'의 해석이다. 고어사전에서는 '…할망정'이라고 번역되어 있고 이는 현대어에서 항상 부정어를 대동하는 말이다. 하지만 이기휴의 한역에 의하면 이는 '…하기만 하다면'으로 풀이할 수 있고, <백로박>에서는 '若不閑'으로 부정어로 바꾸어 한역한 것으로 보인다. 즉 「단가」의 한역이 좀더 원의에 기반한 직역에 가깝다고 하겠으며, 이 용어의 현대어역은 재고되어야 한다.

이형상은 평시조 한역의 경우 「금속행용가곡」이나 「호파구」 모두 연정이나 취락을 거의 소재로 삼지 않았다. 다만 「금속행용가곡」의 평시조 55수 한역시 다음에 실린 '장가' 4수 가운데 <狗馬戀>과 <歎息喝>이 애정 관련 노래인데, 자세한 내용을 살피면 <구마련>도 남녀간의 애정이 아니라 戀君을 다룬 것이고, <탄식갈>은 세태에 관한 노래로 해석될 수도 있으므로 순수한 연정을 주제로 한 것은 없다고 볼 수도 있다.27)

그런데 남구만의 경우는 사정이 다르다. 원가가 밝혀지지 않은 작품을 포함하여 연정을 다룬 것이 전체 11수 가운데 5수나 된다. 나머지 내용이 충절, 회고, 탄로 등으로 다양한 것을 감안하면 이

---

26) 종장을 제외한 나머지 초장 중장의 한역은 다음과 같다.
　　"白沙場紅蔘邊 窺魚有白鷺/ 底事爲口腹 終日苦役役" 「단가십구장」12.
27) <구마련>, <탄식갈> 두 작품은 후술할 본문 안에서 다시 다루므로, 거기서 작품 원문을 제시하기로 한다.

런 노래를 특별히 취택했다고 생각된다. 한역의 태도 면에서도 시조를 재현하는 데 초점을 맞춘 직역은 2수이고, 나머지는 부분적 혹은 전반적으로 변이하고 의역하여 한시화 과정에서 작가의 의도를 적극적으로 반영하고 있다. 이런 태도는 대체로 「호파구」와 유사하다. 그렇다면 이형상의 한역시에서 연정과 취락 노태가 거의 선택되지 않았던 것은 17세기 전반의 경향이라 할 수는 없으며, 이형상 개인의 시조에 대한 미의식에 기인한 결과일 터이다.

연정을 소재로 한 남구만의 다음 작품을 보자.

何曾妾無信	어느 때 일찍이 제가 신의 없어서
乃與君相欺	님을 서로 속였기에
深夜遠來意	깊은 밤 멀리서 온 뜻을
而君諒不知	님은 알아주지 않는가요
鳴風落葉本無情	바람에 우는 낙엽은 본시 無情하니
渠自爲聲妾何爲	떨어지는 소리를 낸들 어찌할까요.

「번방곡」 8.

니 언지 無信ᄒ여 님을 언지 속엿관더
月枕三更에 온 ᄯᅳᆺ지 전혀 업니
秋風에 지는 닙소리야 니들 어니 ᄒ리오.　　　　#588 황진이

한역 과정에서 작자의 의도가 개입되어 시의 의미를 분명히 해주는 부분은 제3구와 제4구이다. 시조 중장은 님을 기다리는 시적 화자에게 님이 온 기척이 없다는 객관적 상황을 제시하고 종장의

떨어지는 낙엽 소리가 처량한 심정을 더욱 고조시키는 것으로 대개 해석된다.

그런데 한시의 제3·4구는 야밤에 함께 만나기로 한 약속을 믿고 멀리서 왔건만, 오지 않은 님 때문에 그 의미가 사라졌다고 옮겼다. 제5·6구에서 바람에 우는 낙엽 소리는 다만 낙엽만이 아니라 울고픈 자신의 참담한 정서를 비유한 것이라고도 하겠다. 이에 대하여 '낙엽은 본래 무정하기 때문'이라 하여 애써 객관화된 심정을 유지해보려고 하지만 그런 노력이 더욱 안타까움을 던져 준다. 노래가 불러일으키는 정서를 내면화하여 설득력 있게 제시하고 청자의 공감을 끌어오는 문학적 형상화에 성공한 것이다. 연정이라는 정감적 소재를 다룬 노래를 한역화의 과정 속에서 관조적 시선으로 객관화시키는 태도, 그것이 한역의 의도이며 애정노래를 선택하게 한 이유가 아니었던가 한다.

그에 비하면 앞선 시기 이민성의 다음 한역은 형식상의 제약을 뛰어넘어 한역 과정에서 노래로부터 또 다른 의미를 재창출해낸 경우라고 할 것이다.

我來豈無信	내 언제 無信했던지
月沉夜三更	달 기우는 깊은 밤
秋風自落葉	가을바람에 절로 지는 낙엽은
非我惱君情	내가 님 그리는 정은 아니리.

이민성 「俚歌」 1.

초장과 중장을 각 5언 한 구씩 함축적으로 옮긴 대신, 종장 부분은 '니들 어니 흐리오'의 심정에서 한 걸음 더 나아가 '가을바람에 지는 낙엽소리는 비단 내가 님을 그리워하여 우는 심정 그것 때문은 아니다'라고 함으로써 오히려 중의적 역설을 가능케 하고 있다. 시조에는 없는 새로운 의미를 창출함으로써 한시다운 확충을 보인 예라 할 것인데, 이는 이민성의 전체 한역 태도에서 확인되는 바이기도 하다.

형식과 표현의 이질성만이 아니라, 한역시에 사용된 동일 어구의 다른 시어를 보더라도 남구만이 이민성의 한역을 참고하지는 않았다고 생각된다. 이민성이나 남구만의 한시화는 대중적인 시조의 연행 상황과는 멀어진 채 개인적인 차원에서 각기 이루어졌고, 한역의 목적 또한 서로 이질적이었을 수밖에 없다고 본다. 이런 개인적이고 차별화된 한역태도는 「호파구」의 경우와 近似하다. 분명한 것은 16세기 말 이후 개별적으로 한역이 시도될 만큼 시조는 사대부들의 영향력 있는 문화 요소로 자리 잡았음이 인정된다.

본격적인 애정노래는 아니지만 비슷한 감정을 읊은 이형상의 장가를 여기서 함께 언급해 보자. <구마련>은 얼핏 님 그리는 내용 같으나, 제목에서 암시하듯이 임금을 그리는 신하의 하소연을 한역한 것이다.[28] 4언16구의 정제된 형식 속에 님이 不在하는 공간 속의 고통과 심정을 내용으로 한다. 일반적인 애정시조와는 달리 시적 화자가 님의 곁을 떠나 객이 되었다는 설정이나, 이별의 원인을 자신에게 전가하는 태도, 간절한 그리움을 꿈에서나마 풀어보

---

28) 한역시 전문은 다음과 같다. "我久爲客 歲月空徂/ 沈誠少乎 咎罰多乎/ 何事落南 至此之離/ 月白風清 別恨愈悲/ 昨夜勞夢 入去君所/ 耽耽別懷 切切呼訴/ 吾情若此 主豈無心/ 覺後更思 自然霑襟." 「長歌」 3. <狗馬戀>

려는 심정과 깬 후의 허망함 등은 <속미인곡>류를 연상시키지만, 확신하기는 어렵다.29)

이처럼 현전 사설시조에서 흔치 않은 내용을 다룬 점이나, 다른 장가 작품인 <將進酒>, <雍門周> 등이 『진본 청구영언』 등 후대 가집에 일반 사설시조인 '蔓橫淸類' 앞에 배열된 점 등으로 미루어 이들이 17세기에 '만횡청류'와는 서로 다른 음악적 형식으로 불렸으며, 각각 독립적인 곡조로 불렸을 가능성도 있다. 17세기 이전에 이미 사설시조가 유행하였음을 알려주는 자료로서 가치가 있다고 하겠는데, 사설시조의 성격과 관련한 문제는 더욱 다층적인 시각과 논거를 요구하는 것이므로 자세히 다루기는 어렵고 가능성을 제기하는 정도로 그치기로 한다.

마지막으로 표현상의 특징을 점검하면서 17세기의 시조한역의 성격을 마무리하기로 하자.

한역 과정에서 낙엽소리나 물소리와 같은 의성어의 한역, 첩어의 사용, 문답체의 반영 등 원시조의 심상을 최대한 살리려는 한역시의 의도는 앞서 여러 곳에서 살핀 바가 있다. 특히 빈번히 시조 연행을 경험한 이형상의 경우 상태부사의 실감나는 한역이 눈에 띈다. 장가 중 <歎息喝>은 "한슴아 세한슴아~"로 시작되는 사설시조를 한역한 것인데, "屛風 이라 덜걱 졉고/ 簇子ㅣ라 딕닉골 말고" 부분을 "鎖停屛風 對曲對曲 撤入乎/ 簇子 突胡廬錄 捲入乎"이라 옮김으로써 '대곡대곡', '도로로록'과 같은 의태어를 살렸다. 한자를 우리말로 자유자재로 차용하는 능력은 '羔毛莊子 細矢莊

---

29) <사미인곡>의 한역가는 물론 鄭棹와 金相肅의 <속미인곡> 한역가에서도 이 노래와 친연성을 입증할 만한 표현이나 어휘는 찾기가 어렵다.

子(고모장지 세살장지)'와 같은 이두식 표현에서도 확인된다.[30] 이는 아마도 이미 고려속요의 여음 등에 관하여 관견을 논한 바 있는 그의 음악적 해박함[31]에서 기인한 것이라 여겨진다.

이상의 논의를 통해 그가 단지 당대 유행 노래의 단순한 한역자가 아니라, 음악성을 중시하는 기록자로서의 역할과 문학성을 살린 한시적 형상화에 관심한 시인으로서의 역할을 시조의 한역 과정을 통해 훌륭히 수행했음을 확인할 수 있다. 이제 우리는 위에서 살핀 시조한역의 제 양상들을 토대로 17세기에 수행된 시조의 한역 작업이 갖는 문학사적 의미를 점검할 수 있게 되었다.

4. 시조한역 양상의 전개 과정과 17세기 시조한역의 의미

이상 고찰한 시조한역 양상을 통해 시가사적으로 의미있는 추론들을 몇 가지로 정리해 보자.

첫째, 17세기 후반 18세기 초에는 이형상의 「금속행용가곡」처럼 시조를 연행의 분위기에 맞추어 그대로 전달하려는 것과 더불어, 「호파구」처럼 개인적으로 내밀화하여 한시화를 시도한 두 가지 한역 방식이 존재한다. 남구만이나 이기휴의 방식은 태도는 후자에 가깝다. 이형상에게 두 가지 한역 양상이 가능했던 이유는 무엇보

---

30) 작품 전문은 다음과 같다. "歎息爾胡爲 日暮來吾所/ 羔毛莊子 細矢莊子 蔓莊子 牧丹莊子 擧莊子 掛莊子 牝樞金 排目擧矢 促錯釘 龍齶鑰 鐵傲傲然 鎖停屛風 對曲對曲 撤入乎 簇子突 胡廬錄 捲入乎 嗟嗟彼歎息/ 爾從那裡便便 入顧汝來止 夕睡不堪看." 「長歌」 4. <歎息喝>
31) 권영철, 『餘音攷』(1978), 122~126면.

다 그가 시조 연행을 경험하고 가집에 노출되는 등 음악적인 조예
를 지녔기 때문이다. 그는 두 가지 한역이 자기 시대에 모두 필요
하다고 생각했고, 어느 한쪽에 우위를 두기보다는 각각 본래의 취
지에 충실한 한역을 보이고자 했던 것 같다. 18세기에 후반에 와서
개성적인 취향을 반영하는 한역만이 남게 된 이유는 무엇일까. 그
것은 「금속행용가곡」과 같은 기록을 위한 한역은 이미 존재 가치
를 잃었기 때문이다. 즉 1728년『청구영언』, 1756년『해동가요』등
본격적인 가집이 편찬되고 시조를 기록하여 전달하는 경로는 그것
으로 충분할 만큼 보편화한 것이다. 그러므로 이런 한역 방식은 나
타나지 않게 되고, 대신 「호파구」처럼 한시화의 개성을 추구한 한
역 방식이 더욱 극단화된 모습으로 나타났다.

　둘째, 원시조가 전하지 않는 작품의 문제를 어떻게 볼 것인가의
문제이다. 「금속행용가곡」의 경우 원시조를 찾지 못한 시조는 대
부분 유교적 이념과 규범을 노래한 것들로, 낮고 완만한 평조에 속
하였다. 특히 平調 第1旨의 16수 중 원시조가 전하지 않는 노래는
12수로 이 중 11수는『大學』의 3강령8조목을 읊은 연시조 형태일
것으로 추정된다. 다른 실전 작품 역시 사정이 비슷하다. 이는 이
형상 시대에 중요한 유행곡으로 여겨진 완만한 곡조의 이념적 노
래가 18세기 이후 가집에서 효용성을 잃고 탈락해 간 것으로 추정
된다.

　셋째, 시조한역을 통해 논란이 있는 작품의 작가 확정에 도움을
받을 수 있다. 이형상의『악학편고』및 「지영록」에 실린 두 편의
시조한역 작품은 <圃隱歌>와 <冶隱歌>이다. 앞의 것은 정몽주

의 '단심가'이나, 뒤의 것은 흔히 조식 혹은 양응정의 작으로 알려진 '三冬에 뵈옷닙고…'로 시작되는 작품이다. 이형상은 이 작가가 '冶隱'이라 하였고, "世傳冶隱聞對太祖大王昇遐而作"이라는 부기를 달았다. 이형상은 중앙을 왕래하면서 시조의 향유와 전승에 대해 누구보다도 해박한 지식과 영향력을 지닌 인물이었으며, 가집들보다 창작 시기에 근접해 있는 기록이라는 점을 감안하면 그의 기록을 따르는 것이 합당할 것이다.

지금까지 우리는 17세기 후반의 정황을 반영하는 18세기 초기 문헌을 대상으로 하여 이 시기에 시조의 한역이 여러 사람에 의해 특징적으로 행해졌으며, 이로부터 시조 향유가 일반적인 문화 양식으로 자리 잡았음을 확인할 수 있었다. 시조의 한역 문제는 단순히 우리 국문시가를 한자를 빌어 옮겨 놓았다는 표기 체계의 차원에서 논할 일이 아니다. 그렇다고 하여 한시 쪽에 편향된 일군의 논의에서와 같이 한문학의 우월성을 입증한다든지 혹은 그 반대의 방향에서 시조의 확장을 꾀한 자료로서만 활용되고 말 것도 아니다. 한문학과 국문문학의 공존이 엄연한 현실에서 국문시가가 행해진 이후에도 여전히 그것을 한시로 옮겨 상호간의 관련과 영향 관계를 고민했던 흔적으로서 깊이 있게 해석할 필요가 있다.

이제 우리가 고찰해 온 이 시기 시조한역의 성격이 시대에 조응하여 부침을 거듭한 양상으로 설명되고 문학사적 의미를 갖기 위해서는, 이 글 2장에서 시도했던 바 몇 개로 유형화한 한역의 전후 시기와 연계해서 살피는 것이 필요하다.

시조한역 초기인 17세기 초 이민성의 시조한역은 관습화되지 못한, 편법 정도로 여겨진 실험적이고 단편적인 작업이었다. 그러던 것이 17세기 후반에서 18세기 초 이형상과 남구만에 이르러 시조한역은 여러 작가에 의해 일반화하는 경향을 보인다. 그 한역의 방식은 원시조의 정감과 의미를 따라가며 그대로 재현하는 방식과, 시조의 의경을 따르되 주제를 자기화하여 한시화하는 변이의 방식, 두 가지로 크게 구분된다. 또 이기휴처럼 중앙과의 직접 교류가 없던 문인도 시조한역이 가능할 만큼 시조 연행은 보편화되었다.

하지만 이들이 한역 과정에서 특정 형식을 양식화할 만큼 이 시기에 이미 공통된 시형식을 확립했다고 단정키는 어렵다. 다만 5언6구 형식이나, 초·중장을 5언4구에, 종장은 7언2구에 배당하는 방식을 어느 정도 양식화하고자 했었다는 것은 세 사람의 한역시의 공통적 형식을 통해 조심스럽게 추정할 수 있겠다. '기록'을 위한 '재현'과 '자기화'를 통한 '詩化'가 모두 가능하고 다양한 시형식의 양식화를 모색했던 이 시기는 과도적 모습으로 이해할 수 있다.

18세기 중·후반 황윤석이나 홍양호에 이르면 시조의 한역은 국문시가의 역할을 긍정하고 적극적으로 활용하려는 의욕이 장단구 형식에 얹혀 개성적인 표현과 결합해 나타난다. 그리하여 이 시기의 시조한역 작업은 이미 당대의 급속한 변화와 조응하기에는 지나치게 온건한 양식이 된 중세적 한시에 영향을 불어넣는 역할을 하였으며, 시조 쪽에도 유행시들의 고정화, 재창작화를 가능케 하여 긍정적으로 작용하였다.

이것은 이 시기 金昌翕을 위시한 '眞詩' 운동, '朝鮮詩' 운동으로 불릴 만한 創新的인 시작 활동과 연계할 개연성이 충분한 것으로, 곧 한시단의 활로를 모색하려는 또 다른 방향이라고 할 만하다. 이 과정에서 작가의 개성적인 시적 감수성, 국토나 우리 것에 관한 애착 등에 의해 시조의 한역도 단순히 차용의 수준에 그치지 않고 한시의 세련미와 정조를 듬뿍 살리면서도 시조의 생동감과 정서를 곡진히 전달하는 방식으로 이루어졌다.

이후 19세기의 민요시나 소악부시들이 갖는 성격과 의미는 여기서는 소략하게 다룰 수밖에 없다. 본 논의와 직접 연계될 만하지 않으며, 19세기 전반의 동향에 견주어 살펴야 할 문제이기 때문이다. 다만 19세기에 왕성하게 나타난 악부체의 양상에 대하여 이를 이제현의 소악부 정신이 조선후기의 시대정신 및 작가군의 탁월한 현실자각 의식과 결합해 갑자기 새롭게 부상한 것으로 보는 시각은 바로잡아져야 한다. 우리가 논해온 바, 이미 17세기 초기 이민성의 시에서와 같은 실험적 모색기와 17세기 후반 이형상, 남구만 등의 과도기를 거쳐, 가능한 모든 시형식을 실험하는 18세기의 발전기를 지나서야 나타날 수 있었던 현상인 것이다.

이것이 18세기 형식은 물론 이행기적 발랄함과 생동감과도 멀어진 채 7언절구라는 근체시의 견고함에 집착하면서 고착화하는 현상은 흥미롭다. 이는 전 단계의 난만하고 실험적인 다양성에 대한 반작용으로 형식상의 엄격함과 보수성 속으로 숨게 되는 것으로 해석할 수 있다.

이렇게 보면 시조한역 과정 자체가, 이전 것의 극복과 대안으로서의 일련의 반복 과정을 내재하고 있는 것이라고도 해석된다. 이는 19세기 시조한역 양상에 대해 다각도로 고찰과 분석 작업을 진행한 후에 다시 면밀히 따져 볼 문제이다.

17세기 시조한역의 문학사적 위상을 마무리하면서 최근의 쟁점과 관련하여 이 시대의 의미를 다시 한번 상기해 본다. 시조한역을 통해 본 이 시기에 관한 성격과 평가는 궁극적으로 17세기에 대한 문학사적 평가와 관련이 있다. 학계에서 17세기에 대한 평가는 현재 제기된 중요한 쟁점 가운데 하나이다. 1980년대 이래 우리 연구사는 18세기와 19세기 현상들을 중세적인 것들과의 결별 과정 내지 근대적 맹아의 징후로 과도하게 해석해 온 감이 있다. 발랄하고 직설적인 정감의 표출, 중간계층의 자생력과 문학적 자발성, 서민적 현실인식과 역동성 등은 그런 현상을 지정하는 주요한 상징구들이다. 여기에 비한다면 16세기의 문학적 양상은 아직도 지나치게 견고한 중세적인 틀 속에 갇혀 있다고 할 만하다.

불과 한 세기를 전후로 이처럼 완전히 달라진 두 시대의 평가 사이의 괴리를 극복할 수 있는 길은 오직 17세기 현상들을 어떻게 설명해 내는가에 달려있다. 사설시조의 담당층과 기반에 관한 논란도 그 대표적인 사례 가운데 하나이다. 17세기라는 동일한 시기가 논자에 따라, 혹은 논제에 비추어 16세기적 전통을 연장시키는 쪽으로 견인되기도 하고, 18세기의 경향성에 편향된 새로움을 확인하는 증거로 해독되기도 한다. 이 시기들에 걸쳐있는 논제들을 한 가지씩 실증적으로 분석하고 차근히 설명하려는 시도들에 의해 17세기의 진정한 모습이 드러날 것이며, 시조한역 논의 또한 조선후기를 읽는 하나의 코드이다.

5. 요약과 전망

시조의 한역은 국문시가를 한문으로 옮겨 놓으려는 한시 확장의 사례나 시조의 우월성을 강조하려는 행위로 단순화해 평가할 수 없다. 그 전개 과정은 한역 초기 단계부터, 과도기와 발전기를 거쳐 고착화의 단계에 이르기까지 자기 양식 내에서의 확장과 수용, 전환 혹은 변용의 양상을 거치면서 역동적으로 그 시대와 문학사에 조응해 간 것으로 보인다. 이 방면의 논의는 상당 기간, 시대정신의 기치 아래 실상보다 작가의식 면에서 과도하게 의미 부여해 온 혐의가 있다. 한편 현 단계의 연구는 한역 작품의 분석을 특정 작가의 개성적 경향으로 잘 정리해내는 작업만으로 만족할 수도 없다.

시조한역 양상에 대해 통시적으로 접근하는 것은 그것이 시조사의 복원 작업에 기여할 때 의미가 있다. 오랜 기간 광범위하게 체화된 갈래였던 시조의 전승 과정은, 18세기 이후 가집에 전하는 자료 또는 개인 문집의 산발적 자료에 의해 성글게 엮여져 왔고 아직도 구체적인 보완이 필요한 곳이 상당수 존재한다. 시조한역 연구의 성과는 이런 불완전한 부분에 대해 문학내적이고도 실증적인 의문과 해결점을 제시한다.

사대부들은 시조 양식의 작가 아니면 소비적 향유 계층에 머물렀는가. 아니라면 시조의 전승에 몫을 담당한 사대부는 없었던가.

더 파고들자면, 중인층 가객이 가집을 편찬하기 이전 단계에 시조
향유에 적극적이었던 사대부가 가집 체제를 고려한 시조 관련 자
료를 남긴 것은 아닌가. 이로써 중인층 가객의 가집 편찬 및 가단
활동에 사대부들이 상당 부분 영향력을 발휘했던 정황을 시조한역
을 시도한 사대부의 의식 속에서 설득력 있게 드러낼 수 있지 않
은가 등등. 꼬리를 무는 의문으로부터 놓여날 수 있는, 어느 결에
훤히 눈 뜨일 경지를 열어젖힐 수도 있는 작은 실마리를 얻기 위
해 후속 연구를 다시 기약할 뿐이다.

시조한역 중기 Ⅱ(18세기 중·후반) : 황윤석·홍양호

1. 서론 : 연구사 검토 및 문제 제기

시조와 한시가 서로 장르적 영향을 주고받으며 전개되어 온 양상을 주목하고 의미를 평가하려는 작업은 일찍부터 있어 왔다. 시조와 한시가 전체 문학 유산 속에서 차지하는 비중이나 인접 장르에 끼치는 영향력을 고려한다면, 이는 단순히 시가사 내에서 그치지 않고 문학사 전체의 국면에서 다루어야만 할 과제이기도 하다.

이 문제에 관한 논의는 한시가 시조에 수용된 경우와 시조를 한역한 경우로 크게 나누어진다. 두 갈래 사이의 넘나듦이 발견되는 조선중기 이후는, 한시가 당시 문학 담당층들에게 보편적 갈래로 체화된 상태에서, 새롭게 나타난 실험적 문학 양식인 시조를 수용해 가려는 시기였다. 그러므로 두 경우 모두 기실 시대적 조건과 문학 현상의 기반을 공유하고 있다. 그런데 이처럼 단일한 뿌리에 기반을 둔 양상을 놓고 후대 연구자들이 벌여 온 논의는 전혀 다른 줄기로 뻗어 나갔다. 우선 한시를 더 중시하는 쪽에서는 한시를 시조로 만든 것이나 시조를 한역하는 것 모두 한시가 시조에 중대한 영향력을 끼쳤다는 사실을 증거하는 현상으로 판단하고 한시 영역의 확장 사례로 여긴다. 달리 시조를 더 중시하는 쪽은 두 경우에 대하여 시조가 한시까지 수용해 간 과정으로 여기고 시조라는 국문시가가 지닌 독특한 정감, 주제의식 등이 한시에 영향을 끼친 것으로 평가한다.

전자의 견해는 시조 속의 한시 자취를 입증하는 예라고 적극적으로 해석되어 鄭來東[1] 이래로 時調起源論의 外來起源說로까지 전개되었던 바 있다. 후자의 논의는 이러한 견해를 반박하면서 대두하였다. 이 논의는 두 경우에 나타난 양상이 모두 한시와 시조가 구조적으로 일치할 수 없다는 사실을 확인시켜 주는 것으로, 전체 시조 중에서 극히 미미한 현상임을 들어 시조의 自生性을 강조하였다.[2] 이와 같이 이 논의는 시작부터 국문시가의 기원설과 관련된 예민한 문제로 부각하였던 까닭에 이후로도 새로운 발상—가령 시조와 한시 사이의 장르 교섭과 발전적 수용, 문화의 다양성과 관련한 논의—으로 전환하기가 쉽지 않았다. 지금도 한문학 또는 국문시가 어느 쪽의 논의냐에 따라 그 해석과 평가는 다른 각도에서 추출되고 있다.[3]

---

1) 정래동, 「중국민간문학개설 독후감」, 『동아일보』(1931. 12. 27).

2) 정병욱, 「한시의 시조화 방법에 대한 고찰」, 『국어국문학』 49·50(국어국문학회, 1970).

3) 한시 쪽의 경우로는 조선후기 '소악부'에 관한 연구가 대다수이고, 최근에는 安大會, 「漢詩와 時調 意象의 유형적 특질: 錯覺 모티브를 중심으로」, 『한국한시연구』 2(한국한시학회, 1994)와 이종묵, 「고전시가에서 용사와 점화의 미적 특질」, 『한국시가연구』 3(한국시가학회, 1998) 등에서 구체적인 유사성의 사례를 비교 고찰하였다. 시조 쪽 논의는 이후에 소개될 참고논문 속에서 자세히 거론하므로 여기서는 일일이 소개하지 않는다.

현 단계의 논의는 두 경우 중 어느 쪽을 다루든 감정적 논쟁에서 벗어나 구체적 양상을 깊이 있게 다루어 문학사적 관점에서 총체적인 의미를 파악하려는 쪽으로 나아가야 한다.

한시가 시조로 수용되는 양상에 관해서는 초창기 단계를 지나 계량화의 방법에 의한 단편적인 가능성만이 거론되다가 1980년대에 나정순, 김영진[4] 등이 그 양상을 단순 한시현토, 차용과 변용, 재창작으로 발전한 유형 등으로 구분하여 시조의 한시 수용 문제를 검토하였고, 최근에는 한시 수용 시조들의 시대적 분포를 따져 문학사적 의미를 탐구한 성과가 제출되었다.[5]

시조한역에 관해서는 조윤제가 '시가의 한역시대'를 설정하여 관심을 표명[6]한 이래, 자료 소개와 정리 단계[7]를 거쳐 한역 대상 시조의 성격과 작가의식, 형상화의 방식, 한역의 의미를 규명하려는 단계로까지 진척되어 왔다. 19세기에 활발히 나타난 '소악부'에 관한 검토[8]가 압도적으로 많고, 이로부터 촉발된 관심이 이전 시

---

4) 나정순, 「한시의 시조화에 나타난 시조의 특성 연구」(이화여대 석사논문, 1981); 김영진, 「고시조의 한시수용에 관한 연구」(전북대 석사논문, 1988).

5) 姜惠貞, 「時調의 漢詩 受容 樣相 研究」(고려대 석사논문, 1995).

6) 조윤제, 『조선시가사강』(박문출판사, 1937).

7) 沈載完, 『歷代時調全書』(세종문화사, 1972) 내의 「時調漢譯一覽」과 朴魯春, 「時調漢譯總覽」, 『국어국문학』 62·63 합병호(국어국문학회, 1973)이 대표적이다.

8) 방법론적인 것을 제외하고 대표적인 논문을 들면 다음과 같다.
李東歡, 「朝鮮後期 漢詩에 있어서의 民謠趣向의 擡頭」, 『한국한문학연구』 3·4 (한국한문학연구회, 1979); 鄭垣杓, 「紫霞 申緯 漢詩 研究 序說」(서울대 석사논문, 1979); 黃渭周, 「朝鮮後期 小樂府研究」(한국학대학원 석사논문, 1983); 호승희, 「한국의 악부논의에 나타난 시가관」, 『이화어문론집』 9(이화여대, 1987); 沈慶昊, 「朝鮮後期 漢詩의 自意識的 傾向과 海東樂府體」, 『한국문화』 2(서울대 한국문화연구소, 1981); 孫八州, 「申緯 詩文學 研究」(동국대 박사논문, 1983).

기로 소급되면서 소악부처럼 유형화하지는 않았지만 17·18세기
에 특정 작가가 행한 시조한역 양상을 본격적으로 분석하고 의미
화하려는 논의가 상당히 진전되었다.[9]

이와 함께 조선조에 이루어진 시조한역 작품을 두루 살핌으로써
한역이 갖는 의미를 보편화한 논문도 있다. 김명순[10]은 시조한역
의 유형과 방법을 주로 탐색하여 내용·형식상의 일반적인 양상을
이끌어내려고 하였으며, 윤승준[11]은 가능한 한역시 작가들을 일람
하면서 宋純으로부터 鄭熙鎭에 이르기까지 22인의 경우를 개괄적
으로 살폈으며, 동일시조의 異譯 문제에도 관심을 보였다.

본고는 시조한역 양상에 초점을 맞추고자 한다. 두 장르 사이의
내적이고 심층적인 교류와 영향 관계를 논하려면 양 방향을 함께
다루는 것이 무엇보다 긴요하다.[12] 그 단계를 도달점으로 삼고, 여
기서는 두 갈래 사이의 넘나듦 현상을 문학내적인 기준으로 분석
하기 위해 시조한역 양상을 다룬다.

기왕의 성과 위에서 시조한역 논의는 새로운 단계로의 진전을
이룩할 때가 되었다. 19세기의 특징적 양상, 소악부라는 한 유형의
특징, 그리고 이민성이나 홍양호, 이형상, 황윤석 등 한 작가에 의

---

9) 조해숙, 「李民宬의 時調 漢譯의 性格과 意味」, 『관악어문연구』 13(서울대 국문
   과, 1988); 成範重, 「時調의 漢譯과 그 形象化의 問題: 耳溪 洪良浩의 「靑丘短曲」을
   中心으로」, 『울산어문논집』 6(울산대 국문과, 1990); 孫燦植, 「頤齋 黃胤錫의 時
   調漢譯의 性格과 意味」, 『어문연구』 30(충남대 어문연구학회, 1998); 김명순, 「金
   養根의 時調漢譯에 대하여」, 『문학과 언어』 11(문학과언어연구회, 1990).
10) 金明淳, 「時調漢譯歌 硏究」(경북대 석사논문, 1988).
11) 尹勝俊, 「朝鮮朝 時調漢譯 硏究」(단국대 석사논문, 1991).
12) 김석회, 「한시 현토형 시조와 시조의 7언절구형 한시화」, 김병국 외, 『장르교섭과
   고전시가』(월인, 1999), 111~112면.

한 시조한역의 성격 등은 고찰되었으므로 이들 사이의 관련 양상
과 시대적 변화, 통시적 조망이 필요한 단계이다.

그 점에서 시기적으로 18세기의 한역양상이 관심거리이다. 시조
한역사에서 19세기에 비하여 상대적으로 소홀하게 다루어져 왔고
문학사적 의미도 두드러지지 않았지만, 18세기는 17세기에 시작된
시조한역이 본격화한 시기이며, 19세기 소악부시들의 발생에 어떤
식으로든 영향을 끼치면서 독자적인 특징도 부각되는 시기라고 보
기 때문이다. 18세기 시조한역의 양상을 작가 개인보다는 시기의
특성을 부각할 수 있는 차원에서 논의하여 이상 제기한 문제들에
대하여 답할 수 있을 것이며, 18세기라는 이행기의 문학사적 의미
를 탐색하게 되리라 기대한다.

2. 한역시의 구분 기준과 대상 작품의 성격

시조를 한역한 작품은 기준에 따라 여러 방향에서 나누어 볼 수
있다. 우선 작품이 전하고 있는 자료의 성격에 따라 개인문집에 전
하는 경우, 조선후기의 시조집에 전하는 경우, 기타 악부·사 자료
집에 실려 전하는 경우로 구분할 수 있다.

다음으로 자작한 시조를 직접 한역한 경우와 민간에서 유행하는
작품을 듣고 한역한 경우가 존재한다. 이는 시조에 대한 인식과도
관련되는데 자작시를 한역한 경우는 시조가 개인적인 창작물로서
인식되었을 가능성이 높은 반면, 다른 사람이 지은 유행 노래를 임
의로 한역한 경우라면 대개 시조의 실제 연행 현장에서 노래로 인

식하면서 한자로 기록했을 개연성이 커진다. 드물게 율곡시나 퇴계시의 경우처럼 특정 작가의 여러 시조 작품을 한번에 한역하는 경우도 있는데 이 때에도 자작시 한역의 경우와 동일한 조건에서 한역이 이루어졌을 것이라 짐작된다.

한역의 태도 내지 작가의식 역시 중요한데, 한역을 하되, 원시조의 의미를 좇아 축자적 번역만을 시도한 경우와, 시조의 내용을 충분히 숙지하되 한시의 형식에 비추어 내용을 차용 내지 변용하는 경우, 시조의 소재와 주제를 빌어오면서 거의 재창작에 가깝게 한시로 탈바꿈하는 경우 등 여러 층위의 한역이 가능하다. 시조와 한시 어느 쪽을 우위에 두는가를 염두에 둔다면 첫 번째 경우부터 차례로 시조의 심상을 더욱 강조하는 것으로부터 그렇지 않은 태도로 옮겨간 것이라 할 수 있겠으나, 한역시의 문학적 완성도를 문제삼자면 이런 순서는 다시 허물어지게 될 수밖에 없는 것이다.

제시한 다양한 기준들과 이들을 다시 여러 갈래로 조합한 경우의 수를 고려하여 한역의 양상을 검토하는 것이 가장 바람직한 방법일 것이다. 그러나 시조한역의 양상을 파악할 수 있기 위하여 필요한 최소한의 한역시의 조건은 다음과 같다.

첫째, 개인문집 속에 소재하는 한역시를 대상으로 삼되, 10편 이상으로 경향을 입증할 수 있는 것을 살핀다. 문집소재 한역시의 경우 시기의 변증이 확실하고 작가의 문학적 지향과 의식을 살필 수 있는 보조 자료들이 있어 시조집이나 음악적 지향이 뚜렷한 문헌 속의 자료들과 대비된다. 그러나 한두 편 산재한 경우는 한역자의 의식을 반영하는 자료로 판단하기 곤란하므로 문집 내에 여러 편

이 발견되는 것을 대상으로 삼는다.

둘째, 한역 방법에 있어서 단순히 시조를 직역한 축자적 전이 작품이 아닌, 완성된 한 편의 한시 작품으로 한역된 작품을 대상으로 한다. 그래야만 시조와 한시 사이의 장르적 변별성과 문학적 자질을 문제 삼을 수 있기 때문이다.

이상의 조건 아래서 耳溪 洪良浩(1724~1802)의 「靑丘短曲」 40수 및 「北塞雜謠」 내 한역시조, 頤齋 黃胤錫(1729~1791)의 「古歌新翻29章」 및 「古歌新翻續14章」 및 기타 3편의 시조한역 작품을 주된 고찰 대상으로 삼는다. 홍양호의 시조한역은 성범중[13], 진재교[14]가 자세히 분석한 바 있으므로 본론의 시조한역 양상을 다룬 부분은 황윤석의 작품을 중점적으로 고찰하면서 홍양호와 비교하고 두 사람의 한역시를 종합하여 18세기 시조한역의 의미를 추출하게 될 것이다. 이와 함께 18세기 시조한역의 전후 시기 비교 작품으로는 敬亭 李民宬(1570~1629)의 「聞人唱俚歌韻而詩之」란 제목 아래 실린 한역시조 12수, 紫霞 申緯(1769~1845)의 「소악부」 등을 거론하기로 한다.

이들 시들의 양상을 살피기에 앞서 18세기의 주요 한역 작가와 그 한역시들에 관한 개괄적인 검토가 필요하다.

황윤석은 본관이 平海이며 전라도 興德縣(現 高敞郡 星內面)에서 태어났다. 金元行의 문인으로 31세에 진사시에 합격하여 여러 관직을 역임하였으나 모두 재임기간이 길지 않았고 종6품에 머물

---

13) 성범중(1990).

14) 陳在教, 『耳溪 洪良浩 文學 研究』(성균관대 출판부, 1999).

렀다. 짧은 재임 후 다음 관직을 제수받기가 쉽지 않았던 탓으로 오랜 기다림에 지쳐 벼슬자리를 포기하려 하였으나 노령의 어머니의 간절한 바람 때문에 귀향할 수 없었다. 그러한 갈등과 인내의 과정 속에서 易象, 天文, 地圖, 경제, 사회, 算學, 역사, 聲音, 문자 등 다방면에 지적인 호기심을 기울인 결과 많은 업적을 남겼다. 국어국문학 분야에서는「華音方言字義解」등 국어학 쪽의 업적으로 일찍이 알려졌고, 문학 쪽은 그의 나이 50세가 넘어 잠시 木川縣監으로 재직할 때 지었다는 <木州雜歌> 연시조 28수가 소개된 바 있다.15) 시조한역 작품은 그의 나이 19세(1747년)와 20세(1748년) 때의 것들이다. 이후 39세(1767년)에 <改翻金龍溪止男美人詞一絶>과 <翻淸泠浦歌>라 하여 당시에 유행하던 王邦衍의 시조 및 자신과 유관한 지역을 배경으로 한 시조를 한역하였다. 이들은 모두『이재난고』권1에 수록되어 있다. 이 밖에『頤齋遺稿』권8에 曾祖父의 시조를 한역한 것이 전한다.

홍양호의 본관은 豐山이며 일찍이 관직에 나아가 홍문관과 예문관 양관의 대제학을 겸임하는 최고의 영예를 누렸으며, 燕京에 다녀오는 길에 그 곳의 석학들과 교유하여 文名을 날렸다고 한다. 문장과 학문이 뛰어나 당대 관각 신료 가운데 따를 이가 없었으며

---

15) 황윤석은 자신의 생애 기록을 10세 때부터 63세 棄世 이틀 전까지 각종 형식으로『頤齋亂藁』에 남기고 있다. 초서체의 초고본 형태로 전하는 것을 한국정신문화연구원에서 1994년부터 脫草 작업하여 현재까지 6권이 간행되었다. 본론의 황윤석의 한역시 및 기록은 모두 이 활자화된『이재난고』로부터 인용하였다. 이 밖에 황윤석의 생애에 관해서는 李康五의『이재난고』해제와 河宇鳳의「이재 황윤석의 사회사상」,『이재 황윤석』(민음사, 1994); 최강현,「黃胤錫論」, 韓國時調學會 편,『續古時調作家論』(백산출판사, 1990), 손찬식(1998)에서 개괄적으로 소개하고 있다.

글씨도 많이 남겼다.16)

이제 이들을 대상으로 18세기 시조한역의 구체적인 양상을 펼쳐 보일 다음 장으로 건너가 보자.

3. 황윤석과 홍양호의 시조한역의 양상

본 장에서는 18세기에 뚜렷한 시조한역 작품을 남긴 황윤석과 홍양호의 작품 양상을 고찰한다. 두 사람의 시조한역 과정과 그 양상을 제대로 파악하기 위해서는 그들의 문학관 내지 시가관을 이해하고, 시조한역의 목적과 동기 등을 서술한 기록을 살피는 것이 우선 필요한 듯하다.

3-1. 시조한역의 동기와 한역시의 전반적 성격

황윤석이 시조를 한역하게 된 것은 국문시가에 대한 특별한 관심과 애정이 배경이 되었다. 직접 연시조 <목주잡가> 28수를 창작하였고, 국문시가를 남긴 前輩들의 行狀을 지으면서 그들의 국문시가에 관한 언급을 비교적 자세히 기록하고 있다. 宋純의 국문시가 작품을 거론한다든지, 張經世의 <강호연군가>의 창작 배경과 주제를 언급하였으며, 丁克仁의 <불우헌곡>의 특징을 진술한 것17)이 그 예이다. 이로써 그의 국문시가에 대한 특별한 관심과

---

16) 홍양호의 생애 및 문학관에 대해서는 성범중, 「이계 홍양호의 문학관과 문학활동」, 『한국문화연구』 2(경기대 한국문화연구소, 1985); 진재교(1999)의 Ⅱ장 참조.

17) 이들 기록의 구체적 내용은 손찬식(1998), 215~217면 참조.

인식의 깊이를 짐작할 만하다.

시조한역의 직접적 동기와 목적은 「고가신번29장」에 딸린 서문을 통해서 잘 드러난다.

다음 시의 가사는 현인, 시인, 탕자, 사부의 무리에서 섞여 나온 것인데, 그 사이에는 때때로 풍속을 교화하는 뜻이나 사람들을 놀라게 하는 운치가 있어 모두 후세에 전하여 중국의 여러 악부와 더불어 어깨를 견줄 만하다. 그러나 돌아보건대 우리의 방언[한글]은 중국의 소리[말]와 다르기 때문에 그 노래를 하는 데는 모두 俚諺으로써 하여 문자[한문]로써 하는 것은 실로 드물다. 그리하여 비록 후세에 전하고자 하였을지라도 일찍이 거의 전해진 것이 없었다. 그리고 곧 그 참된 모습을 잃어버리게 되니 하물며 고악부와 더불어 나란히 할 수 있겠는가. 또 백제의 <山有花> 한 곡 같은 경우는 단지 그 소리만 남아 있고 그 가사는 없어졌으니 이는 반드시 당세에 유행되었을 것이지만 문자에 의탁하지 않았기 때문이다. 滄溪 林泳은 일찍이 이를 안타깝게 여겨 李太白의 <憶秦娥調>로써 그 없어진 것을 보충했으나 또 오늘날 사람들이 전승하는 창에 부합되지 않는다. 이와 같은 경우는 아마도 한두 개가 아닐 것이다. 요즈음 한가한 틈을 타서 약간의 작품을 찾아서 문자로써 번역했는데 요체는 본래의 말을 따르고 조금 윤색을 가했을 뿐이다. 또 구구하게 고악부를 흉내내어 도리어 그 본의를 잃게 하지 않도록 하였을 따름이다.18)

---

18) 「古歌新翻29章」, 並序. "右歌詞雜出於賢人騷客蕩子思婦之屬 而其間往往有礪俗之意 驚人之韻 皆可傳諸後世 以與中原諸樂府馳騁而上下 而顧我方言異於華音 故其爲歌也 悉以俚諺 而以文字者實尠 雖欲傳諸後世 而曾未幾傳 何便失其眞 矧能與古樂府齊駈哉 又如百濟山有花一曲 只有其聲而其詞則亡 此必只行當世 而未托於文字故耳 滄溪林公 蓋嘗是惜 以李太白憶秦娥調 追補其亡 而又不合於今人之傳唱 若此者 蓋不一二 頃於閑隙 搜得若干 譯以文字 要隨本語 而少加閏色而已 又不必拘拘於古樂府之效響 而反失其本意云爾"

한시와는 다른 가치가 있는 국문노래가 제대로 기록이 되지 못하여 금방 잊혀지고 마는 실정을 그는 안타깝게 여겼고, 이것이 한역의 동기이자 목적이었던 것 같다. 시조한역의 태도는 조금의 윤색을 더할 뿐 시조를 충실히 따르면서 재현해 내는 것이었다. 고악부를 흉내내다 보면 시조의 본의를 잃게 되고 이는 또다른 작품으로의 전화이므로 이를 경계하고 있다. 실제로 그가 시조의 어휘나 어순을 그대로 따르고자 애쓴 흔적을 발견할 수 있는데, 요컨대 그는 한시로서의 완성도를 높이는 것보다는 우리말 시조를 그대로 옮기고자 하는 한역의 기본 태도를 지녔던 것이다.

그런데 <목주잡가>와 같은 시조를 지을 줄 알았고 당시의 일본어를 한글로 옮겨 적는 등 한글 사용이 자유로웠을 터인데 왜 시조를 한글로 받아 적지 않고 굳이 한역하였던 것일까. 위의 서문에 의하여 추측한다면 그는 한글로 쓴 기록보다 한문 기록이 오래도록 보존될 수 있다고 여긴 듯하다. 기록에 의한 보존 욕구와 기록의 영원성 추구가 그의 시조한역의 동기이다.

홍양호 또한 우리의 민족가요를 옹호하며, 그 속에 담긴 民의 정서를 가치있는 것으로 평가[19]하였다. 그의 문집에 시조에 관한 직접적인 언급은 없고 「청구단곡」의 서문도 남아있지 않지만, 그가 펼친 天機論 속에 민족가요의 인정이나 여항문학의 옹호 등의 내용을 담고 있으며, 한역시의 형식으로써 그가 당시 유행하던 근체시 형식을 버리고 長短句를 활용한 이유까지 드러나고 있다.

---

19) 진재교(1999), 133~134면.

우리나라의 풍속은 오로지 근체시를 숭상하여 붓을 잡고 글을 지을 줄 알면 이미 변려와 대우를 익히고, 입을 열어 글을 지으면 문득 율시·절구를 배워 古風長句가 어떠한 모양인지 알지 못하니 이를 시라 이를 만하겠습니까? 제가 일찍이 중국을 유람하여 그 詩話를 보니 '고려인은 律·絶만 짓기를 좋아하고 고시를 알지 못한다'하여 제 얼굴을 부끄럽게 했습니다. 대저 동방의 문은 오직 시를 長技로 여겨 세상에 이름난 작가들이 수없이 많지만 古詩長篇을 짓는 사람들은 매우 드뭅니다. (中略) 아! 천년 후에 태어나 고인의 음을 따르고자 한다면 또한 우활하고도 미친 짓이 아니겠습니까. 그러나 人心의 靈感과 天機의 묘함이 만세에 뻗어 그치지 않고 변하지 않으니 오직 스스로 얻는 데 있을 뿐입니다.[20]

인용문은 당시 시인들의 성향과 폐단을 지적하면서 近體詩 풍조에 일침을 가하고 있다. 이 글은 그가 우리의 정서를 드러낸 국문시가를 한역하면서 당시에 한시의 본령이라고 여겼던 근체시의 형식적 틀을 깨버리고 장단구를 택하게 된 연유를 짐작하게 한다. 근체시 양식을 따르면서 격식과 규범에 빠지고 마는 현상을 시정하기 위해서는 비교적 天機 유출이 자유로운 고시·장편을 차용해야 한다고 주장하고 있다. 그렇다면 시조한역에서 장단구를 택하게 된 배경에는 당시의 누습을 타파하고 좀더 자연스러운 참을 추구할 수 있는 천기를 유출하려는 홍양호의 의도가 내재한 것이다.

---

20) 『이계홍양호전서』 <與宋德文論詩書>. "獨我東俗 專尙近體 稍知操觚 已習駢偶 開口綴辭 便學律絶 不知古風長句之爲何狀 是可謂詩乎哉? 僕嘗西遊中國 見華人詩話 云高麗人 好作律絶 不識古詩 使我顔發騂也 夫東方之文 惟詩爲長技 名世之家 蔚然相望 而其爲古詩長篇者 絶罕焉 (中略) 噫! 生乎千載之後 欲追古人之音 不亦迂且狂乎? 然人心之靈 天機之妙 亘萬世而不息不變 惟在自得之耳." 진재교(1999), 141~142면에서 재인용.

　그러면 이러한 한역의 태도와 동기 속에서 한역된 작품들의 전반적 성격은 어떠한지 간단히 밝혀 둔다. 여기서도 본론의 중심 작품인 황윤석의 작품을 자세하게 다루고 홍양호는 간략히 언급한다.

　황윤석의 한역시조는 「고가신번」 총 43장 중 <감군은> 한역을 제외한 42수와 <미인사> <청령포가>의 한역시 및 증조부 취은의 시조를 한역한 <翻白鷗歌>까지 모두 45수이다. 이 중 원시조를 확인할 수 없는 것은 「고가」21)의 제 5, 8, 22장 및 「속고가」의 제 11장 등 4수로 원시조가 확인된 작품은 41수이다. 여러 편의 한역시를 남긴 작가 가운데 李衡祥(1653~1733)이 한역가를 곡조별로 분류하였고, 金養根(1734~1799)이 64수의 한역시를 내용별로 세밀하게 분류한 것과는 달리 황윤석은 한역시를 나누는 특별한 기준을 마련하지 않고 있다. 또 홍양호는 한역시마다 원시조의 첫머리의 어휘를 따서 '日之曙', '古人' 따위 제목을 붙였는데, 황윤석은 이러한 시도도 하지 않았다. 다만 노래의 배경이나 성격을 한역시 아래에 짧막하게 언급한 작품이 있다.

　황윤석이 한역한 원시조를 중심으로 내용을 분류하면 江湖(隱逸, 脫俗) 16수, 忠義 9수, 戀情 7수, 醉樂 6수, 敎訓(警世) 4수, 無常 및 懷古 2수, 豪氣 1수 등이다.

　한역시의 형식은 長短句가 압도적으로 우세하다. 齊言體를 택

---

21) 황윤석이 19세 때와 그 이듬해에 걸쳐 「고가신번」이라는 제목 아래 두 차례 시조의 한시화를 하였으므로 그들을 구분하기 위하여 본고에서는 먼저 이루어진 「고가신번29장」의 작품을 「고가○」으로, 후의 「고가신번속14장」의 작품들을 「속고가○」으로 略稱한다.

한 것은 5언6구 2수, 7언4구 2수인데, 5언6구는 시조의 3장 6구 양식에 영향받은 5언고시 한시형식이며 7언4구체는 초장·중장 각 1구씩, 종장을 2구로 배당한 7언절구 형식이다. 작품의 구수만을 헤아리면 4구 형식이 6수, 5구 형식이 15수, 6구 형식이 20수이며, 한 구를 이루는 字數는 3언에서 10언에 이르기까지 다양하다.

대상 작품 41수 가운데 원래의 시가 작품을 표현체계를 달리하여 동일한 意境을 재현해 낸 것이 20수이며, 변이형으로 분류할 수 있는 것이 21수이다. 그런데 이 변이형도 대체로 부분적인 변이 양상을 드러내는 것일 뿐 홍양호의 경우[22]처럼 전체 작품의 의경을 전화한 것으로 볼 수 있는 작품은 거의 없다.

홍양호의 「청구단곡」 작품 수는 이본에 따라 차이가 있는데, 심재완(1972a)의 '한역시일람'에 수록된 40수를 대상으로 한다. 그리고 「北塞雜謠」에도 7수의 시조한역 작품이 실려 있다. 한시 형식은 4구, 5구, 6구, 8·10·14구 등으로 다양한데, 6구가 40수 중 21수를 차지하며, 「북새잡요」의 시도 1수만 7구 장단구이고 나머지 6수는 전부 6구 장단구를 취하였다. 한 구를 이루는 글자수 또한 지극히 유동적이다.

고려 소악부와 조선시대 한역 작품의 대부분이 시경의 採詩觀風의 정신에 철저하여 당대의 노래들을 한역하였기에 시적 형상화 방식이 재현의 방식에 의존하고 있는 데 비해, 「청구단곡」은 재현의 방식과 함께, 단어나 문맥을 교체, 첨삭하고 때로는 전체 작품의 의경은 전화하기도 하는 재창작 방식이 사용되었다. 재현에 의

---

22) 홍양호의 「청구단곡」 40수 중 여기에 해당하는 것은 5수이다. 작품의 실제는 성범중(1990)이 보였으며, 본고의 뒷부분에서도 제시하게 될 것이다.

한 것이 11수, 재창작 방식에 의한 것이 29수이다.[23)]

이같은 형식적 고찰을 통하여 홍양호는 근체시의 제약에서 벗어나 좀더 자유로운 입장에서 시조의 살아있는 느낌을 살리고자 의도적인 노력을 기울였다고 하겠다.

이상의 한역태도와 전반적 성격 이해를 바탕으로 다음은 시조의 한역이 이루어진 양상을 한역화 방식에 따라 나누어 살펴보자.

3-2. 시조의 재현에 의한 한역

국문노래를 한역하면서 원시조를 재현해 내는 방식은 고려 익재 소악부 이래로의 오랜 전통이다. 18세기 한역시에서 이것을 작품을 나누는 기준으로 다시 고려하는 이유는, 황윤석이나 홍양호의 시조한역 과정에서는 원시의 意境이 변화를 보이거나 표현 방식 자체가 달라진 작품이 다수 있으므로 이들과 구분하여 논하기 위해서다.

다음 시조한역 작품을 보자.

解纜兮舟泛	닻 풀자 배 떠나니
此去何時歸	이제 가면 언제 돌아오리
萬頃滄波	萬頃滄波에
如去時且速還應知	가는 듯 돌아 올 줄 알지만
夜半至匊怨一聲中	한밤중 지국총 한 소리에
輾轉不成眠[24)]	몸뒤척이며 잠 못 든다네.

「고가」 13.

---

23) 성범중(1990).

- 國初航海 朝明南京 起行于靈光法聖浦 郡倅張樂餞之 此其行船
曲也 至今傳唱 使人聞之 使有黍離之感云 至旃忽卽古所稱欸乃聲也

解纜方擧帆	닻줄 풀고 돛 올리니
問君此去何時歸	님에게 "이제 가시면 언제 올건가요?" 물었네
滄波渺無際	푸른 물결 아득히 끝이 없는데
好好往來疾如飛	아무쪼록 나는 듯 탈 없이 다녀 오소서
從此遠浦鳴櫓聲	이로부터 먼 포구의 노 젓는 소리 들리면
是妾腹斷眼穿時	이 몸은 애끊는 듯 뚫어져라 볼 테지요.

「北塞雜謠」 <解纜>

둘 쓰쟈[25] 비 쩌나니 인제 가면 언제 오리

---

24) 정신문화연구원에서 간행한 『이재난고』에는 "解纜兮舟泛/ 此去何時歸/ 萬頃滄
波如去時/ 且速還應知夜半/ 至旃忽一聲中/ 輾轉不成眠"라고 구가 구분되어 있
다. 원시조의 내용을 고려하면 이 같은 배열은 불가능하다고 판단, 재조정하여 배
열하였다. 아래 배경 설명의 띄어쓰기도 마찬가지이다.

25) 이 작품은 수록 가집에 따라 '달 쓰쟈'와 '닷 드쟈'가 고루 나타난다. 원래 이 노래
는 독립하여 부른 것이 아니라 '船遊樂'이라는 외국 사신의 이별 종합 연회에서
배가 떠나는 장면의 '離船樂' 중 하나로 전체는 '닻 드는 노래', '달 뜨는 노래', '어
부사' 셋을 연희 진행 경과를 따라 부른다고 하며, 시대에 따라 혹은 연행판의 성
격에 따라 노래의 篇數나 次字 등은 조정이 있었던 것 같다(사진실, 「선유락의 공
연 양상과 형성 과정」, 서울대 국문학연구회편, 『국문학연구』(태학사, 1999). 윤승
준(1991)은 '달노래'와 '닷노래' 두 계열 중 노래 수록 문헌의 시기를 근거로 '달
쓰쟈' 계열로부터 '닷드쟈'가 파생되었다고 하였으나, 김석회는 「海行使臣의 전별
연」(2000)에서 '닻을 들어올리는 순간'에 관련된 본 노래가 18세기 이후 그 호소
력에 힘입어 시조 혹은 가곡창사로 재창작되어 불리게 된 것임을 문헌 기록을 통
해 입증함으로써 그 역방향의 영향 관계를 실증한 바 있다. 「고가」 13 아래 황윤
석의 附記는 김석회의 이 같은 추론을 확인시켜 준다. 최근에는 성무경이 『敎坊
歌謠』에 실린 노래의 성격을 다루면서 이 노래의 공식성과 대중성을 다시 언급한
바 있다(「『敎坊歌謠』를 통해 본 19세기 중·후반 지방의 官邊 풍류」, 『시조학논
총』 17집, 한국시조학회, 2001).

萬頃滄波에 가는 듯 도라옴시
밤中만 至菊葱 소리예 이 긋난 듯ᄒᆞ여라.   #764[26]

　　이 작품은 원시조의 충실한 재현 방식을 택하였다. 두 한시 모두
원시조의 곡진한 심정을 구체화하여 전달하고 있다. 황윤석은
초·중·종장을 좇아가면서 거의 시어나 의경의 변화 없이 원시조
를 정확하게 옮겨놓으려는 태도를 보인다. 의성어 '至菊葱'을 그대
로 사용한 것이나 초장 첫 구를 한역한 부분은 시조를 그대로 옮
겨놓으려는 태도를 보여준다. 그런 점에서 한시에서 달라진 종장의
'이 긋난 듯ᄒᆞ여라' 부분은 변이가 이루어진 것이 아니라, 『時調』나
『南薰太平歌』 등 대중용 가집에 종장 후반부가 '잠못 일워'로 변개된
작품이 있는데 황윤석이 그 작품을 원시조로 삼았던 것 같다.
　　반면 홍양호는 재현 자체에 충실하기보다는 문답체와 발화의 정
황을 장면화하여 구체성을 띤다. 『북새잡요』는 北關民에 의해 널리
불린 것이어서 북새지방이라는 구체화된 현실문맥이 전제[27]된 상태
로 지역노래의 성격을 띠었기에 이 같은 구체적 형상화가 이루어졌
다. 이국으로의 출타를 자주 목격하는 그들에게 절실한 노래로 다
가온 까닭에 홍양호가 한역하여 전할 의도를 가졌을 것이다.

　　青山下綠水上　　　청산 아래 녹수 위에
　　新成屋一間　　　　새로 집 한 칸 지으니

---

26) 원시조의 작품번호는 『역대시조전서』의 번호를 #○으로 달았다. 여기에 수록되지
　　않았거나 대표작품으로 볼 수 없는 작품은 그것이 수록된 가집명을 밝히고 작품
　　번호를 그 뒤에 달았다.
27) 성범중(1990), 71면.

半間淸風　　　　　　반 칸은 청풍

又半間明月　　　　　　또 반 칸은 명월

江山無處貯　　　　　　강산은 둘 곳 없어

環四面永相看　　　　　사면에 둘러놓고 오래도록 서로 보리라.

「속고가」 7.

十年을 經營ᄒ야 草廬 ᄒ 間 지어닋니

半間은 淸風이오 半間은 明月이라

江山을 드릴 듸 업스니 둘너 두고 보리라.　　　#1803 金長生[28]

　6구를 정확히 초장 2구, 중장 2구, 종장 2구에 나누어 배당하였
고, 한역 과정에서도 원시조의 전체 시상은 물론 의경, 어휘까지
정확하게 재현하였다. 달라진 곳이 있다면 초장에서의 '초려 한 칸'
이라는 투박한 이미지 대신 한시에서는 '靑山下綠水上'이라고 공
간을 한정하였다. 이렇게 구체화함으로써 이곳에 지은 집 한 칸이
바로 '초려 한 칸'임을 그려내도록 한다. 또 '십 년'이라는 시간 제
시어가 탈락한 자리에, 시간을 경영하였다는 의미를 함축한 '成'이
라는 서술어가 쓰였다. 중장과 종장이 거의 원시조의 逐字譯에 가
까운데도 초장을 이렇게 옮긴 점은 다분히 한역자의 의도가 반영
된 결과이다. 실제로 李衡祥이 "十年經營久, 草屋一間設, 半間淸

---

28) 손찬식(1998)은 이 작품을 宋純의 작이라고도 전하는 유사시조 "十年을 經營ᄒ
　여 草廬三間 지여내니/ 나ᄒ간 돌ᄒ간에 淸風ᄒ간 맛져두고/ 江山은 들일듸 업
　스니 둘러두고 보리라<珍靑370>"의 한역으로 보았으나, 한시의 어휘와 배열을
　감안할 때 김장생의 시조가 원시조일 것이다. 따라서 초장의 三間이 一間으로 변
　개되어 서정적 자아의 청빈한 생활을 함축하였다고 본 그의 해석은 원시조의 확
　정 단계에서 재고되어야 한다.

風在, 又半間明月, 江山無置處, 屛簇左右列"29)이라고 직역했던 것을 보면, 이 같은 혐의는 더욱 짙어진다. 황윤석은 중장, 종장은 직역하여 원가의 주제를 살리면서도 초장을 의도적으로 변개하였고, 자연물이라는 공간을 구체화하려는 개성적 인식을 보인 것이다. 이는 재현에 가깝지만 부분적인 변이를 통해 작가의식을 드러낸 경우라고 하겠다.

莫燃松	솔불 켜지 마라
明月上前峰	앞 산 봉우리에 밝은 달 솟는다
莫設席	자리 깔지마라
紅葉滿溪石	붉은 잎 溪石 위에 가득 찼다
兒兮急速取酒來	아이야, 속히 술 가져 오너라
山肴野蔌聊以娛今夕	山野의 나물안주로 애오라지 今夕을 즐기고자 하노라.

「靑丘短曲」 3. 莫燃松

兒休撥松火	아이야 솔불 켜지 마라
昨落月還復出東山	어제 진 달 다시 동산에 돌아 온다
且休設竹簟	대자리 또한 깔지 마라
草坐亦足容吾身	풀 자리라도 내 몸 허용할 만하다
一杯酒兒酌	아이에게 일배주 따르게 하고
我方欲席地而衾天	나는 땅을 자리삼고 하늘로 이불 삼으려 하노라.

「고가」 19.

---

29) 이형상, 「浩歌謳」 4. <陋巷樂>.

집 方席 내지마라 落葉인들 못 안즈랴
솔불 혀지 마라 어졔 진 달 도다온다
아희야 薄酒 山菜ㄹ만졍 업다 말고 내여라.   #2701 韓護

 둘 모두 원시조의 초장과 중장이 순서가 뒤바뀌어 있는데, 두 작품이 모두 동일하고 한역 과정에서 도치가 불가피했으리라고 판단할 만한 근거가 없으므로, 이들이 접했던 원시조는 한역시대로의 순서였을 것이다.

 홍양호의 한역시는 원시조의 의경을 확장하는 것을 피하고 충실하게 의경을 재현하고 있다. 이를 위해 한시화의 전개 방식도 시조의 3장 형식에 의한 시상 전개법을 그대로 채용하면서 원가의 분위기를 살리려고 노력한다.30) 변형을 막기 위한 구체적인 기교도 보이는데, 초·중장의 첫 구를 단 석 자의 시어로 재현하면서 '莫'字로써 시조의 부정어미 효과를 살린다든지, '아희야'에 최대한 가까운 '兒兮'로 대치한 것31)이 그것이다.

 「고가」 19는 원시조를 충실히 따라가며 한역하다 종장에서 돌연 원가의 소박한 醉樂 경지를 훌쩍 벗어나고 있다. 실상 홍양호가 종장 한역에서 '聊以娛今夕'을 첨가한 부분조차 감정에 취해 원시조의 단순, 소박함을 퇴색시킨 감이 든다. 황윤석은 여기에 머무르지 않고 술 마시고 천하에 속박되지 않은 채 하늘과 땅을 포용하려는 도가적 경지를 내보인다. 아이를 재촉하여 얻은 술 한 잔은 한역시에서 세상사에 구애됨 없이 호연한 기상을 펼치게 되

---

30) 성범중(1990), 43면.
31) 진재교(1999), 173면.

는 계기로 작용할 뿐 원시조처럼 그 자체로서 목적이 되지 못한다. 원시조와 달라진 부분을 통해 황윤석이 특별히 관심하고 있는 바가 드러난다.

마침 이 시조를 한역한 19세기 신위의 작품이 있어서 18세기 두 작가의 의식과 비교할 수 있다.

<table>
<tr><td>休煩款待黃第薦</td><td>번거로이 누런 대자리 깔기를 기다리지 말고</td></tr>
<tr><td>且坐何妨紅葉堆</td><td>낙엽더미에 앉은들 무슨 상관있으랴</td></tr>
<tr><td>豈必松明燃照室</td><td>소나무 태워 방 밝힐 필요 없으니</td></tr>
<tr><td>前宵落月又浮來</td><td>어젯밤 진 달이 다시 떠오르는 것을.32)</td></tr>
</table>

「소악부」 22. 慣看賓

원시조가 7언절구형으로 한역되는 과정에서 시조의 종장은 탈락하였다. 이 시의 한역작가들이 모두 사대부로 유사한 삶의 방식을 공유하였을 터이므로 종장을 반드시 탈락시켜야 할 작품의 내용적 요소는 찾기 어렵다. 그렇다면 종장 탈락은 7언절구 형식상의 문제나 한역의 기본태도와 관련된 것이다.

신위의 소악부가 19세기 내내 시조 한시화의 표준형으로 정착되면서, 시조를 근체시의 엄격한 형식적 틀 속에 가두게 된 결과 본래의 생동성과 발랄함이 대부분 거세될 수밖에 없었다는 점은 거

---

32) 權用正의 한역시도 신위와 거의 유사하다.

<table>
<tr><td>落葉眞堪隨處坐</td><td>낙엽에는 참으로 어디에나 앉겠거니</td><td></td></tr>
<tr><td>松燈亦復不須燈</td><td>솔불 또한 밝힐 필요 없다</td><td></td></tr>
<tr><td>分明前夜下山月</td><td>분명 어제밤에 산 넘어간 달이</td><td></td></tr>
<tr><td>又向東山高處圓</td><td>또 동산의 높은 곳에 둥글어 있으니.</td><td>「東謳」 17.</td></tr>
</table>

듭 지적된 바 있다.[33] 현실의 구체성이나 삶의 곡절, 작자 자신의 상상과 의식을 담아내는 데 실패한 대신, 대구의 세련이나 정경화의 성취 등을 보여주면서 근체시의 형식과 기교를 통해 한시가 이를 수 있는 극치를 추구했다는 것이다.

그렇다면 그들의 한역 태도도 시조의 정서를 살피려는 쪽이 아니라 한시로서의 완성도를 높이는 데 치중했을 것이다. 시조의 의미구조상 대개의 시조는 종장에서 초·중장의 詩意를 집약하고 주제를 드러내는 데 소악부 시들에서 이처럼 종장의 탈락 현상이 빈번하게 나타남으로써 시조와의 결속력은 대단히 느슨해지기 마련이다. 이리하여 소악부 작품에서는 시조의 정감과 의경보다 한시의 미의식과 형태미 쪽으로 무게중심이 쏠리게 되었던 것이다.

3-3. 시조의 변이에 의한 한역

앞 절에서 시조의 시상과 의경을 비교적 충실하게 따라가며 재현하려는 한역 방식을 따른 작품들을 대상으로, 18세기 시조한역의 특징을 고찰하였다. 보다 적극적인 변이를 거쳐 생산된 한역시들은 18세기 시조한역의 특성을 더욱 명료하게 제시한다.

窓前誰植碧梧桐	누가 창 앞에 벽오동을 심었는가
可愛婆娑月影中	月影 중에 婆娑는 사랑스럽거니와
底夜半驟雨	한밤중 驟雨에
一葉二葉一聲二聲	한 잎 두 잎 한 소리 두 소리

---

33) 김석회(1999), 159~160면 등.

偏攪愁人枕夢驚　　　수심 어린 사람만 놀라 잠깨게 하네.

「속고가」 10.34)

뉘라셔 나 자는 窓밧긔 碧梧桐을 심으돗던고
月明庭畔에 影婆娑는 됴커니와
밤듕만 굴근 비소리 애긋는 듯ᄒ여라.　　　　　　#688

　위의 작품은 시조를 5구의 장단구로 한역하면서 초장과 중장은 7언으로 된 1구와 2구에 배당하고 종장은 나머지 3구에 고루 나누어 한역하였다. 한 구가 한 장을 수용하기 위해서는 최소한 7언이 필요했던 셈이 된다. 초장과 중장이 한 구씩 차례로 어울리는 규칙적 모습을 각 7언 형식의 반복으로 고정한 한편, 종장을 옮긴 세 구는 5·8·7언으로 변화를 주면서 유동성을 보인다. '굴근 비소리'를 '一葉二葉一聲二聲'이라고 옮김으로써 제각각 다른 크기의 잎사귀마다 후두둑 듣는 빗소리를 실감나게 묘사한 점은 주목을 끈다.

　종장을 이처럼 변이시킴으로써, 시조에서 '애긋는 듯ᄒ'던 정서의 관념성은, 한시에서 오히려 실재성으로 다가들게 된다. 즉 수심 때문에 겨우 잠들었다가는 벽오동 잎사귀에 듣는 또렷하고 어지러운 빗소리에 놀라 벌떡 깨어 앉는 수척한 모습을 구체적으로 떠올리게 되는 것이다. 시의 전체 의경은 같아도 그것을 체감하는 방식은 달라질 수 있다는 점, 인간 자신의 감정만이 아니라 인간 밖의 사물을 곡진히 다루고 묘사하려는 한역의 지향성을 분명히 보여

---

34) 작품 아래에 '是無亦思士思婦之作乎'라는 작가의 평이 있다.

준다. 그런데 이렇게 변이를 보인 곳에서도 황윤석은 시도의 종장 어순을 따라 제3, 4, 5구를 배열한 점이 발견된다. 황윤석보다 다소 이른 시기에 이민성이 같은 작품을 한역한 시를 보자.

誰種碧梧樹	누가 벽오동을 심었나
婆娑月蒲庭	月蒲庭의 婆娑로다
只怕三更雨	다만 三更雨에
令人睡不成	사람으로 하여금 잠 못들게 할까 꺼리네.

「俚歌」 8.

한역 작가가 한결같이 5언고시를 택하여 한역한 까닭에 시조의 정보량은 한시보다 넘쳐날 수밖에 없고, 한시화의 과정에서 남은 양만큼 탈락하는 것은 필연적이다. 한역되어 남는 부분은 결국 작가가 시조의 핵심이라고 파악한 부분일 것이다. 이 때 잘려나간 부분은 '나 자는 창 밖'과 '됴커니와', '굴근' 등인데, 원시조에서 공간을 구체화하고 감정을 노출시키며 청각적 심상의 정도를 표현한 부분이다. 이는 곧 황윤석이 다른 시를 한역할 때 가장 강조하면서 오히려 확장시켰던 부분이다. 이민성이 원시조의 재현 방식에 철저[35)]했으면서도 형식 문제 때문에 수용할 수 없었던 이와 같은 부분은 황윤석에 의하여 더욱 적극적으로 처리된 것이다.

靑天飛飛雁一雙	청천에 떠다니는 기러기 한 쌍
歸過漢陽城東麼	돌아오는 길에 漢陽城 東쪽 어딘가

---

35) 조해숙(1988), 225~226면.

少住叫傳一言麼	잠깐 들러 한 마디 말 울어 전하렴
答云我亦忽忙底	答云 나 또한 바쁜 몸이라
行色未料得過不過	들를지 못 들를지 짐작할 수 없다네.

「속고가」 3.

황윤석이 한역한 마지막에 '遠客之詞'라 한 이 작품은 원시조를
확정짓기가 쉽지 않다. 그러나 전체 의경이 전달하는 것은 다음의
사설시조에 가장 가깝다고 생각된다.

靑天에 떳는 기러기 흔 雙 漢陽城臺에 잠깐 들러 쉬여 갈다
이리로셔 져리로 갈 제 내 消息 들어다가 님의게 傳ᄒ고 져리로셔
이리로 올 제 님의 消息 드러 내손디 부듸 들러 傳ᄒ여 주렴
우리도 님보라 밧비 가는 길히니 傳홀동 말동 ᄒ여라.

진청 555[#2893][36]

그렇게 볼 수 있는 것은 시조 작품에 유사한 평시조를 찾을 수
없고 한역시에서도 문답의 표지가 제시되고 있으며, 주요 시어의
사용처와 전반적 전언 내용이 동일하기 때문이다. 만약 이 작품이
현재의 사설시조와 동일한 작품을 한역한 것이라면, 중장의 변이
부분이 관심을 끈다. 평시조보다 다소 늘어난 초장과 종장은 한시

---

36) 『역대시조전서』에는 『병와가곡집』 소재 시조가 표제시[#2893]로 올라 있으나, 황
   윤석의 한역시와 근사한 작품은 이형태로 보이는 『진청』의 것이다. #2893을 참고
   로 소개해 둔다. "靑天에 쩌셔 울고가는 져 기러기 너 가는 길히로다/ 漢陽城內
   줌간 들너 웨웨져 불너 이르기를 月黃昏 계워갈 제 님 그려 춤아 못슬너라 ᄒ고
   흔 말만 傳ᄒ여쥬럼/ 우리도 西洲에 期約을 두고 밧비 가는 길히미 傳홀동 말동
   ᄒ여라"

화 과정에서 7언 이상 2구씩 고루 배당되었으나, 평시조에 비해 압도적으로 사설이 늘어난 중장은 오히려 단 1구로 압축하여, 한역시 전체를 5구로 하고 있는 것이다. 흔히 사설시조다운 속성은 중장 부분에서 표출되는 것인데 '내손디 부듸 들러 傳ᄒ여 주렴'이라는 중장의 대의만 한역했을 뿐이라면 여기에는 작가의 특별한 의식이 개입하지 않았나 생각된다. 사설시조의 한역으로 추정되는 다른 작품에서는 이처럼 심한 축약은 보이지 않는다.37)

대상 사설시조가 지닌 성격과 관련해 설명할 수도 있겠는데, 「진청」555.가 아닌 나머지 두 작품은 한자어가 많고 내용도 애정류와는 거리가 멀다. 특히 #1170은 거의 한시현토형 작품에 해당하는 것이어서 한역 과정 자체가 손쉬웠을 작품이다. 문답체를 구사하면서 애정류를 표방하는 555.를 한역한 것이 사실이라면 남들이 관심을

---

37) 황윤석의 사설시조 한역작품은 두 수가 더 있다.
宿鳥翩翩飛入北靑樓　　잘 싀ᄂᆞᆫ 플플 把淸樓로 희도라들고
新月稍稍輾上神雪樓　　새 둘은 漸漸 新雪樓로 볼가올 제
瞻彼獨木橋獨歸僧　　外나무 ᄃᆞ리에 홀노 가ᄂᆞᆫ 즁아 즁아
獨歸僧招提隔幾里　　네 절리 언머나 ᄒᆞ관디
暮鐘聲傳白雲悠　　遠鍾聲만 들니ᄂᆞ니.　　　　　　「고가」 6. #2495* 鄭澈
#2495의 표제시는 정철의 평시조로 되어 있으나 이재의 한역시는 『槿花樂府』 382번의 사설시조와 더욱 의미가 유사하므로 그것을 원시조로 제시하였다. 참고로 #2495를 소개하면 다음과 같다. "잘 새ᄂᆞᆫ ᄂᆞ라들고 새 둘은 도다온다/ 외나모 ᄃᆞ리에 혼자 가ᄂᆞᆫ 뎌 듕아/ 네 뎔이 언머나 ᄒᆞ관디 먼 북소릭 들리ᄂᆞ니."(鄭澈)

白鷗翩翩大同江上飛　　百鷗ᄂᆞᆫ 片片 大洞江上飛오
長松落落淸流壁上翠　　長松 落落 靑流壁上翠라
大野東頭點點山夕陽斜　　大野東頭點點山에 夕陽은 빗겻ᄂᆞᆫ 듸
長城北面溶溶水　　長城一面溶溶水에 一葉漁艇 흘니 저어
泛一葉漁艇載春酒　　大醉코 載妓隨波ᄒᆞ여
扣枻乘流任所之　　錦繡綾羅에 任去來를 ᄒᆞ리라.　　　「속고가」 1. #1170

보이지 않은 작품을 택하고서도 사설시조에 어울리는 적극적인 형식의 모색은 피했다는 것이 된다. 더 고심해야 할 부분이다.

홍양호는 사설시조에 더욱 경색된 태도를 보인 것이 아닌가 여겨진다. 사설시조 한역으로 추정되는 작품은 4수인데, 그가 택한 원사설시조의 성격은 강렬한 애정이나 肉談, 語戲, 자기폭로와 같은 사설시조의 본원적 특성과는 거리가 멀다.[38]

그렇다면 다른 이들이 관심가지지 않은 사설시조를 택한 사실만으로 적극적 의미를 부여[39]하는 것은 과장된 평가일 수 있다. 우선 사설시조가 원시조라는 전제가 필요하겠으나, 황윤석은 애정시를 취택하였으나 한역 과정상 충분히 반영하지 못한 것으로 본다면, 이들 사대부 한시 작가들에게 사설시조라는 것은 다분히 실험적이고 과도기적 양식이어서 그것을 자기화하는 데 상당히 조심스러울 수밖에 없었을 것이라고 생각된다.

물론 「고가신번」 전체 작품 중 애정을 노래한 작품이 드문 편은 아니다. 戀情을 주제로 한 한역시는 모두 7수 발견되는데, 그 성격은 사설시조류의 직접적인 감정의 표출과는 거리가 멀다. 원가를 찾을 수 없는 다음 한역시를 보면 이 점을 쉽게 수긍할 수 있다.

美人在西方   미인은 서방에 있어
十年相思惱   그리워한 지 십년이구나

---

38) 사설시조 한역시는 23.風雨[#1122], 26.江洲草[#1984], 38.萬頃波[#964], 39.劉伶[#1742] 등으로 내용은 차례로 歎老, 江湖至樂, 애정, 醉樂인데, 38 작품도 노골적인 애정시와는 거리가 있다.

39) 진재교(1999), 160면.

相思惱鏡裏　　　　相思가 병 되어 거울 속의 얼굴
容顔日也虛老　　　날마다 부질없이 늙어가네
已焉哉 佳期太晩晩　두어라, 좋은 시절 너무 저무는데
消息蒼茫隔蓬島　　소식은 아득하게 蓬島를 격해 있네.

「고가」8.

　종장 해당부분에 쓰인 '已焉哉'로 보아 시조를 한시화한 것은 분명한 것 같다. 연정이 주제 같지만 그 형상화의 차원은 오히려 품위있게 여겨질 정도이나 황윤석은 '此簡兮末章之意'라고 이를 자평하였다. 「고속가」3.의 중장을 점잖게 변용한 정도로 미루어 볼 때, 애정류 사설시조의 다양하고 직접적인 감정 노출을 그가 꺼린 것은 당연해 보이며, 이 한역시의 원시조 또한 사대부 황윤석의 의식 속에서 대폭 축약, 변용된 사설시조일 가능성도 있다.

　사설시조를 한시화할 때 특히 戀情類 작품이 이처럼 대폭적으로 변개되었을 개연성을 인정한다면, 황윤석과 유사한 시기의 다른 한역시들도 관심사로 불러들일 만하다. 金載瓚[40](1746～1827)의 문집에는 국문시가의 한역으로 추정되는 「詩謠」15수가 전한다.[41] 작품 전체가 여성 화자에 의한 애정 노래로 구성되었고, 형

____

40) 본관은 延安이며, 호는 海石이다. 영의정 熤의 아들로, 일찍부터 宦路에 나아가 우의정, 좌의정, 영의정까지 올랐다.

41) 해당 한역시는 그의 문집 속에 실려 전하며, 학계에 보고된 적은 없다. 작품 중 사설시조와 관련을 갖는다고 판단되는 일부만을 우선 제시해 보면 다음과 같다.

(1) 明月照孤宿　一鴈鳴秋風　　　밝은 달이 외로운 침소에 비치니/ 외기러기 추풍에 울며 나누나
　　念雄空自鳴　奈爾儂相同　　　짝을 생각하며 공연히 혼자 울어보나니/어찌 너와 나는 서로 같은가.
(2) 窓前養小狵　攤飯呼狵食　　　창 앞에 작은 삽살개를 기르는데/ 개밥을 준비하여

식면에서 5언4구를 지키고 韻字를 사용하여 한시로서의 성격도

		개를 불러 먹이도다
囑爾夜莫吠	與歡三更約	부탁하노니 밤에는 짖지 말으렴/ 님과 함께 삼경의 약속을 즐기리니.
(3) 寂聽有衣聲	謂歡當來宿	옷자락 소리 고요히 들리기에/ 님께서 자러 온 줄 알았지요
開戶起覓聲	非歡梧葉落	사립 열고 일어나 소리난 곳 찾아보니/ 오동잎 지는 소리 반갑지 않아라.
(4) 郎化爲高木	妾化爲葛蔂	그대는 변하여 높은 나무되고/ 나는 변하여 칡덩굴이 되어서
千回縈復縈	木葛同時死	천 번을 얽히고 다시 얽혔다가/ 나무와 칡처럼 동시에 죽었으면.
(5) 小屛畫金鷄	夜夜鳴鼓翼	소병풍에 금계 그렸으니/밤마다 날개치며 우는 듯하네
畫鷄鳴有時	郎心那復得	그린 닭이 우는 것은 때가 있어도/님의 마음은 어찌 다시 얻으리.

『海石遺稿』「詩謠」

위의 작품 중 (1)은 앞서 「속고가3」의 정황을 떠올리게 하며, (3)도 사설시조에 흔히 발견되는 착각 모티브를 소재로 한 시이다. (4)와 (2), (5)는 각각 다음 사설시조와 시적 의경이 유사하다. 황윤석의 국문시가에 대한 인식이나 조선후기 각 양식들간의 교섭 양상을 고려할 때 이러한 영향 관계는 가능성이 충분하고 매우 흥미로운 시사거리를 던져 줄 것으로 생각된다. 다만 여기서는 논의가 장황해질 것을 우려하여 소개만 하고 자세한 논의를 감춘다. 후고를 통해 논의를 구체화할 것을 기약한다.

님으란 淮陽金城 오리남기되고 나는 三四月 츩너출이 되야
그 남긔 그 츩이 낙거믜 나븨 감듯 이리로 츤츤 져리로 츤츤 외오 프러 올이 감아 밋부터 끗꾸지 혼 곳도 븬틈업시 晝夜長常에 뒤트러져 감겨 이셔
　　冬섯쫄 브람비 눈셔리를 아모리 마즈들 플릴 줄이 이시랴.　　　#733 李鼎輔

개를 여라믄이라 기르되 요 개ᄀᆞ치 얄믜오랴
뮈온 님 오며는 꼬리를 회회 치며 쒸락 ᄂᆞ리 쒸락 반겨셔 내돗고 고온 님이 오며는 뒷발을 버동버동 므르락 나으락 캉캉 즈져셔 도라가게 혼다
　　쉰 밥이 그릇 그릇 난 들 너 머길 줄이 이시리.　　　　　　#129

노새 노새 매양 쟝식 노새 낫도 놀고 밤도 노새
壁上의 그린 黃鷄 수둙이 뒤ᄂᆞ래 탁탁 치며 긴 목을 느리워서 회회 쳐 우도록 노새 그려
　　人生이 아츰 이슬이라 아니 놀고 어이리.　　　　　　　#632

강하게 지니고 있어, 婦謠나 情謠的 세계를 노래한 조선후기 한시
의 민요취향42) 성격을 곧바로 연상시킨다. 즉 李鈺의 「俚諺」66수
에서 보이는 바 서울의 도회적 분위기를 배경으로 한 서민사회 여
인들의 생활감정43)이나 5언4구 형식 등과 여러 모로 부합하고 있
는 것이다.

물론 이같은 相思之情을 옮겨 놓은 시의 원모습을 반드시 사설
시조에서 찾아야 하는 것은 아니어서 특히 '닭'을 소재로 한 시의
심상은 '병풍에 그린 닭이…'로 시작되는 민요나 잡가에서도 흔히
발견되는 바이다. 그렇다면 국문시가의 한역이라 여겨지면서도 원
시의 확정이 어려워 쉽게 논의할 수 없는 여러 문집 속의 자료들
에 대하여 추론을 이끌 수도 있겠다. 이러한 한역시들의 귀속을
고심하기보다는 당시 정황으로 보아 민요와 한시와 시조와 악부
시들 상호간의 넘나듦을 상정해 보는 것이 합리적인 태도가 아닐
까 한다.

이제 황윤석의 한역 방식을 검토하는 자리로 돌아와 기타 남은
특징을 언급함으로써 한시화의 양상을 정리하자.

그가 한역한 시조들의 내용상 다른 한역시의 취향과 다르다고
여겨지는 부분은 忠君을 맹세한 시들이다. 악장 <感君恩>을 한역
한 것이나, 이미 전대 사람이 5언고시로 한역한 왕방연의 '千萬里
머나먼 길헤…'를 형식을 달리하여 재차 한역44)한 것은 이런 시들

---

42) 이동환(1979).

43) 이옥의 「俚諺」의 성격에 관해서는 이동환(1979), 52~56면 및 김은희, 「이옥의 俚
諺 소재 시 연구」(성균관대 석사논문, 1991) 참조.

44) 황윤석은 먼저 노래의 배경과 함께 김지남이 한역한 시를 소개하고, 다시 이후 다
른 곳에서 자신이 직접 한역한 칠언 한역시를 수록하고 있다.

에 관한 그의 편향성을 보여준다. 이 외에도 임금을 대상으로 연모의 마음을 읊은 시는 9수에 이른다. 관각에 등용되어 뜻을 펼치려던 내심이 오래도록 좌절된 데 따르는 심정이 도리어 사무친 충군시의 取擇 결과로 드러났는지 모를 일이다.

이 밖에도 세태를 다룬 시, 警世와 敎訓의 시45)를 통해 세상의 쟁점이 되는 문제에 관하여 주제를 자기화하지 않고 한역하여 원시조의 주장을 그대로 따르고 있다. 홍양호의 경우 세태를 다룬 한역시에서 원시의 설정을 흐트러뜨리면서까지 새로운 논설을 펼친 것과 대비되는 부분이다. 또 증조부의 시에 관심을 가지기도 했고, 인근 동리 사람의 시조를 한역46)하기도 했다. 그가 세상사의 여러 문제와 더불어 가문과 향리 속에서도 적극적인 일원이었음을 입증

美人詞者 端廟東狩時 陪行金吾郎 旣已奉御淸泠浦 夜坐川上 作方言五章歌 萬曆末 光山金止男 至本府 聞謳兒傳唱 翻成五言古詩曰
千里遠遠道/ 美人離別秋/ 此心無處着/ 下馬臨川流/ 川流亦如我/ 嗚咽去不休 [淸泠浦和前輩韻 追書當在初七日(1767년, 39세) 권1, 638면]
千里遲程別美人/此心無着俯川濱/波聲入夜還如我 /流去嗚嗚更愴神 [改翻金龍溪止男美人詞一絶(1767년, 39세) 권1, 661면]

45) 「속고가4」, 「고가2」, 「고가3」 등의 시이다.

46) 증조부 시의 한역과 마을사람의 시를 한역한 것은 다음과 같다.
"江邊兮石上/ 獨立兮白鷗/ 爾群兮何去/ 石上兮獨立/ 世間兮無我友/ 偕我游兮如何"
"江邊의 돌 우희 홀로 셧난 뎌 白鷗야/ 네 무리 어듸 가고 뎌 돌의 홀로 셧나난/ 세간의 내 벋 업사니 함께 놀리 어떠하뇨" [<曾祖考醉隱公行狀> 『頤齋遺稿』 권8, 247면]
醉隱은 頤齋의 曾祖父 黃世基(1628~1680)인데, 황세기의 次子인 龜巖 黃載重(1664~1718)이 종장 부분만 "已矣哉 世間無我友兮 偕我游兮如何"로 다소 다르게 한역하였으므로 황윤석의 한역은 황재중의 것을 다듬은 것이라 보아야 한다.
"草堂眠初起/ 高按一張琴/ 已焉哉 人間有誰知大意/ 窓外日遲遲/ 春興自不禁"
「속고가」 11. 이 시에 대하여는 "此吾鄕芹村宋進士顯道作"이라는 附記가 있어 출처를 알 수 있다.

하는 사례들이다.

4. 18세기 시조한역의 의미와 연구사적 전망

16세기말에서 17세기초 시조한역의 초기 양상은 시조를 한문이라는 또 하나의 표현체계로 바꾸어 놓는 재현 방식에 충실했다. 한문화권의 울타리에 속해 있던 사대부가 국문시가에 관심을 가지고 5언고시라는 일관된 양식을 택하여 한역 작업을 벌인 사실은 그것만으로도 문학사적으로 대단히 중요한 의미를 띤다. 따로 유형화할 수 없는 몇 편의 한역시들이었지만 격식을 통일하고 운자를 맞추어 그들대로 독립적인 작품군을 이루게 한 것이다. 한역 작가 개인 입장에서 한역을 시도한 이유를 찾는다면, 거기에는 임란 이후 급격한 사회의 소용돌이 속에서 경직화한 한문학의 탈출구를 모색하려는 의식이 작용했을 것이다. 한역방법의 전례를 찾을 수 없던 시기에도, 근체시의 형식적 구속력을 인식하고 보다 부드러운 고시를 택하였으나 5언4구의 분량으로는 시조의 정감과 표현을 모두 수용하기 어려웠다. 불가피하게 시조의 6구 중 일부가 탈락하고 주제나 핵심어를 중심으로 배열되어, 새로운 의경의 창출, 정감의 곡진한 표현, 미묘한 분위기의 전달은 쉽지 않았던 것이다.

황윤석과 홍양호는 이러한 초기 시조한역의 한계를 절감했던 것 같다. 한시 형식 가운데 字句나 韻字의 사용이 가장 개방적이어서 歌唱과 자유로운 의경을 표현할 수 있는 장단구를 시조한역에 가장 적절한 형식으로 적극 활용하였다. 한역 과정에서 시조의 정감과 분위기를 실감나게 옮기기 위하여 원시조의 시상 전개에 부합하도록 배려하였다. 한 구의 글자 수를 자유롭게 조절한다든지, 의성어나 호격을 사용하고 문답체를 한역시에 활용하였으며, '兮'자를 적절히 배치하여 시경의 민요풍을 느끼게 하는 한역시들은 모두 그같은 한역태도가 한역 과정에서 반영되어 각그의 노력 끝에 탄생된 예들이다. 시조에 대한 깊이 있는 이해가 없고서는 불가능한 기제들이어서, 이 부분에 대한 열정은 충분히 인정해야 마땅하다.

황윤석은 江湖와 忠君의 내용을 주로 다루었고 연정이나 취락, 경세의 내용이 다음으로 많았던 데 비해, 홍양호의 경우는 강호자연시가 압도적이고 세태를 다룬 작품, 도학적 내용을 관심사로 했으나, 연정에 관한 것은 극히 제한하였다. 사대부 시조나 당대 가객들의 시조, 무명씨의 노래들을 고루 한역한 사실로부터, 가집류와 같은 어떤 텍스트를 열람하고 한역한 것이 아니라 연행 현장에서, 또는 우연히 시조를 가창하는 것을 듣고 노래로서 인식했던 것을 미루어 알 수 있다.

또 한역 대상 작품 중에 이민성이나 19세기 소악부시와 공통되는 부분이 있어서 이들 작품이 오랫동안 구전되면서 당대에 유행곡으로 자리 잡은 보편적인 시조였다고 추정된다. 황윤석이 시조의 어느 한 부분을 변이하고 재창작함으로써 한역자의 의식을 담아내는 과정은 홍양호의 경우와 교차 또는 중복되기에 내용상의 취향을 구분하여 말하기는 어렵다. 다만 전체 의경을 완전히 전화하는 재창작 성향은 홍양호의 경우가 더욱 정도가 심해 보인다. 이

것은 그의 삶의 궤적과 관련된 것일 터이다.

18세기 시조한역의 성격을 정리한 결과 홍양호의 한역시에서 나타난 사대부적 성격과 개성적인 면의 복합 현상[47]이 황윤석의 경우에도 다르지 않음을 확인할 수 있다. 실제로 장단구라는 형식을 빌려 가능한 모든 종류의 시형식을 실험한 점이나, 시조를 취택하는 기준 등은 대단히 흡사하다.

그렇다면 이로부터 17세기에 나타난 한역 양상과 의미가 18세기에 와서 어떻게 계승되고 전이되었는가를 파악하고 의미를 논할 수 있겠다. 18세기의 시조한역 작업은 가능한 모든 형식적·내용적 실험이 시도된 시기로 한역시이면서도 가장 시조다운 모습을 모색해 간 때라고 하겠다. 여기에 작가의 개성적인 면까지 어우러진 결과, 여타 갈래에서 보이는 이행기다운 발랄함과 생동감이 한역 작품 속에도 드러나게 되었다.

비록 그 원의를 충분히 살리는 데는 실패했으나 사설시조를 수용했을 가능성이 있어서, 국문시가의 역할을 긍정하고 적극적으로 활용하려는 의욕이 어느 정도였는지 짐작된다. 이리하여 시대의 변화와 조응하기에는 지나치게 온건한 양식이 된 중세적 한시에 유연성을 불어넣었다. 한편 시조 쪽에도 긍정적으로 작용하여 유행 시들의 고정화, 재창작화에 기여하였다. 이는 모두 한시사 내지 문학사 전반의 위기를 타개해 보려는 절실한 의식의 소산이었다.

18세기 시조한역이 갖는 의미를 더 확대 적용하기보다는 이쯤에

---

47) 성범중(1990), 60~66면.

서 시조한역에 관한 연구가 앞으로 관심을 갖고 해결해야 할 과제들을 제시하여 본 작업의 성과를 이어가고자 한다.

첫째, 18세기 시조한역의 양상과 특징은 그 전후시기와 연계되어 다시 평가해야 한다. 17세기 한역은 앞서 단편적으로 언급하였으나 19세기 소악부의 성향과는 적극적으로 관련시키지 않았다. 아직은 그 해석의 방향이 실상과 제대로 부합하는지 확신이 서지 않기 때문이다. 재현에 의한 한역 방식과 5언고시 형식 등 가지런하고 절제된 현상은 18세기에 와서 넘어서야 할 것들로 여겨지고 그렇게 해서 나타난 자유로운 형식과 사상은 다시 19세기에 이르면 7언절구로 상징되는 엄격함과 보수성 속으로 숨게 되는 것, 곧 시조한역 과정 자체가 이전 것의 극복과 대안으로서의 일련의 반복 과정을 내재하고 있는 것은 아닐까 하는 의문을 가져 본다. 이는 19세기 시조한역에 대한 작업을 여러 면에서 구체화한 후에 깊이 논해 볼 문제이다. 또 이민성과 18세기 한역 작가들 사이에 위치하는 李衡祥(1653~1733)의 시조한역의 성격도 보완되어야 할 부분이다.

둘째, 한역시의 성격을 연구자가 평가할 때 유의할 문제들이 있다. 위에서 제기한 것처럼, 시조한역의 통시적 모습을 조망하려면 그에 앞서 어느 시기, 어느 작가, 어느 유형—예를 들면, 장단구 형식, 소악부체—에 대한 밀도 있는 연구가 전제되어야 한다. 이 때 가령 이민성과 같은 사람은 유형상 어떻게 분류되는가. 황윤석 등과는 분명히 차이가 나지만 신위의 소악부형과는 어떤 관련을 갖는가. 이민성은 자신의 시조한역에 이름을 붙이지도 않았고 서문을 달지도 않았지만 남긴 시형을 보면 한시로서의 형식을 준수하면서 한역시를 완성된 한시 작품으로 생산해 내려고 했던 것 같다. 그렇다면 이들은 비록 몇 편이지만 시조를 옮긴 것이 어떤 형식이어야 하는가를 알고 있었다고 생각된다. 악부라는 개념이 이들에게 내재해 있다면 그가 이름 붙이지는 않았더라도 악부시로서 다루어야 한다. 시조한역 연구의 경과가 특정 작가, 특정 유형의 명칭 속에 지나치게 갇혀 있었던 것은 아닌가 한다. 한역의 전 양상을 파악하여 다시 계열화하여야 할 필요가 있다.

셋째, 한역 작품을 남긴 인물과 그 주변을 대상으로 한 시조 취재의 근원을 밝힐 수 있는 데까지 충실히 파고드는 작업도 중요하다. 같은 시기 혹은 비슷한 신분의 작가라도 시조한역의 동기나 배경, 국문시가에 관한 직·간접적 경험의 유무 등은 한역의 과정 자체에 크게 영향을 미칠 수밖에 없다. 그 개인적 편차 또한 상당할 것이다. 이는 방대한 문집 속에 몇 편 실려 전하는 한역 자료를 찾아내는 작업보다도 더 지난한 노력이 요청되는 일이다. 관심을 끌어내어 다양한 연구자들의 의견과 지식 교류가 반드시 있어야 한다.

넷째, 본론에서 논한 18세기 시조한역 양상은 시조나 한시, 국문학사의 내적인 자질이나 원리로만 설명할 수 있는 것이 아니다. 홍양호와 황윤석이 제언체 형식을 버리고 장단구를 택한 것은 한시 전통에서 분명 파격에 가까운 일이었다. 장단구를 택하게 된 배경에는 3장 1절에서 살핀 바, 당시 문단의 근체시 추종 풍조에 대한 저항이 깔려 있었다. 시대와 공간이 다른 이들이 동일한 양식을 답

습해서는 안 되며, 지금·우리다운 새로운 형식을 찾아야 한다는 것으로, 그의 천기론과 밀접히 관련되어 있다. 시야를 확장해 보면 당시의 문화적 분위기를 주도하던 경향들, 예를 들면 金昌翕(1653~1722)의 '眞詩' 내지 '朝鮮詩'라 지칭할 만한 創新的인 시작 활동과 연계될 개연성이 충분한 것이다.

마지막으로, 이 같은 당시 우리나라의 자국어시에 관한 관심을 일본이나 베트남 등 한문화권내의 다른 나라들의 경우와 비교 고찰하고 그 의의를 밝힘으로써 동아시아 문학의 구도 속에서 해석해 내는 시각의 확장도 꾀할 수 있다. 또 18세기 시조한역의 작가들이 당면했던 문제는 오늘날 과거의 유산인 한시를 어떻게 이해하고 해석할 것인가 하는 학자들의 고민과 문제의식과 역으로 맞닿아 있는 문제이기도 하다. 과거를 면밀히 들여다보는 작업이 곧 현재 우리와 직결된 과제임을 다시 깨닫게 되며, 이것이 시조한역 연구가 갖는 현재적 의미가 된다.

시조한역과 관련한 이상의 연구사적 전망을 내보이는 것으로 논의의 결론을 삼고자 한다. 본 논의를 준비하면서 감당하고자 했던 과제들이 더욱 거대한 모습을 하고 오롯이 연구자의 몫으로 놓여 있는 듯하다.

시조한역 후기(19세기) : 신위·이유원·권용정·정현석

1. 서론 : 연구의 현 단계와 논의의 방향

조선후기 문학에 관한 연구 성과가 축적되면서 19세기의 문학사적 실체는 어느 정도 윤곽을 드러내고 있다. 문학사 내에서 19세기는, 중세에서 근대로의 이행기 전반에 걸친 급격한 소용돌이의 자장을 통과하는 동안 그 시기만의 일정한 경향성을 형성하는 한편으로 또 다른 문학사적 전환을 예비하는 역량과 기류를 품었던 시기로 평가된다. 18세기의 문화를 계승·종합한 면이 있으면서도 선행 시기와는 변별되며, 20세기로 가는 도정에서 근대를 자생할 만한 역량을 품었으나 한편으로 전대에 발흥한 생기발랄하고 혁신적인 신기운이 보수적이고 경직된 쪽으로 기울며 변질·왜곡되는 시기이기도 하다.[1) 임진왜란을 비롯한 장기간의 전란 직후 중세로부터의 좌표를 상실하고 새로운 가치관을 모색하던 17세기나, 내용과 형식상의 왕성한 실험기에 해당하는 18세기의

---

1) 임형택, 『한국문학사의 논리와 체계』(창작과비평사, 2002), 283~300면; 고미숙, 『19세기 시조의 예술사적 의미』(태학사, 1998), 327~341면.

양상과는 달리, 19세기에 이르러 사회 각 분야의 전반적 동향과 더불어 문학내부의 경향도 조정과 고착의 국면으로 접어들게 되었다는 것이다.

국문문학과 한문학 사이의 견제와 공존 관계도 이 시기에 주목할 만한 변화를 보인다. 그 중심 영역인 시조와 한시의 상호 교섭 양상은 두 가지 특징적인 양상을 보이는데, 하나는 한시현토형 시조의 유행이고, 다른 하나는 이른바 '소악부'체로 불리는 시조한역 방식의 지속이다. 한시현토형 시조는 18세기 후반 등장하여 19세기 동안 가장 널리 시도된 시조의 한시 수용 방식이며, 소악부시는 19세기 초 申緯에게서 비롯하여 여러 작가들을 거쳐 시조한역시의 양산을 가능케 한 근체시형이다. 양자 모두 19세기 문학사를 재구하는 데 중요한 현상이지만, 이행기의 연속성 속에서 19세기적 특징을 파악하려면 16세기 이래 사적 전개 과정을 보이는 시조한역을 대상으로 하는 것이 더욱 효과적이다. 본고에서는 소악부체를 비롯한 19세기 시조한역 양상을 정밀하게 고찰하여 한시의 시조화를 포함한 문학의 주변을 시대 속에서 설명하고 통시적으로 조망하는 것을 목표로 한다.

이 시기에 두드러진 '小樂府' 시들의 존재는 일찍부터 연구자들의 주목을 받아왔다. 국문시가의 한역을 둘러싼 대개의 연구성과가 이들 소악부 시들과 관련되었으며, 그 문학사적 의미 또한 고려 말 李齊賢 등이 마련한 소악부 정신의 계승과 재현이라는 시각에서 거듭 추출되곤 하였다.2) 흔히 '7언절구 짧은 단형체에 의

---

2) 고려 말 소악부를 통해 국문시가의 한역을 의미 있게 평가한 첫 사례로 李佑成, 「高麗末期의 小樂府: 高麗俗謠와 士大夫文學」, 『한국한문학연구』 제1집(한국한

한 시조의 성공적 한시화'로 요약되는 소악부의 성격은 신위-李裕元-李裕承-元世洵으로 이어지는 '소악부' 계열 작가들에 의한 대량 생산, 한시단에 끼친 자극과 영향, 한역 형식의 양식화 가능성 등 여러 측면에서 19세기다운 새롭고 진전된 경향으로 부각되었다.

그 의의를 먼저 고찰한 쪽은 한문학 연구자들이었다. 그들은 모든 문학 양식이 분화·발전하던 19세기의 시대적 조건 속에서 한시 작가들의 자아성찰에 기반을 둔 한시·한시론의 자의식적 경향이 발현한 한 사례로 소악부시를 중시하였다.[3] 따라서 소악부는 전대로부터 이어온 한문학계의 보수성과 이념적 침체 국면을 타개하려는 작가의식의 소산이자, 국문문학의 참신하고 특징적인 소재와 표현을 끌어옴으로써 詠史樂府 및 記俗樂府와 더불어 한시단에 활력을 불어넣는 요소로 작용하였다.

한편 국문문학 쪽의 소악부 작품에 대한 평가도 한문학 쪽의 견해와 크게 다르지 않았다. 다만 일부 연구자는 시조사 속에서 소악부의 존재는, 국문시가의 향유와 효용이 보편화한 19세기에조차 한문을 유일한 기록 수단으로 삼고 한글로 기록된 작품들의 가

문학연구회, 1976)이 있고, 조선후기 '소악부'와 관련하여 전반적 경향을 다룬 대표적인 논문으로는 李東歡, 「朝鮮後期 漢詩에 있어서의 民謠趣向의 擡頭」, 『한국한문학연구』 3·4(한국한문학연구회, 1979); 鄭垣杓, 「紫霞 漢詩 研究 序說」(석사학위논문, 서울대학교, 1979); 黃渭周, 「朝鮮後期 小樂府研究」(석사학위논문, 한국학대학원, 1983); 호승희, 「한국의 악부논의에 나타난 시가관」, 『이화어문논집』 9(이화여대, 1987); 沈慶昊, 「조선후기 한시의 자의식적 경향과 해동악부체」, 『한국문화』 2(서울대 한국문화연구소, 1981); 孫八州, 「申緯 詩文學 研究」(박사학위논문, 동국대학교, 1983) 등이 있다.

3) 심경호(1981), 19~21면. 이밖에 주3)에서 제시한 대부분의 연구 성과의 시각이 이에 해당한다.

치를 폄하하려 한 의식의 산물이라고 비판하기도 하였다. 공동문
어문학과 자국어문학의 공존이 빚어낸 이런 해묵은 논쟁에도 불
구하고 소악부를 둘러싼 학계의 평가는 국문시가와 한시의 상호
교섭 차원에서 대체로 긍정적인 것이었다고 하겠다. 일련의 소악
부 작품들의 창작 현상과 작가의식에 대한 의미 부여는 19세기를
넘어 조선후기 전반적 문학 동향을 설명하는 데까지 확대되는 추
세였다.

여기서 문제를 제기해 보자. 대개의 논의가 소악부 출현이라는
현상과 한문학 전반에의 활력 진작이라는 효과는 인정하면서도,
왜 그 형식과 미학적 평가에는 부정적인가. 7언절구형의 완고한
근체시로 포장했으나 한시다운 함축과 인과성을 상실했음은 물론,
시조의 왜곡·변질·단순화를 일삼아 미학적 형상화는 오히려 퇴
보하였다는 언급은 합당한가.

이는 한문학 연구자의 입장에서 한시 규범과 격식이라는 잣대로
소악부를 재단하였기에 나타난 결과이다. 소악부가 시조와 한시의
결합물임에도 표기 문자 형태와 형식을 중시해 한시로 귀속시키고
그 범주에서만 평가해 온 것이다. 국문문학과 한문학의 상호 영향
과 공존이 국문학사의 숙명인 한, 시조한역이라는 현상도 균형 잡
힌 시각에서 접근해야 한다. 소악부의 문학적 성취와 역할을 국문
문학의 전통에서도 적극적으로 분석해보아야 하며, 근대라는 새로
운 문학사의 지형을 마련하는 데 유리한 물길을 트는 행위였는지
점검해야만 한다.

19세기라는 시대적 중요성을 상기할 때, 시조와 한시의 교차점

을 발견했다거나 한시 확장의 사례 혹은 역으로 시조의 우월성을 입증하는 차원에서 홍분할 것은 아니다. 한문학의 거의 마지막 지점에 이르러 가장 경직화, 보수화한 외양으로 국문문학을 습합하고자 한 시도를 통시적으로 조망해 볼 단계가 되었다.

이러한 문제의식을 지니고 국문문학의 전개과정, 특히 시조사의 관점에서 시조한역 작품을 연구대상으로 삼을 때 논의해야 할 방향은 다음 몇 가지이다.

첫째, 국문시가 가운데 시조를 한역의 대상으로 선택한 이유는 무엇인가. 이를 밝히기 위해서는 소악부 계열만이 아니라 19세기에 소악부를 표방하지 않은 한역 작품들과 작가의 성향을 분석한 공시적 대비가 필요하며, 동시기 관련의 방향이 달랐던 한시의 시조화 경향에도 관심을 가져야 한다.

둘째, 한역 대상으로 삼은 시조 작품들의 성격과 한역의 과정 자체에 나타난 문학내적 특징은 무엇인가. 소재의 선택, 주제의 변용 과정, 미학적 형상화의 기법 등이 여기서 문제될 것이다. 이는 궁극적으로 한역 작가들의 태도와 의식, 국문시가를 비롯한 문학에의 관점 변화를 설명하는 길이기도 하다.

셋째, 시조한역 양상으로부터 당대 창작이나 연행 등 시조의 전승과 향유를 둘러싼 주변 정황을 얼마나 이해할 수 있는가. 주지하듯이 문학면보다 음악적 변용이 활발해진 이 시기에 시조한역 작가들의 한역 과정은 당대 시조 연행의 분위기나 지역적 범위, 유행화한 레퍼토리 등에 관한 정보를 간접적으로 전달해 준다. 시조 연행의 담당 집단에 의한 현전 가집과는 다른 위치에서 한역 작품들은 당대 시조의 현장을 입체적으로 들여다보게 하는 자료가 된다.

이상을 과제거리로 삼을 때 최근 국문시가 연구자의 관점에서 신위의 「소악부」를 장르와 개인적 특성으로 구분하여 문체론적 관점에서 분석한 신은경의 논문[4]과, 시조와 한시의 19세기 상호 교섭 양상을 논한 김석회의 논의[5]는 눈길을 끈다. 특히 김석회의 논의는 두 장르 사이의 내적이고 심층적인 교류와 영향을 파악하고 장르 교섭의 역사적 전개를 파악하려는 큰 목적의식 아래 19세기적 양태를 한시현토형 시조의 유행과 시조의 소악부형 한시화 현상을 함께 고찰하였다. 그에 의하면 19세기에 나타난 두 양상은 각 갈래의 외형적인 확장과 세련화는 성취하였으나 작가의식 및 현실 대응력이라는 보다 본질적인 면에서는 한계를 지닐 수밖에 없었다. 이 논의는 시조와 한시 한쪽의 기준을 넘어 균형 잡힌 시각으로 시대성을 규명하는 데 한 발 다가섰다는 점에서 의의가 있다.

본고에서는 이상의 성과 위에서 19세기 시조한역의 양상을 구체적 작품 분석을 통해 정밀하게 진단한 후 전대 작업과의 관련

---

4) 신은경, 「申緯 小樂府에 대한 문체론적 연구」, 『한국시가연구』 4집(한국시가학회, 1998). 이 논문에서는 시조한역이 기존의 시조를 전제로 한 '模倣的 再現' 과정이며, 이때 장르적 관습이나 시대적 문체에 영향을 받는 拘束的 문체장치와 개인의 문학적 성향에 좌우되는 選擇的 문체 장치를 드러내는데 이를 주제, 연행관습, 언어의 차이, 표현과 제목 및 景物化·具體化의 경향, 構文 및 語彙上의 특성 등으로 구체화하여 분석하고 있다. 이 분석은 시조가 다른 형태로 번역되는 과정상의 다양한 문체적 특성을 점검하여 시조 자체의 본질적 특성을 확인하도록 한다는 점에서 새로운 시각을 보인다.

5) 김석회, 「한시현토형 시조와 시조의 7언절구형 한시화」, 『장르교섭과 고전시가』 (월인, 1999).

하에 통시적으로 조망하는 것을 목표로 한다. 소악부 계열 작품만
이 아니라, 기왕의 논의에서 상대적으로 소외되어 온 소악부를 표
방하지 않은 19세기 한역 작가와 작품을 함께 고찰하며, 16세기
이래 각 시기별 특정 작가의 시조한역 양상과 의미를 본격적으로
논의한 최근의 성과들[6]을 활용하면서 19세기 시조한역의 변모를
해명하게 될 것이다. 이처럼 공시적 대비와 통시적 조망을 아우를
수 있을 때 19세기 시조한역의 양상은 정밀하고 입체적인 모습으
로 다가들 것이며, 시조한역 문제 또한 국문학사 구도 속의 미비
한 과제를 해결해 만한 간접 자료로서 중요하게 기능할 수 있을
것이다.

논의 대상과 순서는 한역 작품 수와 편찬 의도 면에서 두드러진
성과를 남긴 작가들을 중심으로 그들의 한역 작품 형식과 체재 및
서문 내용을 통해 이 시기의 경향성을 몇 가지로 제시하고, 실제
작품을 당대 혹은 이전 시기 작품들과 함께 다루어 양상을 구체적
으로 고찰하며, 19세기 한역의 성격과 의미를 총괄하여 평가하기
로 한다.

---

6) 각 시기 대표 한역 작가와 작품을 다룬 것으로 조해숙, 「李民宬의 時調 漢譯의
   性格과 意味」, 『관악어문연구』 13(서울대 국문과, 1988); 金明淳, 「時調漢譯의
   性格과 意味: 李衡祥의 作品을 中心으로」, 『문학과 언어』 12집(문학과언어연구
   회, 1991); 成範重, 「時調의 漢譯과 그 形象化의 問題: 耳溪 洪良浩의 「靑丘短曲」을
   中心으로」, 『울산어문논집』 6(울산대 국문과, 1990); 孫燦植, 「頤齋 黃胤錫의 時
   調漢譯의 性格과 意味」, 『어문연구』 30(충남대 어문연구학회, 1998); 金明淳,
   「金養根의 時調漢譯에 대하여」, 『문학과 언어』 11(문학과언어연구회, 1990) 등을
   들 수 있다. 최근에는 조해숙, 「시조의 한역화 양상과 그 의미: 18세기의 한역 경
   향을 중심으로」, 『국어교육』 108(한국국어교육연구학회, 2002); 조해숙, 「17세기
   시조한역의 성격과 의미」, 『배달말』 제33호(배달말학회, 2003)에서 각 시기의 전
   반적 양상과 문학사적 의미를 밝혔다.

2. 한역의 동기와 목적으로 본 19세기 시조한역의 세 경향

19세기에 이루어진 시조한역의 첫 사례는 신위(1769~1845)의 「소악부」 40수에서 발견된다. 신위 「소악부」의 완성 연대는 1831년으로 확인되는데,7) 바로 이전 시기인 18세기에 초기 南夏正, 任琏으로부터 南蕭寬, 洪良浩, 馬聖麟, 黃胤錫, 金養根에 이르기까지 민간 유행 노래의 한역 경향이 왕성하게 지속되었던 점을 감안하면 19세기 들어 신위 이전에 한역을 시도한 예가 발견되지 않는 점은 다소 의아한 사실이다. 신위 다음으로 그와 친분이 두터웠던 이유원(1814~1888)이 신위 작업을 계승한 「소악부」 45수를8), 이유원의 再從弟인 이유승(1835~?)이 「續小樂府」 10수를 지어 하나의 계열을 이루게 되었다. 이후 원세순(1864~1906)의 「續樂府引」 17수에 이르기까지 소악부체는 19세기 내내 시조를 한역하는 표준형으로 자리 잡게 되었다.9) 이들은 우선 형식면에서 이전 한역시들과는 달리, 신위의 예를 전범으로 삼아 7언절구의 획일화된 근체시 형식을 확립하였으며, 이유원은 각 작품마다 내용을 반영한 시 제목을 부여하여 신위의 '曲子名'까지 이었다.10)

---

7) 金明淳, 「申緯 小樂府의 資料的 檢討」, 『대동한문학』 15집(대동한문학회, 2001), 163면 외.

8) 이유원은 신위와 作詩 논의를 함께 도모할 만큼 친분이 있었으며, 자신이 쓴 소악부 발문을 통해 신위 소악부 계승의 뜻을 분명히 밝히고 있다. 尹勝俊, 「朝鮮朝 時調漢譯 硏究」(석사학위논문, 단국대학교, 1991), 84~85면 참조.

9) 김석회(1999), 157면.

10) 신위 이전에 이형상(1658~1733)과 홍양호(1724~1802)도 한역시에 제목을 붙였지만 전체 한역시의 경향으로 보면 예외적인 경우이다. '곡자명'을 밝힌 신위 및 특히 한 작품을 제외하고 모두에 3字 제목을 붙인 이유원은, 중국 시 장르 가운데 歌唱을 전제로 한 詞의 제목을 의식해 악부 전통을 잇겠다는 의도를 전제한 것이

앞 장에서 밝혔듯이 기왕의 연구들에서 이들 소악부에 대한 평가는 확고하게 자리잡아 왔다. 즉 19세기의 악부체 현상은 고려 말 이제현의 「小樂府」에 나타난 고려속요의 한역 정신을 계승하여 『詩經』의 '採詩觀風' 정신을 바탕으로 당대의 노래를 수용한 데서 문학사적 의미를 찾을 수 있다는 것이다.11) 특히 이념적으로나 신분면에서 중세의 문학 담당층과 친연성을 보이는 상층 사대부 남성이 한시라는 중세적 양식을 통해 국문시가의 정서를 자기화함으로써 혁신을 꾀한 점을 문학사적 전환기의 대응 양상으로서 중시하면서, 이러한 19세기 소악부시에 대한 의미부여를 조선후기 전반의 경향으로 자주 확대 적용하였다.

그런데 이들 '소악부' 계열 이외에도 19세기에 이루어진 시조한역 작품은 더 있다. 각종 문헌에 한두 편 전하는 것 이외에 10여 편 이상 시조한역 작품을 남긴 작가만 해도 權用正, 趙榥, 宋達洙, 鄭顯奭, 鄭熙鎭 등이 있다. 이 중 自作 시조를 번역하거나 특정 작가의 작품만을 의도적으로 한시화한 경우12)는 시조한역의 일반적 성격을 논할 때 제외할 수밖에 없으므로, 여기서 다룰 수 있는 것은 권용정(1801~?)의 「東謳」 30수와, 정현석(1817~1899)의 『敎坊歌謠』 소재 한역시 100여 수이다.

「동구」는 문집 소재 한역시는 아니지만, 한역된 내용으로 볼 때 평시조만이 아니라 사설시조는 물론 歌唱歌詞와 雜歌類까지 한역

라 판단된다.

11) 주7)의 논문 참조.

12) 조황은 개인 시조집 『三竹詞流』 소재 자작시 100수를 한역하였고, 송달수는 정철의 「訓民歌」 16수를, 정희진은 8대조인 鄭勳(1563~1640)의 시조 12수를 한역하였다.

대상으로 포함하고 있어서 이채로운데, 이처럼 다양한 국문시가 갈래를 두루 수렴하려 했다는 점에서 한역 동기와 작가 의식을 별도로 고찰할 만한 자료이다. 『교방가요』는 19세기 중·후반 지방 교방의 기녀들이 익히고 연행한 공연물들에 관한 일종의 문화예술 보고서로서, 여기에는 歌曲[시조]과 歌詞 이외에 樂器와 舞曲, 각종 呈才 및 판소리·雜戲·雜徭 등 민속연희 관련 기록이 망라되어 있다. 이 중 시조한역 작품은 100여 수로 악조별로 배열되어 있다. 사대부가 지방의 문화예술 공연 자료를 한역 형태로 기록하려는 시도로서 특징적인 가치가 있다.

이상 19세기에 나타난 시조한역 양상은 '소악부' 계열 작품과, 권용정의 「동구」, 그리고 정현석의 『교방가요』 소재 작품들로 경향을 나누어 살피고, 상호 비교 및 18세기 이전 작품들과의 대조까지 이루어져야만 온전하게 모습을 드러낼 것이다. 이 같은 공시적·통시적 고찰을 염두에 두고, 우선 본 장에서는 한역의 동기와 한역 형태, 대상 시조의 내용적 특질 면에서 세 경향을 차례로 다루어 19세기 시조한역의 성격을 밝히고자 한다. 이를 바탕으로 다음 장에서는 당대 작품끼리, 혹은 이전 시기 작품들과 함께 비교·분석함으로써 세밀하고 입체적으로 이 시기의 특징적 경향을 드러낼 수 있을 것이다.

국문시가의 세력이 확장되고 민간의 가요들이 새롭게 주목받으면서 한문학 담당층 역시 관심을 보이게 되었던 19세기에 와서, 소악부 작가들에게 시조가 선택된 이유는 무엇일까. 시조는 이미 오래 전부터 한문학과 향유층을 공유하면서 긴밀한 관계를 형성해

왔다. 또한 국문 산문의 급성장과 때를 같이하여 다양한 가집의 편찬, 음악면의 발전 등으로 시조는 국문시가 가운데 가장 깊이 사대부 일상 속으로 침투하였다. 따라서 소악부 출현과 창작의 시대적 배경은, 사대부들이 그들에게 긴밀한 갈래였던 '시조'를 한역하고, 시조집 편찬으로 보편화한 국문문학의 세력 확장에 대한 일종의 방어기제로 이해된다.

19세기에 나타난 일련의 '소악부'체의 선구격이라 할 신위의 「소악부」는 이 시기 첫 시조한역 사례이면서 유례없이 다양한 異本을 전하고 있다. 각 이본들 사이에는 도서 형태뿐 아니라 작품 수, 작품 배열, 개별 작품의 시제와 시구 등 여러 측면에서 광범위한 편차가 있다. 7언절구라는 형식의 특성상 사소한 변개라도 작품 전체에 미치는 영향은 다대하므로 이본들 간의 편차를 밝히고 표준 자료를 설정하는 작업이 필수적이다. 최근 이러한 작업을 정밀히 수행한 논문에 의하면, 20여 종에 달하는 신위 「소악부」 이본은 출전의 문헌적 성격과 소악부의 편집 체재 및 수록 작품의 특징 등에 의거하여 세 계열로 구분할 수 있으며, 친필본 원본과 가장 가까운 '가람문고본(=警修堂藁略本)'을 자하소악부의 표준 자료로 삼을 수 있다고 한다.13)

---

13) 金明淳, 「申緯 小樂府의 資料的 檢討」, 『대동한문학』 15집(대동한문학회, 2001), 162면. 이 논의에서는 총 24종의 이본 자료를 검토한 결과, 자하소악부 이본의 계통은 가람문고본계열과 두 개의 경수당전고본계열 등 3종이 중심을 이루며 가람문고본, 藏書閣 警修堂全藁本, 一蓑文庫 警修堂全藁本을 자하소악부의 대표적 이본 자료로 삼을 수 있다고 밝혔다. 가람문고본은 奎章閣 내 가람문고[811.04] 자료이며, 영인본 『漢文 樂府·詞 資料集』 3(계명문화사, 1988), 462~474면에도 수록되어 있다.

그러면 이 가람문고본에 실린 「小樂府四十首」 서문을 따라가면서 그가 19세기 초 7언절구 형식으로 시조를 한역하게 된 동기를 이해하도록 하자.

(前略) 이제 그 노랫말을 따서 시를 만들고자 한즉, 더러는 글귀를 길게 하기도 하고 짧게 하기도 하며 韻을 散押하여 억지로 이름하기를 古體라 한다. 그러나 읊조려 음미하려는 사이에 소리의 울림이 어긋나 버리니 詞曲의 본색을 회복할 수 없을 뿐 아니라 모두 가히 서로 상치되어 손을 대기 어려운 격이 되고 만다. 이로써 文苑의 諸公이 못들은 척 방치하여 밝은 성대의 가요가 장차 귀만 스치고 다 흩어 없어져 전하지 못하니 탄식할 만한 일이다. 고려 益齋 先生은 採曲하여 7언절구로 만들고 小樂府라고 이름붙이시니 지금도 선생의 문집에 남아 있는데, 대부분 오늘날 管絃家에 전해지지 않는 곡으로 그 辭가 消失되지 않음은 이들 시에 힘입었기 때문이다. 문인들이 붓을 드는 것이 어찌 중하지 않겠는가. 내가 이 사실을 그윽이 기뻐하여 우리나라 小曲 가운데 기억하고 있는 것을 7언절구로 만들었다. 시어와 문채는 만만 선생에 미치지 못하나 다른 시대에 같은 형식으로 각각 자기 나라의 노래를 채집한 것은 한가지이다. (後略)[14]

이 글에서 신위는 시조한역의 방법 및 한역의 구체적 동기를 밝히고 있다. 우리말 노래인 시조를 한시의 엄격한 시형식에 맞추려

---

14) 가람문고본 <小樂府序>. "……今欲採其辭入詩 則或可以長短其句 散押其韻 强名之曰古體. 然吟詠咀嚼之間 頓乖聲響 非復詞曲之本色 儘可謂憂憂乎其難於措手矣. 是以文苑諸公 置若罔聞 將使昭代歌謠 聽其散亡而不傳 可勝歎哉. 高麗李益齋先生 採曲爲七絶 命之曰小樂府 今在先生集中 擧皆今日管絃家不傳之曲而其辭之不亡 賴有此詩 文人命筆 顧不重歟. 余竊喜之 就我朝小曲中 余所記憶者 亦以爲七言絶句 藻采雖萬萬不逮先生 而異代同調各採其國之風則一也……"

다 보니, 특정 구절을 축소 생략하거나 확대 부연하고['長短其句'], 시조의 자연스런 가락과 운치를 최대한 살릴 수 있는['散押其韻'] 방식을 따라야 한다고 하였다. 그렇게 하더라도 최소한의 형식미와 본질을 살릴 수는 없다고 하여 한역의 어려움을 토로하고 있다. 그럼에도 불구하고 한역을 시도할 수밖에 없는 것은 시대를 울리던 노래들이 한때를 지나면 사라져 없어지고 마는 사태를 안타깝게 여겼기 때문이다. 신위는 고려 말 이제현의 전례를 통해서 이러한 아쉬움을 덜 수 있는 방법을 찾았다. 가사에 대한 과도한 집착을 버리고 가장 인상 깊었던 한 대목을 시화하거나 전체적 분위기를 포착하여 그를 바탕으로 의경을 새로 설정하는 방식, 곧 '採曲入詩'의 깨우침을 얻은 것이다.15)

이렇게 볼 때 신위가 우리말 노래를 한역할 필요를 느낀 것은 분명하며, 그 구체적 과정에 있어서 원래의 가사 내용을 충실히 옮기겠다는 의식은 처음부터 배제되었으리라고 짐작할 수 있다. 노래 전체가 환기하는 의경을 시로 구현하고 한시의 근본을 잃지 않기 위해서는, 내용의 적절한 취사선택보다 詩格의 엄격한 준수가 더 긴요하다고 판단한 것이다. 그의 「소악부」가 이전에 나타난 조선후기 다른 작가들의 한역보다 완고한 근체시의 틀을 고수하면서, 그 속에 담긴 시조의 내용보다 한시로서의 외형적 틀을 중시하게 된 것은 바로 이런 이유에서였다. 또 자기 시대 이전에 비교적 활발히 수행된 시조한역 작업들이 존재했음에도 19세기 이후 꽤 오랫동안 한역을 쉽게 시도하지 못했던 까닭 또한 추정할 수 있다.

---

15) 김석회(1999), 131~132면.

신위가 생각하는 바 한역시의 성격은 이전의 한역시들과는 다른
것이었고, 특히 바로 직전 18세기 후반 한역시와는 그 태도에서부
터 전혀 이질적인 작가의식을 내포한 것이었던 셈이다.16)

　이러한 신위의 소악부 정신과 한역 태도는 이후 소악부 계열 한
역 작가들에게서도 대동소이하게 나타난다. 자하소악부의 계승을
직접 표방하면서 상당수의 동일 시조를 한역 대상으로 삼았던 이
유원의 경우는 물론이거니와,17) 「續小樂府」 10수를 남긴 이유승
의 다음 언급도 신위의 그것과 유사하다.

　대개 우리나라의 가요는 勝國 이래로 名臣 碩輔 騷人 逸士 靜女
才子들이 흥취를 부쳐 정회를 묘사하고, 득의하고 실의함을 마음에
느껴 탄식하고 그 느낀 바를 기록한 것이니, 시경에 정풍과 변풍이 있
어서 陳나라의 태사가 한 시대의 풍속교화를 살필 수 있었던 것과 같
다. 그러나 문단의 여러분들이 邦音과 俚語가 옛 詩詞에 맞지 않는다
고 하여 버려두고 정리하지 않았다. 李益齋 선생이 처음으로 小曲을
채집하여 7언절구로 옮기고 小樂府라 명명하였으나 그 후 오륙백 년
동안 적막하여 전혀 작품이 없었으니 이것은 뜻있는 사람이 슬퍼하고
애석하게 생각하는 바이며, 紫霞公이 소악부를 지어 익재 선생의 뜻
을 조술하게 된 까닭이다. …… 그 昭代風雅에 도움됨이 어찌 적다고
하겠는가.18)

---

16) 이 점은 다음 장에서 동일 시조의 한역 작품 등을 다루면서 구체적으로 드러나게
　　될 것이다.
17) 이유원의 「嘉梧小樂府」 45수 가운데 9수가 신위 「소악부」 원시조와 동일한 작품
　　이다.
18) 이유승, <續小樂府幷序>[심재완, 『역대시조전서』, 1247면; 황위주(1983:34) 인용
　　문 재인용]. "蓋東國歌謠 自勝朝以來 名臣碩輔 騷人逸士 靜女才子之所寓興寫
　　情 得志失志感於中而發於咨嗟詠嘆 隨其所感 又如葩詩之有正變 陳之太師 可

우리나라의 노래는 각계각층에 속하는 다양한 인물들이 자신들의 내면 정회와 움직임을 표출할 수 있는 流路로서의 구실을 하였다는 점을 우선 강조하였다. 동시대 문인으로서 그러한 노래들에 주목해야 하는 이유를, 일찍이 『詩經』에서 정풍과 변풍을 함께 다루었다는 사실에서 찾고 있다. 이제현과 신위의 '소악부' 시도를 하나의 맥락에서 이해하고, 고려 말 이후 그 정신이 오랫동안 이어지지 못했다고 평가함으로써 조선조에 들어와 국문시가 한역의 제대로 된 성과는 신위로부터 다시 시작되고 있음을 밝혔다.

이 진술은 19세기 소악부 작품의 생산 배경과 그 작가들의 의식에 관한 두 가지 점을 반영한다. 하나는 신위 이전에 이루어진 18세기 이전까지의 시조한역 작업들을 인식하지 않고 있다는 점, 다른 하나는 신위의 소악부 등장으로 국문시가를 한시화하는 작업에 대한 의미부여와 온전한 형식의 수립이 동시에 가능해졌다고 본 점이다.

물론 이들이 의도적으로 신위 이전의 시조한역 성과를 외면한 것이 아니라, 그것을 접할 기회가 없었다고도 가정해 볼 수 있다. 시조한역은 공식적인 창작 행위가 아니었으므로 동일한 작업을 행하면서도 그들 사이에 소통이 이루어지지 않았을 가능성은 있다. 하지만 이미 200여 년 이상 시조에 관심을 갖고 한역한 한시 작가들이 존재해 왔고, 정치적으로나 문학적으로 상당한 위치에 오른 인물을 포함해 주로 서울 중심의 중앙문화에 관계한 문인들이 시

以稽一代之風化 而文苑諸家 視之以邦音俚語 不合於古之詩詞 置而不理 益齋先生始採小曲爲七絶 謂之小樂 厥後五六百載 廖廖無聞 此有志之所慨惜 而紫霞公之作寔述先生之志也…其有補於昭代風雅 豈小也哉."

조한역 작품을 남기고 있음을 고려할 때, 중앙에 진출해 吏曹判書까지 역임한 이유승이 전대 상황에 전혀 어두웠을 가능성은 오히려 적다.

그보다는 시조한역의 구체적 동기와 실행에 있어서 국문시가 자체의 성과를 의미 있게 평가한 결과 한문학 내부로 견인한 것이 아니라, 민간의 노래도 인간의 性情을 긍정하는 한 수단으로서 수렴한다는 한시 창작의 오랜 관습을 잇는 쪽에 비중을 두었기 때문이라고 여겨진다. 실제 한시화의 과정에서도 시조의 내용과 정감을 살리기보다 격식과 표현법을 가다듬는 등 한시로서의 완성도에 치중하게 된 것이다. 신위와 이유승의 소악부에 자신의 시조한역 17수를 보태어 『三家樂府』를 엮었던 원세순(1864~1906)의 「續樂府引」도 이 점은 대동소이하다.

한편 권용정(1801~?)은 19세기 소악부 작가들과 동시대에 시조를 한역하면서, 작품의 형식은 7언절구형을 따랐지만 시조 이외의 국문시가로 한역 대상을 넓히고 명칭 또한 '소악부'를 표방하지 않았다. 그는 한문학의 大家로서 흔히 後四家의 한 사람으로 일컬어지는데, 문집이 전하지 않아 자세한 행적은 알 수 없으나, 山水畵를 잘 그리고 특히 시문에 뛰어나 화가와 문인으로서 동시에 이름을 높인, 예술취향이 강한 인물로 평가된다.[19]

그의 「東謳」 30수는 평시조만이 아니라 상당수의 사설시조를 한역 대상으로 삼았고, 당시 유행하던 歌唱歌詞 및 雜歌類도 작품

---

19) 金明淳, 「權用正의 <東謳>에 대하여」, 『대동한문학』 8집(대동한문학회, 1996), 163~164면. 「동구」 30수는 서울의 세시풍속을 소재로 한 그의 <漢陽歲時記> 및 「歲時雜詠」 26수와 함께 金迥洙가 지은 『農家月俗詩』 부록으로 실려 있다.

의 일부를 발췌하여 한시화한 작품이 포함되어 있다. 사설시조의 한역이 8수, 가사와 잡가의 한역이 4수로 전체 작품 가운데 적지 않은 비중을 차지한다. 이들 가사와 잡가들의 경우 특정 대목을 취사선택하여 옮긴다 하더라도 사설의 길이는 평시조에 비해 훨씬 늘어날 수밖에 없는데, 권용정은 어떤 경우에도 한역시의 형식은 7언절구로 통일하였고, 시구의 대응이나 압운, 평측 등 양식적 요건 면에서도 한시로서의 규범을 거의 지키고 있다. 그러면서도 '소악부' 계열에 흔히 시도되었던 사패명을 의식한 3字 시 제목은 달지 않았고, 소악부의 戀情과 醉樂이라는 전형적인 주제 이외에 嘆老, 人生無常, 忠情을 읊은 작품이 전체 한역시 삼분의 일 이상을 차지해 대상 시조의 내용상 다양함을 꾀하였다. 이 현상을 시대적 조건에 의거하여 어떻게 해석할 수 있는가.

「동구」와 권용정의 존재는, 한문학 문인들에게 시조한역이 이미 널리 보편화된 현상으로 자리 잡고 시조한역을 포함한 문학 일반의 효용과 가치 또한 『시경』 이래로의 교화론적 시각에서 견고하게 틀 지워진 이 시기에 또 다른 한역의 방향을 보여준 시도라 할 만하다. 즉 시조 한시화의 표준형으로서 '소악부'시의 일반 경향은 받아들이되, 소재의 다양성이나 대상 국문시가의 범위 확장, 한역 방법상의 보다 자유자재한 원사설의 축약과 변형 등으로 독자적 성격을 보여준다. 그가 '소악부'를 표방하지 않은 까닭이나, 나아가 소악부 작가들과는 한역의 지향을 달리하고자 하는 저의를 이런 점에서 눈치챌 수 있는 것이다.

宋達洙(?~1858)도 <훈민가> 16수의 한역을 포함한 시조한역 과정에서 시조 내용의 충실한 재현에 중점을 둔 5언6구형 시형식을 택하고 있어서 견주어 살필 만하다. 24종이나 되는 신위 「소악부」 이본들이 증명하듯 '소악부'형의 광범위한 유행과 지속적인 영향력을 감안할 때, 송달수의 사례는 당대 한역시의 표준형을 의도적으로 벗어나 전대 한역시의 경향을 형식으로 계승한 것이라 여겨진다.

요컨대 권용정과 송달수의 시조한역은 소악부라는 일반 경향과 독자적 계승의 절충으로 볼 수 있다. 이들의 경향성은 이 시기에 음악면의 급격한 변화와 발전 양상에 부응하여 시조뿐만 아니라 잡가, 가사, 판소리 등 여타 갈래가 연행 현장에서 활발히 전승된 사실 및 이를 수용하는 한문화권 내부의 태도 등과도 관련이 있는 문제이다. 이에 대한 자세한 의미 평가는 실제 작품을 분석하고 난 다음 본고의 4장에서 다루기로 한다.

소악부 계열의 지속 과정 속에서 간헐적으로 나타난 색다른 시도로서의 시조한역의 경향은 19세기 후반 鄭顯奭(1817~1899)에 이르러 보다 목적성이 분명하고 전문화한 양태로 전환하게 된다. 정현석은 高宗代 인물로 벼슬이 황해도 관찰사에 이르렀으며 橫城에 世居하였다.[20] 1883년 德原府使 재임시에 우리나라 최초의 근대 학교인 元山學숍를 설립하여 정부의 승인을 얻어내기도 한 개화파관료로, 여러 지방 수령을 역임하면서 관리로서의 능력을 인정받았던 인물이다. 1867년(고종 4)에 晋州牧使로 부임한 후 義妓 論介의 사당을 重修하고 기녀들만으로 거행되는 방식의 매우

---

20) 정현석, 『교방가요』(국립도서관소장본). "璞園鄭顯奭 草溪人官至海伯 高宗時人 世居橫城郡."

특이한 風流祭禮인「義巖別祭」를 設施한 적이 있는데, 이 당시부터 그는 진주 교방21)의 풍류문화를 전범으로 하여 당시 어떤 지방의 교방에서나 보편적으로 연행되던 일반적 공연물을 정리하는 일에 손을 대기 시작해, 그 후 金海府使로 있던 1872년(고종 9, 56세)에 마침내 『敎坊歌謠』를 편찬하였다.22)

우리 전통공연예술에 깊은 이해와 관심을 갖고 육성하려는 의욕을 지녔던 그는 『교방가요』에서 교방 연행의 중심이었던 歌曲과 歌詞 등을 한역하여 기록하고 이밖에 가무의 구성과 절차, 가곡 實演圖를 보이는 한편, 각종 呈才 및 판소리·잡희·잡요·단가 등 민속예술에 관한 설명과 기록을 덧붙이고 있다. 시조한역 작품은 가곡 부분의 총 97수를 비롯하여 <勸酒歌> 6수 중 일부를 포함, 총 100여 수에 이른다. 책의 성격에서 짐작되듯이, 노랫말 자체로서보다는 악부시체로서의 한역채록에 관심을 두고 있으므로 본문에는 한역시를 먼저 내세우고 해당 원시조의 노랫말은 뒷부분에 작게 병기하였으며 해당 노랫말 전부 또는 일부를 누락한 경우도 있다.

수록 방식도 연행현장의 분위기를 최대한 반영하여 가곡 실행 순서에 따랐다. 당대 가곡 연창 실례를 따른 33수의 編歌 부분에

---

21) '교방'은 지방 관아에 부속된 건물의 하나로, 대개 관문 밖 객사 주변에 위치하며, 기녀들이 노래·춤·악기 등 각종 기예를 익히던 곳이다. 이 소속 기녀들이 이러저러한 행사에 招致되어 지방의 官邊 문화를 풍성하게 하는 구실을 하였으리라 짐작된다.

22) 이상 '교방'에 관한 설명 및 정현석의 생애와 『교방가요』 편찬 경위 등은 金明淳, 「鄭顯奭의 詩歌 漢譯 樣相 硏究」, 『동방한문학』 19집(동방한문학회, 2000), 259~263면 및 鄭顯奭 編, 成武慶 譯註, 『敎坊歌謠』(보고사, 2002), 13~22면 참조

이어 羽調·界面調에 속하는 기타 가곡과 弄·樂·編 해당 가곡 64수를 악조별로 묶어 순서대로 배열하였다. 특히 처음 부분인 편가 33수의 배열은 가곡 연행시 우조 6편, 계면 11편을 각각 남·여창으로 불러 노래의 처음부터 마무리까지를 완성하는 '가곡 한 바탕' 구성을 그대로 따르고 있다.23)

총 100여 수에 이르는 시조한역 작품 가운데 중복 수록된 것이 두 수이고, 현재 사설시조로 분류될 만한 작품을 한역한 것은 적게 잡아도 20여 수를 훨씬 상회한다. 『교방가요』 구성 방식으로 보아 동일 작품이라도 다른 악조의 대표곡으로 불릴 수 있고, 평시조를 부르는 일반 악곡과 구별되는 농·낙·편의 해당 가곡으로 사설시조 노랫말이 다수 선택되었기 때문일 터이다. 분명한 것은 전체 작품 수에서의 비율상 사설시조가 음악적으로나 사설 자체 면에서도 『교방가요』의 시공간에서 빈번히 다루어져 관습화했

---

23) 이들 33수을 수록한 다음 정현석은 "이상 우조 6편과 계면 이하 11편을 통칭 노래 1편[가곡 한 바탕: 편가]이라 하는데 대개 그 차서는 이와 같다. 나머지 작품을 (다음에) 보인다.(已上羽調六篇界面以下十一篇 統稱歌一編盖其次序如此 餘見(下))"라고 하여 편가로서의 성격을 분명히 한 후 다음 작품들을 이어 수록하고 있다. 그가 보인 편가 구성과 악곡 구분은 19세기 이후 성립한 가곡의 세련된 연창방식으로 비슷한 시기에 편찬된 가집 『가곡원류』(1876) 및 현행 방식과도 거의 일치한다. 다만 『교방가요』에는 '男唱', '女唱'이라는 용어 대신 '唱云', '和云'의 표현으로 대체되어 있는데, 이 책 후반에 실린 '가곡실연도' 등을 참조할 때 이 명칭은 가창자의 성별에 구애받지 않고 모든 곡목을 나누어 화답하면서 부르는, 곧 여창만으로 편가를 완성하는 지방 교방의 공연형태를 반영하고 있다고 판단된다. 그 이유라든가 성격 등은 시조 음악과의 관련 하에 이후 다른 기회를 얻어 상세하게 고찰해 볼 문제라고 여기고 여기서는 더 이상 자세히 다루지 않는다. 『교방가요』의 편가를 비롯한 곡조별 작품 배열과 악곡 명칭상의 문제, 노랫말의 드나듦을 통한 전승 성격 등은 성무경(2002)이 역주본 서두에 직접 쓴 「해제:『교방가요』의 문화도상(文化圖象) 읽기」, 22~43면을 통해 상세하고 체계적으로 밝혀 놓아 도움이 된다.

다는 점이다.

여기서 시조, 가사를 포함한 자기 시대의 지방 문화예술 양상을
『교방가요』를 통해 남기고자 했던 정현석의 의도와 목적에 귀 기
울여 보기로 하자.

(前略) 우리나라는 新羅 이전에는 다만 鄕樂만 있다가 高麗 文孝
때 비로소 大晟樂을 쓰게 되었는데, 아직 고르게 갖추어지지는 못하
였다. 아! 우리 조선 太宗朝에 황제가 하사한 악기를 받았으며, 세종
때에 기장과 磬石을 얻는 상서로운 일이 있어 律呂를 정하고 雅樂을
지어 종묘와 조정에 쓰이게 되었다. 그러나 俗樂에 이르러서는 아직
전부 바꾸지 못하였으니, 대개 중국은 말이 곧 글자이어서 소리가 입
에서 나오면 바로 문장을 이루지만 우리나라는 말과 글자를 두 번 번
역한 다음에야 글을 이루는 까닭이다.

내가 진주목사 적부터 김해부사로 부임해서까지 공무에 여가가 있
어 敎坊을 베풀어 歌舞를 연습시키고 歌謠 가운데 채록할 만한 것을
좇아 詩句 약간 수를 이루었다. 혹은 시구가 촉급하여 말이 남기도 하
고 혹은 말이 짧아 글자를 부연하기도 하여 그 본지를 잃지 않도록 주
의하였으나 五音淸濁에는 거리가 멀다. 오직 性情의 바른 것을 골라
취하고 방탕하고 음란한 사설은 모두 버리어 삼가 스스로 筆刪之法에
따라 그 사이에 혹 勸懲하는 뜻을 붙일 따름이라.24)

---

24) 정현석, <敎坊歌謠叙>. "…我東新羅以前 只有鄕樂 高麗文孝始用大晟樂 而未
諧焉 掎我太宗朝受皇賜樂器 槩我世廟時 獲黍磬之瑞 定律呂作雅樂 用之宗廟朝
廷 而至於俗樂 迄未盡變 盖以中華言卽字 音發口便成章 我東言與字二譯 而後
爲文故也. 余自晋陽莅金陵 朱墨多暇 設敎坊俾사歌舞 就歌謠中可采者찰成詩句
若干首 或句促而言餘 或辭短而字衍 要不失其本旨 然其於五音淸濁亦遠矣 惟選
取性情之正 悉去流蕩淫昵之辭 窃自附於筆刪之法 而間或寓以勸懲之義云爾."

  인용문의 앞부분에서 정현석은 중국 음악의 전개와 변천 과정을 부정적인 시각에서 기술하였다. 아득한 이상 시대의 음악과 시경의 아송이 끊어진 이후 음란하고 잡스러운 음악들이 이어졌으며, 후대 文人才子의 樂府 또한 시류를 좇아 感發懲創할 만하지 않게 되었다고 하였다. 전통 한시 양식이 아닌 음악을 중심으로 시가의 흐름을 이해하고 있는 점과, 문학과 음악의 결합 양식인 악부의 역할을 내세워 시경 이래의 風敎 정신을 강조하려는 점이 특징적이다. 이로부터 그가 한역 대상으로 삼은 시조를 비롯한 국문시가의 성격과 가치를 중국 초기의 창작 정신과 연결시키고자 함을 알 수 있다.

  이어 우리 음악의 흐름으로 눈을 돌려, 원래부터 있던 향악에 중국으로부터의 아악이 전승된 후 고려·조선을 거치면서 정립되어 가는 과정을 기술한 다음, 향악 곧 속악 자체의 변화가 중국과 다른 이유를 언어의 이중성에서 찾고 있다. 이것은 국문시가 고유의 역할이면서 동시에 그를 기록할 만한 가치의 근거가 되는 셈이다. 지방 수령이 되어 교방을 베풀고 기생들의 노래 가운데 일부를 골라 한역 기록을 시도하게 된 것도 그의 이러한 문학관이 바탕이 된 것이었다.

  한역 과정의 구체적 방법과 어려움도 밝혔다. 노래로 된 말[言, 辭]이 남거나 짧을 때도 있고, 한시로 옮긴 글[句, 字]이 촉급하거나 부연될 수밖에 없는 경우도 있어서, 그 本旨는 살려내더라도 전통적 한시 격식을 갖춘 오음청탁에는 멀어졌다고 하였다. 시조와 한시가 지닌 양식적 혹은 정서상의 불일치로 인하여 한역 과정에서 정확한 대응을 이루기 어려우며, 결국 전통적 한시 규범과는 구별될 수밖에 없는 한역시로서의 한계를 지적한 것이다.25) 이는 앞서 「소악부」 서문에서 살핀 바 "或可以長短其句 散押其韻"이라는 한역 과정의 실제에 대한 신위의 지적을 떠올리게 한다. 우리 노래에 대한 관심, 『시경』이나 악부에 대응할 가치의 발견, 교화론적 시가관 등 여러 면에서 신위의 영향을 짐작할 수 있다.

그러나 『교방가요』 서문과 그 체재에 반영된 정현석의 한역 동기는 몇 가지 점에서 소악부 계열과의 연계선상에서만은 이해할 수 없는 면이 있다. 우선 그는 비록 한역시가 지니는 한시 격식상의 불완전성을 지적하고 있기는 하지만, 전체 시가를 음악의 변모 속에서 이해하고 있다. 즉 그의 시가관은 시 양식 자체가 아닌 음악을 위주로 한 것이다. 다음으로 시조만이 아닌 국문시가 전체를 한역 대상으로 포함하고 있다는 점과, 소악부의 7언절구를 한역시 형식의 기본으로 삼으면서도 서문에서 18세기 이전 한역 작가는 물론 신위를 비롯한 동시대의 소악부 작가들 및 그 작업에 대해서도 일체 언급하지 않은 점을 들 수 있다.

이런 사실들로부터 시조한역에 대한 그의 의식이나 목적을 무엇이라고 추론할 수 있을까. 우선 그는 비록 절구의 형식은 따랐지만 소악부 작가들과는 시조를 한역하는 동기가 다른 데 있었던 것은 아닐까 가정해 본다. 음악을 수반한 연행 현장을 독자적으로 보존하려는 기록자로서의 사명감으로 『교방가요』의 편찬을 의도한 것은 아니었을까. 또 이미 몇몇 가단을 중심으로 활발한 움직임을 보

---

25) 김명순(2000), 270면.

이던 중앙의 문화예술 분위기와는 구별되는 지방 문화의 구심점을 마련하고 특성화하려는 생각을 구체화해 본 것은 아닐까. 그렇더라도 이미 상당한 종류의 국문 가집이 편찬되어 활용되고 있던 때에 한역을 통한 국문시가 기록을 추가해야만 했던 이유는 대체 무엇이었을까.

이런 의문을 해결하는 열쇠는 단지 서문 글귀만을 면밀히 분석하는 것만으로는 얻을 수 없다. 가장 설득력 있는 판단에 다가설 수 있도록 다음 장에서 19세기 한역시들의 특징을 작품을 통하여 면밀히 살피는 일이 필요할 때가 되었다.

3. 19세기 시조한역의 양상

본 장에서는 19세기 시조한역 작품들의 면모를 작품에 드러난 양상을 통하여 구체적으로 살펴보고자 한다. 신위로부터 비롯한 이 시기 작품의 특징은 한역 대상 시조들의 내용적 특징, 한역 과정에서의 주제 및 의미의 변용, 한역시의 표현과 형식 등을 고찰함으로써 파악할 수 있을 것이다. 앞 장에서 진술한 바 이 시기 한역의 성격은 크게 세 유형으로 구분될 수 있는데, 본 장은 19세기의 양상을 총체적으로 드러내는 데 목적이 있으므로 세 유형, 혹은 작가별로 전체 작품 수나 대상 시조의 내용 등 각각 설명이 필요한 부분은 먼저 다루되, 한역의 양상 및 작품 분석은 전 작품을 함께 다루면서 행하기로 한다. 19세기적 양상을 효과적으로 밝히기 위해 때로는 18세기 이전의 관련 작품과도 비교하면서 변모와 창출의 양면을 두루 점검할 것이다.

한역 대상으로 택해진 원시조의 내용을 보면 19세기 시조한역의 가장 큰 특징은 남녀 간의 애정을 다룬 노래가 대폭 늘어난 점이다. 현전 시조 전체의 내용 경향과 비교하면 크게 다를 바 없다고 볼 수 있지만, 시조한역의 통시적 국면에서 보자면 새롭게 부각되는 현상이다. 민간에 유행하는 다양한 시조를 수집하여 한역한 초기 작가인 이민성이 전체 작품 중 절반 이상에서 戀情과 別恨 내용을 다룬 이후로, 다음 시기 隱逸과 脫俗 등 江湖閑情을 주요한 한역 대상 시조로 선택한 이형상과 이기휴나 18세기의 황윤석, 戀情類를 의도적으로 배제하면서 警世와 江湖를 한역시 중심 소재로 삼은 홍양호에 이르기까지 戀情의 주제는 지속적이기는 했으나 중심 내용으로 부각하지는 못했다.

그러던 것이 신위 「소악부」 계열에서는 원시조가 밝혀진 100여 수 작품 가운데 연정과 相思 내용이 압도적으로 많은 비중을 차지하며, 嘆老나 醉樂 등 일상의 보편 정서를 탄식한 것까지 포함한 이른바 戀情醉樂類는 전체의 절반을 훨씬 넘는다.26) 권용정의 「동구」에서도 30수 한역시 중 18수가 戀情을 다룬 것이고 탄식, 취락류까지 합하면 작품 대부분을 차지하며, 교방의 연행 작품을 한역한 정현석의 경우도 연행 현장의 분위기를 고려한다면 그런 내용이 주가 될 것임은 쉽게 짐작되는 바이다. 이런 노래들은 누구나 경험할 인간 보편의 정서를 절실하게 토로함으로써 공감을 유도하는 것이 관건일 터인데, 한시화의 단계에서 바로 이러한 정감

---

26) 황위주(1983), 37~43면 참조.

의 전달이 가능했는지의 여부가 궁금해지지 않을 수 없다. 더구나 7언절구형의 짧고 정제된 형식에 담기 위해서는 어떤 식으로든 변이와 왜곡이 불가피하여 결국 작가의 한역 태도를 결정짓게 될 수도 있을 터이다.

이에 대한 19세기 선택의 해답은 다음 작품들에서 찾아진다.

休煩款待黃第薦	번거로이 누런 대자리 깔기를 기다리지 말고
且坐何妨紅葉堆	낙엽더미에 앉은들 무슨 상관있으랴
豈必松明燃照室	소나무 태워 방 밝힐 필요 없으니
前宵落月又浮來	어젯밤 진달이 다시 떠오르는 것을.

「소악부」 22. 慣看賓

落葉眞堪隨處坐	낙엽에는 참으로 어디에나 앉겠거니
松燈亦復不須燈	솔불 또한 밝힐 필요 없다
分明前夜下山月	분명 어젯밤에 산 넘어간 달이
又向東山高處圓	또 동산의 높은 곳에 둥글어 있으니.

「東謳」 17.

집 方席 내지마라 落葉인들 못 안즈랴
솔불 혀지 마라 어졔 진 달 도다온다
아희야 薄酒 山菜ㄹ만졍 업다 말고 내여라.　　　　#2701 韓護[27]

---

27) 원시조 작품 번호는 심재완, 『역대시조전서』의 번호를 그대로 가져 온 것으로, 이하 작품도 동일하게 표기한다. 『전서』에 수록되지 않은 작품의 경우는 해당 가집 명과 작품 번호를 함께 밝힌다. 『악부·사 자료집』 소재 신위 「소악부사십수」에는 작품 번호 바로 아래 작은 글씨로 원시조가 적혀 있는데, 대부분 시조창 연행 형태를 반영하듯 종장 마지막 구는 생략된 채이다. 본 논문에서는 여기 적힌 작품을 원시조로 우선 확정하여 밝히되, 완전한 형태로 싣는다.

대상 원시조는 한호의 작으로 알려진, 강호의 한정과 풍류를 주제로 한 작품이다. 환한 달밤 낙엽을 자리삼아 소탈하고 여유로운 정서를 표출한 원래의 시조는, 자연을 접한 달밤이라는 시·공간 조건과 함께 산나물과 막걸리를 만족해하는 인간의 소박한 선택을 곁들여 주제적 정감을 한층 고조시키고 있다. 그런데 시조가 7언 절구형으로 한역되는 과정에서 초장, 중장이 각각 두 구씩에 배당되고 시조의 종장은 탈락하였다. 시공간의 정황을 묘사하는 것만으로는 원시조가 지닌 자연친화적 태도를 어느 정도 전달할 수는 있지만 온전히 하기는 어렵다. 한시화 과정에서는, 자연을 닮아 그대로 충분한 인간의 구체적 행위가 표면화된 종장의 의경은 전달되지 못한 것이다.

또한 화자-청자의 관계 형성 속에서 정서를 친근하게 전달할 수 있었던 시조와는 달리, 시인의 일방적 진술로 일관한 한역시는 원가의 분위기를 생동감 있게 살리지는 못한 점도 인정된다. 이는 연행관습과 현장성의 면에서 시조/한시 사이의 본질적인 차이를 드러낸 것으로 볼 수도 있으나, 주제부를 탈락시킴으로써 시조의 의경에는 크게 관심하지 않는 소악부 작가의 기본 한역 태도와 관련된 것으로 이해된다.

같은 노래를 한역했던 18세기 한역 작가들과 견주면 이 점이 분명해진다.

莫燃松	솔불 켜지 마라
明月上前峰	앞 산 봉우리에 밝은 달 솟는다
莫設席	자리 깔지 마라

紅葉滿溪石	붉은 잎 *溪石* 위에 가득 찼다
兒兮急速取酒來	아이야, 속히 술 가져 오너라
山肴野蔌聊以娛今夕	山野의 나물안주로 애오라지 今夕을 즐기고자 하노라.

「靑丘短曲」 3. 莫燃松

　　홍양호의 한역시에서는 원시조의 초장과 중장이 순서가 뒤바뀌어 있는데, 같은 시기 황윤석의 작품에서도 마찬가지이다.[28] 당시 한역 과정에서 도치가 불가피했으리라고 판단할 만한 근거가 없으므로, 이들이 접했던 원시조는 한역시대로의 순서였을 것이며, 이후 신위 시대에 와서 현재처럼 바뀌었을 것으로 보인다. 홍양호는 원시조의 의경을 확장하는 것을 피하고 충실하게 시조를 재현하고 있다. 한시화의 전개 방식도 시조의 3장 형식에 의한 시상 전개법을 그대로 채용하면서 원가의 분위기를 살리려고 노력한다.[29] 변형을 막기 위한 구체적인 기교도 보이는데, 초·중장의 첫 구를 단 석 자의 시어로 재현하면서 '莫'字로써 시조의 부정어미 효과를 살리고, '아희야'에 최대한 가까운 '兒兮'로 대치하는 것[30]이 그것이다.

---

28) 황윤석의 한역시는 다음과 같다.

兒休撥松火	아이야 솔불 켜지 마라
昨落月還復出東山	어제 진 달 다시 동산에 돋아 온다
且休設竹簟	대자리 또한 깔지 마라
草坐亦足容吾身	풀자리라도 내 몸 허용할 만하다
一杯酒兒酌	아이에게 일배주 따르게 하고
我方欲席地而衾天	나는 땅을 자리삼고 하늘로 이불삼으려 하노라.

「고가신번」 19.

29) 성범중(1990), 43면.

종장을 생략한 신위의 경우와는 반대로, 홍양호는 한역 과정에서 종장 부분에 가장 많은 글자를 배당하여 시조의 분위기와 주제의식을 드러내는 데 핵심 부분임을 강조하고 있다. 이처럼 한시의 형식과 시상 전개 방식, '아이' 설정을 통한 화자-청자 관계의 유지, 종장 부분의 확대 등을 통해 한역 작품 또한 시조의 의경을 충실히 반영할 수 있는 것이다. 이들과 시기상 근접해 있고 신분도 유사한 19세기 사대부 작가에 의한 한역 작품이 노래의 변개나 작가의 삶의 방식 차이로 인해 변화했다고 보기는 어려우므로, 이 작품 간의 변화는 7언절구를 형식으로 택한 한역의 기본태도와 관련된 것이라고 판단된다.

전대의 한역 작품에 비하여 19세기 한역시에서 종장 혹은 주제상의 변개가 이보다 더욱 선명하게 나타난 작품은 다음 예이다.

講畢忘書帙	강의를 마치고 책을 잃었고
睡了失釣竹	졸다보니 낚싯대마저 잃었구나
老我昏耗象	나는 늙었거니 쇠잔하고 어릿하나
兒曹勿深督	아이들아 심하게 책망마라
少年雄豪氣	젊은 날 호걸스런 기운,
吾亦緬如昨	나 또한 어제인 양 뚜렷하구나.

「호파구」 12. 老妄歎

睡起忘釣竿	졸다가 일어나니 낚싯대가 없어졌고,
舞罷失蓑衣	춤추다보니 도롱이 잃었다오.

---

30) 진재교(1999), 173면.

嗟爾小兒曹	아! 아이들아
莫笑老夫狂且癡	늙은 이 몸 미치고 어리석다 비웃지 마라
春江十里桃花發	春江十里에 桃花가 만발하니
少日豪興未全衰	젊은 날 호탕한 풍치 다 쇠하진 않았다오.

「청구단곡」 11. 睡起

睡失漁竿舞失蓑	졸다가 낚싯대 잃고 춤추다 도롱이 잃었구나
白鷗休笑老人家	저 백구야 이 노인 비웃지 마라
溶溶綠浪春江水	콸콸 흐르는 봄 강의 물결은 푸르렀는데
泛泛紅桃水上花	두둥실 강물에 도화가 떠가네.

「소악부」 27. 落花流水

조오다가 낙대를 일코 춤추다가 되롱이를 일헤
늘근의 망녕을 白鷗ㅣ야 웃지마라
져 건너 十里 桃花에 春興을 계워하노라.　　　　　　#2609

　위에 제시한 한역 작품은 차례로 17세기 말~18세기 초 이형상의 작품, 18세기 중·후반 홍양호의 작품, 그리고 신위 「소악부」 중 한 수이다. 5언6구 형식으로 옮겨진 <노망탄>은 원가에는 없던 '講畢忘書帙'이 첨가되어 춤추고 낚시하던 한가한 일상의 분위기를 진지한 것으로 바꾸어 놓았을 뿐만 아니라, 마지막 두 구에서는 제목이 암시하는 것처럼 젊은 날을 반추하는 탄식이 이어져 시조의 종장보다 더욱 애잔함을 드러낸다. 이처럼 정서의 과도한 몰입 현상은 「호파구」 전체를 통해서 때로는 원가의 변이를 감수하면서까지 노래에 대한 적극적 해석을 감행한 이형상의 개성적인 한시화라는 한역 태도와 연관되어 있다고 본다.

홍양호의 <기수>는 5·7의 장단구로 한시화하면서 시조의 원의를 대부분 수용하고 있다. 달라진 점이 있다면, 중장의 백구를 향한 도치된 표현의 발화를 한시에서는 압운을 고려해서 아이를 향해 말하는 정식 어순으로 바꿔놓은 점인데, 이 때 아이를 불러들이는 부분을 한 구 전체에 배당해 도치의 효과를 대신하였다. 또 도화가 십리나 만발할 때면 솟아나는 흥취를 종장에서 '春興계워하노라' 라고 하여 막연하게 표현한 것을 '少日豪興未全衰'라 하여 적극적이고 긍정적인 뉘앙스를 첨가함으로써 한역 작가의 의식을 드러내었다. 이처럼 치환과 첨가를 통한 한시의 형상화는 원가의 분위기나 의경을 선명히 드러내는 역할을 한다.

두 작가가 원시조의 의경을 자기화하여 한역시들에서 더욱 선명하고 적극적인 태도를 이끈 것과는 대조적으로 신위의 작품에서는 시적 화자의 풍류에 찬 기백과 여유는 생략되고 봄날의 한 정경만이 푸른 물과 붉은 도화의 대비, 의성어나 의태어의 활용을 통해 두드러진다. 情보다는 景을 강조하고, 인간을 주어로 하는 문장을 事物을 주어로 하는 문장으로 환치시키는 景物化의 경향은 신위 「소악부」에 특징적인 개인의 선택적 문체장치로 설명되기도 한다.[31] 하지만 전대 한역시들과의 비교 속에서 파악한다면 이는 개성적 취향의 문제라기보다는, 인상적인 장면의 묘사를 강조하면서 이로써 촉발되는 정취는 간접화하는 한시 우위의 소악부 작가들의 공통 인식에 기반한 문제라고 본다.

---

31) 신은경(1998), 329~332면.

전대 한역시들에서 아이의 실제 개입이 <낙화유수>에서는 가상적인 백구의 비난으로 바뀐 점도 정서 표출의 소극성, 인상적 장면의 묘사에 초점을 두는 한시 우위의 한역 태도와 관련시켜 이해할 수 있다.[32] 봄날의 주관적 정취를 표현한 원시조의 주제는 한역시에서 그것을 야기한 정경의 한 지점에 고착화하면서, 몽롱한 끝맺음으로 분위기를 대신하게 되었다.

다음 작품도 시적 화자의 시선이 변화하면서 주제의 변질을 가져오는 경우이다.

白馬는 欲去長嘶ㅎ고 靑娥는 惜別牽衣로다
夕陽은 已傾西嶺이요 去路는 長亭短亭이로다
아마도 이 님의 離別은 百年 三萬六千日에 오늘 뿐인가 ㅎ노라.

#1183

欲去長嘶郞馬白　　가려고 긴 울음하는 사내의 말은 희고
挽衫惜別小娥靑　　소매잡고 석별하는 아가씨 푸르러라
夕陽冉冉銜西嶺　　지는 해 뉘엿뉘엿 서녘 마루 걸렸는데
去路長亭復短亭　　갈 길은 머나먼 역참 길, 십리요 또 오리.

「소악부」 5. 白馬靑娥

원시조의 정황은 이별 노래의 일반 분위기와는 차이가 있다. 할 수 없이 사랑하는 님을 떠나보내야만 하는 여인이 아니라, 자신을

---

32) 이런 점에서 백구가 등장하는 현전 시조의 18세기 이전 원래 모습은 아이를 청자로 설정한 것일 수 있다고 본다. 19세기 소악부 작품들의 유행과 함께 지금의 모습으로 남아있게 된 것은 아닐까 한다.

붙잡는 여인을 두고 떠나가려는 사내가 시적 화자로 설정되어 있는 것이다. '白馬', '靑娥', '夕陽', '去路'의 나열에서 보듯 사내의 심정은 자기를 둘러싼 현재의 조건들에 차례로 반응하는 것으로 비교적 담담하게 묘사된다. 가장 자신과 가까운 곳의 백마의 울음을 묘사하는 것에서 시작하여, 옷 붙들며 이별을 하소연하는 여인에게로 옮겨지던 시선은, 어느덧 서산을 넘고 있는 석양과 머나먼 갈 길을 아득히 응시하는 것으로 끝난다. 이별 상황을 이처럼 관조할 수 있는 화자라면 현재의 정황과 상관없이 이미 상대와의 인연을 정리한 상태라 할 것이므로, 종장의 진술은 가식적으로 덧보태진 군더더기에 불과하다.

그러므로 한역시에서 종장이 탈락되고 초장과 중장이 각 2구에 한역된 것은 당연해 보인다. 제1구와 제2구에서 '郎'과 '小娥'가 등장해 장면을 더욱 객관화하고, 말의 흰 빛과 여인의 푸른 나이가 대조되면서 강렬한 이미지를 형성하고 있는 점, 석양의 그윽한 재촉과 가야할 먼 길을 '冉冉'/ '長亭', '短亭' 처럼 첩어와 반복어로 구체화한 것 등은 情緖보다 景物에 강조점을 둔 소악부 시의 한역 경향을 분명히 한다. 이처럼 남성 화자의 노래가 제3자의 객관적 시선으로 변모된 점은 인정되지만, #1183 원시조가 애끓는 이별에 직면한 남성의 쓰라린 심정을 표출한 것[33]으로 한역시와는 대조를 이룬다고 보는 것은 해석상 무리이다.

혹시 #1183처럼 한문투에 허사를 개입한 후 종장을 덧붙이는 형태의 노래가 만들어지기 전에, 시적 화자의 정감을 직접 표출한 또

---

33) 신은경(1998), 330면.

다른 시조가 존재했던 것은 아닐까. 그 해답을 유사한 내용을 번역
한 다음 작품으로부터 찾아낼 수 있다.

<table>
<tr><td>征馬蕭蕭頓碧蹄</td><td>몰은 가쟈 울고</td></tr>
<tr><td>人情揮淚手重携</td><td>님은 잡고 울고</td></tr>
<tr><td></td><td>(夕陽은 재을 넘고 갈 길은 千里로다)</td></tr>
<tr><td>請君莫挽吾行往</td><td>져 님아 가는 날 잡지 말고</td></tr>
<tr><td>挽住峰頭白日西 「동구」 24.</td><td>지는 희를 잡아라.　　　　　#992</td></tr>
</table>

#992의 초장과 중장은 각각 전구와 후구 사이에 병렬을 이루어
시조 특유의 일정한 운율감을 형성하고 語意의 이중성이라는 효과
를 창출하고 있다. 이별 노래에 운율로 인한 경쾌함이 수반될 수
있는 것은, 종장에 제시된 바 시적 화자인 남성이 헤어짐의 까닭을
자기 마음이 아닌 시간에서 찾고 있는 데서 비롯한다. 곧 지는 해
에게 이별 순간의 어색함을 떠넘기고 자신은 책임을 회피하고 있
는 것이다. 권용정은 시조의 주제부가 종장에 있다고 파악해 중장
을 생략하는 대신 제3·4구에서 시적 화자의 발언을 자세히 옮겨
놓았다.

일반적인 이별 노래의 분위기나 주제와 거리가 있는 원시조의
정서를 흥미롭게 여겨 권용정은 한역을 행하였고, 그 과정에서 시
적 화자의 관점을 유지하고자 애쓴 것이다. 시조의 시구 배열 방식
이나 정감 표출 방식이 #992가 일반적이므로 이 작품이 <백마청
아>나 「동구」 작품의 원래 노래로 볼 수 있지 않나 한다. 이들이
작품 전체의 에스프리만을 좇아 정경화를 특징으로 삼는 소악부

시로 한역될 경우34)와 7언절구형으로 압축하되 원시조의 의경을 살리고 주제부를 중심으로 한역하는 경우35)로 구별되어 형상화하게 되었으며, 그 결과 이후 새로운 시조의 생산에까지 영향을 끼쳤다는 추론이 가능하다.36)

한편, 형식상 원시조의 축약과 생략이 빈번할 수밖에 없는 소악부시들에도 원시조의 사설 내용을 그대로 한시화하고 있는 작품이 존재한다.

寡信何曾瞞著麼	니 언지 無信ᄒ여 님을 언지 속엿관디
月沈無意夜經過	月沉三更에 온 쯧지 젼혀 업닉
颯然響地吾何與	秋風에 지ᄂ 닙소리야 너들 어니ᄒ리오.
原是秋風落葉多	#588

白蝴蝶汝青山去	나뷔야 青山에 가쟈
黑蝶團飛共入山	범나뷔 너도 가쟈
行行日暮花堪宿	가다가 져무러든 곳듸 드러 ᄌ고 가쟈
花薄情時葉宿還	곳에셔 푸對接ᄒ거든 닙헤셔나 ᄌ고 가쟈.
	#445

---

34) 이유원이 같은 노래를 한역한 작품에서도 이 같은 경향성이 거의 그대로 유지된다. 白馬青娥長短亭/ 夕陽欲暮掛山局/ 去路悠悠望不盡/ 把衫惜別約丁寧「가오악부」44. <沉卽歸>

35) 남구만의 한역시는 #992 작품의 종장에 나타난 남성 화자의 모습이 따스한 위로의 시선으로 변용된 예이다. "征馬嘶欲去/ 佳人啼欲留/ 夕陽落已盡/ 客歸千里悠/ 佳人且收淚/ 吾魂消幾流"「번방곡」10.
17세기 말에 이런 주제의 한역 작품이 나타났다면, 그 원시조는 남성 시적 화자의 정서를 특별한 시각에서 반영한 노래였을 개연성이 높다고 보아야 한다.

36) #992의 종장을 탈락시키고 주제를 변용한 소악부 계열 작품이 널리 회자된 후, 다시 그런 주제의 노래에 종장을 덧붙인 #1183 유형이 생산되었다는 창작상의 시간적 편차를 상정할 수 있다.

두 편 모두 신위의 「소악부」 작품이다. 한역시의 제목도 각각 <響屧疑>, <蝴蝶靑山去>라고 붙여 시조의 분위기와 첫 구절을 살리려고 노력하였다. 위의 시는 종장을 제3구와 제4구로, 아래 작품은 제1구와 제2구에 초장을 배당해 처리한 형태로 소악부 한역 방식의 가장 일반적인 예들인 셈이다. 시조의 3단 구성 방식상 종장이 전체 내용을 수렴, 함축함으로써 주제로 귀결시키는 경우가 많으므로, 종장 강조형이 한역시에서도 압도적이어야 할 것 같지만 실제 소악부 작품들의 한역 방식은 양쪽이 비슷하게 분포되며, 특정 작가의 경우 초장 강조형이 우세한 경우도 있다.37) 이것은 앞서 지적했듯이 시조를 옮기면서 인상 깊은 광경의 포착, 정밀하고 섬세한 정경화의 성취에 몰두한 결과, 광경으로 촉발된 정취의 표출에 집중된 주제부로서의 종장을 생략해버리는 경우가 흔하기 때문이다.

두 작품은 소악부 시들 가운데 시조의 시상 전개 방식이나 어휘를 가급적 수용하면서 한시화하고 있다. 그런데 시조를 그대로 옮기려는 의도가 전제되면서 번역 후의 작품은 한시로서의 절제된 함축미나 시조의 은밀한 안타까움의 정감을 어느 쪽도 제대로 구현해내지 못하고 있다. 시조의 중·종장은 님이 오기만을 애타게 기다리는 시적 화자가 낙엽 떨어지는 소리조차 님의 기척인가 하여 귀기울여보다가 이내 더욱 처량해진 아쉬운 심정을 "너들 어니흐리오"라는 역설적 표현으로 자위함으로써 공감을 불러일으킨다. <향섭의> 제2구는 중장의 시간적 경과를 '月沈', '無意'로 그대로 옮기

---

37) 황위주(1983), 52면. 소악부 작가들의 작품 분석 결과 이유승은 전체 11수 한역시 가운데 초장→1·2구형이 9수로 초장 강조형을 주된 한역 방식으로 삼고 있다.

는 듯하더니, 종장을 "쓸쓸히 땅에 울리는 소리 낸들 어찌 하리오(颯然響地吾何與)/ 원래 가을바람에 낙엽이 많아 그런 것을(原是秋風落葉多)."이라는 평면적인 서술형 진술로 끝내고 말았다.

한역 과정상 도치의 기법을 활용하여 종장의 외로움을 수렴하고자 했음에도 외로움이 고조된 원시조의 심정을 담을 수 없었음은 물론, 한시다운 함축과 言外之意조차 결여할 수밖에 없었던 것은 어떤 까닭인가. 여기서 한역시에 사용된 서술적 문투와 불필요한 어휘의 첨가를 발견하게 된다. 마지막 구의 '原是'나 첫구의 '何曾' 등은 집약적·함축적 표현이 필수적인 7언절구에는 어울리지 않는 느슨한 서술적 문체이며, '著', '麽', '與' 등의 어휘도 시어로서는 구실이 미흡한 불필요한 것이다. 이는 이미지 연결에 의한 함축적인 한시 조사방식이 필요한 7언절구 형식을 서술적 문체의 시조한역에 도입했기에 빚어진 불가피한 결과라고도 하겠다. 전대 한역시의 경우와 비교 고찰하면 이 견해가 더욱 설득력 있게 들린다.[38]

<호접청산거>는 시조의 의미 전개 과정을 한층 충실히 따르고 있는 경우이다. 한시의 통사 구조 또한 시조의 우리말 어순을 그대로여서 한역시의 해석이 따로 필요하지 않을 정도이다. 물론 문체 면에서 시조에 구현된 청유형 종결어미를 한역시에서는 제대로 표현할 수 없어서 종결방식의 변질을 야기할 수 있다고 지적하기도

---

38) 같은 시를 한역한 이전 작품은 다음과 같다.
　　이민성 「俚歌」 1. "我來豈無信/ 月沉夜三更/ 秋風自落葉/ 非我惱君情."
　　남구만 「번방곡」 8. "何曾妾無信/ 乃與君相欺/ 深夜遠來意/ 而君諒不知/ 鳴風落葉本無情/ 渠自爲聲妾何爲."

한다.39) 즉 제1구를 예로 든다면 '흰나비야 너는 청산으로 가고 있느냐?'라는 의문형으로도, '~청산으로 가고 있구나[가고 있다]'와 같은 감탄형·평서형으로도 해석될 수 있어서 한역 과정상 어조의 차이를 유발하는 근본 요인이 된다는 것이다. 기실 시조와 한시를 텍스트내적으로 단독 분석할 때는 그러한 차이를 우려할 수도 있다. 하지만 시조의 한시화가 가능하게 된 사회적·시대적 조건 아래서 파악할 경우 한역시가 애매모호성이 풍부한 텍스트로서 다양하게 해석될 가능성은 적다. 왜냐하면 「소악부」 제작 자체가 국문시가의 확장과 시조의 광범위한 유행이라는 당대 영향력 아래서 가능했기 때문이다.

신위 「소악부」가 한역 대상으로 戀情類를 다수 취택한 점은 19세기 시조한역의 특징인데, 유사 작품군 안에서도 정감의 표현이 곡진하고, 한시에 드문 기발하고 참신한 표현이 돋보이며, 공감할 만한 보편 정서를 살뜰히 끌어낸 애정노래의 대표격 시조들만을 골라낸 감식안에 대하여 그의 시인으로서의 능력을 인정할 만하다. 이후 소악부 작가들은 물론 시조 관련 인사들에게 끼친 지속적 영향력의 근거는 이와 관련된다.

그가 이들 사랑 노래들을 한역 대상으로 삼을 때 시조의 노랫말은 당대 시조 및 한시 담당층에게는 널리 알려진 것으로서, '호접청산거'라는 제목만으로 이미 노래의 전체 분위기까지 전달되는 상황이었을 것이다. 따라서 「소악부」는 기록성의 차원에서 시도되었다고 볼 수는 없으며 「소악부서」에서 제시한 바 고려 말 이제현을 전

---

39) 신은경(1998), 324면.

범으로 삼아 시경 이래로의 '채시관풍'의 시정신을 자기 시대에 구
현해 본 결과물로 보아야 한다. 한역 과정에서 한시로서의 완성도
에 초점을 맞추어 시조의 의경을 상당 부분 훼손하는 일이 용인되
고, 시조 의미 전개를 따르려다 한시다운 기능을 발휘하지 못하게
되는 경우도 가능했던 것은 이처럼 기록자로서의 의식이나 시조
연행의 전승자로서의 사명감으로부터 자유로웠기 때문이다.

이 작품에서는 원시조를 그대로 수용하면서 한시 절구가 지닌
정연한 기승전결의 전개 양상을 염두에 두지 않았다. 起句의 정서
를 부연 확장하는 承句의 역할은, 초장을 나누어 한역한 제1·2구
에서 발견되지 않는다. 특히 중장을 직역한 제3구는 앞부분의 정
서를 새롭게 전환시키는 轉句와는 거리가 멀고, 제4구도 結句로서
의 마무리는 아니다. 원시조의 평이한 의미 전개 방식을 단지 7언
절구라는 형식을 차용하여 옮겨 놓았을 뿐 절구에 요구되는 제약
성은 의식하지 않았다. 하지만 이렇게 생산된 한역시도 시조와 동
일한 의미 연결 구조를 지니지는 못하며 시조에서 느껴지는 음률
의 포착도 당연히 불가능하다.[40]

한편, 전대에는 잘 보이지 않던 작품이 이 시기 한역 작가들에
의해 집중적으로 한역되고 있는 경우가 있어 눈길을 끈다. 이런 작
품들은 노래를 통한 시대적 의미는 물론 19세기 시조 향유와 전승
등 연행의 측면을 간접적으로 파악할 수 있는 자료들이다.

　　　百草룰 다 심어도 디는 아니 심으리라

---

40) 권용정의 한역시도 마찬가지이다. "黃蝶悠揚白蝶翩/ 靑山日暮向花邊/ 此去若邊
　　 花冷淡/ 葉間下處不宜眠。"「동구」, 5.

졋더는 울고 살더는 가고 그리느니 붓더로다

구트나 울고 가고 그리는 더롤 심어 무슴 흐리오.

#1213[靑六 414]

人間百世皆堪種　　惟竹生憎種不亥

箭往不來長笛怨　　最難畵出筆相思

「소악부」8. 竹謎

百草之中不種竹　　篴鳴箭去筆塗鴉

之鳴之去之塗煞　　樹有相思謾自嗟

「가오악부」41) 5. 竹枝

百艸人間總可栽　　寂中竹樹不宜培

箭去笛鳴兼筆畵　　何修此竹栽培哉

『교방가요』86.

　원시조 아래 한역시는 차례로 신위, 이유원, 정현석의 작이다. 원시조는 님과 이별하고 그리워하는 일의 어려움을 표현하면서 대나무를 소재로 삼았다. 대나무로 만든 화살, 피리, 붓의 속성이 모두 別恨의 심정을 나타내는 우리말과 語意上 동일하므로 아예 근원을 없애겠다는 것이다. 우리말 서술어가 지닌 어의의 이중성을 활용한 참신한 발상으로 시조로는 흥미롭게 노래되었을 법한 내용이다. 시조의 음악적 연행이 활발해진 19세기 들어 이 작품이 널리 불린 정황은 거듭 한역된 이들 한역시의 존재가 증명하

---

41) 신위의 「소악부」와 구별하기 위해 이유원의 소악부를 「가오악부」로 지칭한다.

고 있다.

그런데 이 유행시를 옮기는 과정에서 과연 우리말 고유의 정서적 효과를 그대로 살리는 것이 가능했을까.

시조의 핵심어는 '가다', '울다', '그리다' 인데, 한역 과정에서 각각 '往/去', '怨/鳴', '畵/塗'로 표현되었다. 이 가운데 한 번 떠나면 다시 돌아올 수 없는 화살의 속성을 '往不來'로, 내 뜻과 상관없이 떠난 님을 향하여 長笛이 구슬프게 우는 상황을 '怨'이라 표현한 것은 그 본래의 뜻을 살려 어휘를 선택하려고 고심한 흔적을 보여준다. 그럼에도 불구하고 시조 본래의 어감이 주는 재미는 살아나지 못한다. 오히려 '去', '鳴', '畵'처럼 쉽고 뜻이 단일한 용어가 효과적인 것 같다. 가장 후대에 이루어진 정현석의 한역은 앞선 작가들의 오류를 수정, 반영한 결과라 하겠다. 노래로 자주 불릴 수 있었던 첫째 조건은 서술어의 단순한 우연성, 우연적 일치로부터 오는 쾌감과 흥미 자체였을 것이다.42)

이 노래가 지속적으로 유행할 수 있었던 다른 조건으로 '대나무'로 상징되는 관습적 이념으로부터의 탈피를 들 수 있다. 중세 유교이념 아래서 사대부들에게 대나무는 절개와 지조의 상징, 선비다움의 표상이었으며, 그런 관점에서 대나무를 사대부 자신과 동일시하며 찬양한 시조들도 많이 존재한다. 이 작품은 '푸름'이나 '不屈'의 대상이 아닌 일상의 필수적인 갖은 사물의 재료로서 대나무를 새롭게 바라보면서, 관습적 이념을 가볍게 뛰어 넘는다. 추상화된 관념을 걷어내고 실제적 활용성을 주목하자마자 저 높이 경외

---

42) 『교방가요』에서도 이 작품은 연행 과정상 흥겨운 분위기가 고조된 지점에 부르는 '弄' 악곡 아래 편성되어 있다.

롭기만 하던 대나무는 가까이 할 만하지 않은 사물로 전화하고 만
것이다. 이처럼 이행기 후반에 나타난 관념의 해체, 실용적 관점의
개재로 인해 이 노래는 유행 곡목화하게 되고, 번역상의 여러 가지
어려움과 직면하면서도 한역을 거듭하게 된 것이다.

金絲烏竹紫葡萄　　금사오죽에 자줏빛 포도
雙牧丹叢一杖蕉　　쌍모란 떨기 속의 한 그루 파초
影落紗窓荷葉盞　　그림자 진 사창 아래 연잎 술잔
意中人對月中宵　　마음 맞는 이와 마주한 환한 달밤.

「소악부」 1. 人月圓

신위 「소악부」에 맨처음 등장하는 이 작품은 현전 가집의 어디
에서도 원시조를 찾을 수 없다. 이본 가운데 대표자료인 「가람본
소악부」에서 작품 번호 아래 부기해 놓은 원시조 작품을 통해서만
그 모습을 알 수 있을 뿐이다. 여기 실린 원시조는 "금사오죽 모란
반초와 연포도 하국미화를/ 사창 전 넓은 뜰에 여긔 저긔 심어 두
고/ 동자야 어항에 고인 술 걸너라 취하도록 먹으리라"이다. 초장
은 온갖 호사스런 화초들을 나열하고 있는데, 한역시 제1·2구에
서 이들을 충실히 옮기되 오히려 '紫葡萄', '雙牧丹', '一杖蕉' 등으
로 빛깔과 숫자를 더해 구체화하고 있다. 중장과 종장에 사용된
'(화초를) 심는' 행위나 '(술) 거르는' 동작은 한역 과정에서 숨겨지
고, 그림자 어린 창 아래 환한 달밤 연잎 모양 술잔을 마주한 사람
의 모습에 이르기까지 시간을 거세당한 인상적 형상만이 도드라진
다. 한역시를 감상하면서 제1구로부터 제4구에 이르러 술잔 든 이

와 환한 달을 동시에 클로즈업하기까지 마치 정지된 영화의 한 장면 혹은 색채 화려한 한 폭의 정물화를 차례로 훑어가는 인상을 받는다.

　이처럼 서술어를 배제한 채 색채와 형용의 절묘한 대비를 극대화하는 수법은 이미지의 연결을 위주로 하는 절구시의 특장을 살린 것으로, 구체적인 서술어의 제시를 통해 초장→중장→종장으로의 장면 전환을 유도하면서 고양된 정취에 공감하도록 하는 시조의 방식과는 사뭇 대조적이다. 초장과 중장은 배경을 형성할 뿐 시조 종장에서 취락이라는 주제를 제시하였는데도, 한역시는 '意中人'과 '月中宵'를 대응시켜 술잔 든 이의 홍취를 밤에 빛나는 환한 달빛과 등치하는 정도에서 끝내고 있다. <인월원> 속에 등장하는 사람과 그의 정서는 달빛과 한가지로 장면을 구성하는 사물로 화할 따름이다. 극단적인 景物化를 보인 이 작품을 「소악부」 첫 작품으로 배치했다는 것은 신위 시조한역시의 지향이 어디에 있었는지를 분명히 보여준다.43)

黃山谷裏蕩春光　　李白花枝手折將
五柳村尋陶令宅　　葛巾漉酒雨浪浪　　　　　「소악부」26. 冶春

黃山谷裡好春時　　李白花枝手折持

---

43) 이 작품은 권용정에 의해서만 한 차례 다시 한역되었다. 소악부 계열 작가들에게서도 다시 시도된 적 없는 작품을 「동구」에서 수용한 점은 권용정이 소악부를 표방하지는 않았지만 신위의 한역을 참조했을 가능성을 강하게 시사한다. 그의 한역시를 제시한다. "金絲烏竹玉英梅/ 窓外閑庭處處栽/ 待得情人携酒至/ 今宵玩月共含杯."「동구」3.

五柳村前訪陶令　　　葛巾漉酒雨聲疑　　　　　　　『교방가요』 51.

黃山谷 도라 드러 李白花를 것거 들고
陶淵明 츠즈랴고 五柳村에 드러가니
葛巾에 슐 듯는 소리 細雨聲인가 ᄒᆞ노라.　　　　　　　#3297

　원시조에 등장하는 명사어들에서 짐작되듯 이백과 도연명을 호명하면서 도가적 취흥을 주제로 삼은 이 작품은 유사 주제를 지닌 작품군 내에서도 상당히 관념적인 편에 속한다. 비슷한 시기 이유원과 권용정도 같은 작품을 한역하였다.[44) 각각 19세기 초반과 후반에 한역되어 약 40여 년 상거가 있는 신위와 정현석의 두 작품도 몇몇 단어를 유사어로 교체한 점만 빼면 거의 같은 작품이라 할 만하다. 이로부터 19세기 내내 #3297 원시조가 가감 없이 지속적으로 활발히 연행되었던 사정을 짐작할 수 있다.

　실제로 원시조 수록 현황을 살펴보자. 이 노래는 異形態를 포함, 모두 28종 가집에 수록되었는데, 해당 가집은 『瓶窩歌曲集』, 『六堂本 靑丘永言』을 비롯해 예외 없이 19세기 이후에 편찬된 것들이다.[45) 그렇다면 이런 노래가 연행 현장에서 유행 레퍼토리로 정착할 만큼 19세기의 미의식을 일면 반영하고 있다고 해석할 수 있다. 중세적 관념의 해체나, 기발하고 참신한 발상의 추ㅅ와 또 다른 이 시기 한편에 관념적이고 도가적인 분위기의 모방의식이 자리하고 있었다는 점에서 흥미롭다.

---

44) 「가오악부」 33. <憶秦娥> 및 「동구」 33.
45) 심재완(1972), 1207∼1208면.

그 밖에 앞선 시기 시조한역 작품들과 비교할 때 주제상 특이한 점을 보이는 것으로는 "千歲를 누리소셔 萬歲를 누리소셔…"로 시작되는 노골적인 頌祝 노래[#2773]의 한역인 「소악부」 25. <祝聖壽>46) 작품이다. 불가능한 상황을 설정하여 소망을 기대하는 비유법은 오랜 연원을 갖는 것이지만, 한역시의 경향으로 표출된 것은 이 시기 시조 향유의 달라진 분위기를 반영하고 있다고 짐작된다.

또 한시현토형에 가까운 시조를 한역한 "釋子相逢無別語/ 關東風景也如許/ 明沙十里海棠花/ 兩兩白鷗飛小雨"[소악부 39. 十洲佳處]47) 또한 정현석의 『교방가요』에 다시 한역되어 있어서 시조한역과 나란히 이 시기 특징적인 현상으로 나타난 시조의 한시화 작업들과 견주어 그 상관관계를 살필 만하다. 이상 제시한 작품 이외에 특별히 19세기 한역 작가들에게 선택되어 거듭 한역된 시조로는 "간밤에 부던 ᄇᆞ롬…"(#67 ― 「소악부」 3, 「가오악부」 11, 『교방가요』 34), "金爐에 香盡ᄒᆞ고…"(#375 ― 「소악부」 35, 「가오악부」 3, 『교방가요』 14), "綠草淸江上에…"(#652 ― 「소악부」 24, 「가오악부」 29, 『교방가요』 60), "長生術 거즛말이…"(#2513 ― 「동구」 30, 「가오악부」 28, 『교방가요』 72) 등이 있다. 이들 한역시의 존재는 적어도 당대에는 원시조가 특별히 유행곡목으로 자리 잡았던 사정을 말해주며, 이들 노래의 분위기와 성향들로부터 19세기 시조연

---

46) "千千萬萬萬千千/ 又享千千萬萬年/ 鐵柱開花花結子/ 殷紅子熟獻宮筵." 이유원의 「가오악부」 마지막 작품인 <南山壽> 또한 해당 원시조가 밝혀지지는 않았지만, 한역시의 내용상 이 유형의 작품으로 판단된다.

47) 해당 원시조는 다음 작품이다. "뭇노라 져 禪師야 關東風景 엇더터니/ 明沙十里에 海棠花 불거 잇고/ 遠浦에 兩兩白鷗ᄂᆞᆫ 飛小雨를 ᄒᆞ더라." #1097.

행 현장의 성격 및 경향성을 가늠해 볼 수 있을 것이다.

앞 장에서 이미 고찰한 바 권용정의 「동구」에는 평시조만이 아니라 사설시조, 잡가, 가사 등 갈래가 다른 한역시 작품도 있어서, 그의 한역의 지향을 시사한다. 7언절구 형식을 택하여 한시화 자체에 관심한 소악부 계열 작가들과는 달리 권용정은 당대의 유행 노래를 고루 수용하려는 의식을 지녔다. 하지만 각각의 갈래에 걸맞는 새로운 한역 형식의 모색은 회피하여 자신의 새로운 관심사나 한역 의식을 적극적으로 구현하지는 못하였다. 이 점에서 그의 작업은 일찍이 이형상이 개인적 한시화는 5언6구의 정제된 시형식의 「호파구」를 통해서, 「금속행용가곡」에서는 사설시조를 포함 곡조별로 분류한 당대의 연행 노래를 보다 자유로운 한역 형식으로 실험했던 시도와 여러 모로 비교된다. 황윤석이나 홍양호가 장단구형을 써서 한역 과정을 통해 시조에는 없던 새로운 의미를 창출하고 한시다운 확충을 보인 전례를 돌아보더라도 19세기 한역 작가들의 작업은 치열한 시정신으로부터 멀어져 있는 것이다.

한편 또 다른 소악부 계열 작가들인 이유승과 원세순은 자하소악부 및 가오소악부의 원시조 작품과 중복되는 것을 거의 한역 대상으로 삼지 않았다. 그 점에 대해서는 노래의 연행 현장에 이들이 직접 참여할 기회가 적어서 유행 곡목을 반영하기보다는 개인적인 감식안에 의해 한역을 진행했을 가능성과, 달리 이미 하나의 양식화한 '소악부' 갈래를 인정하고 그 범주를 확장하려는 의도 하에 속편 격인 자신들의 한역 작품은 새로운 노래들로 구성했을 가능성이 모두 존재한다. 양쪽 모두 개연성은 인정되지만, 음악과 문학의 관계나 시조 연행의 19세기 현황을 고려할 때 후자의 목적성이 더 실제에 부합하리라 생각된다.

정현석은 『교방가요』에 총 100여 수의 시조 작품을 한역하였는데, 이 가운데 사설시조를 한역한 것이 20여 수 이상이다. 남녀 사이의 사랑과 이별을 다룬 戀情類가 주된 내용이며, 이들을 한역할 때에도 대부분 7언절구 형식을 그대로 사용하였다. 자유형은 전체 작품 중 10여 수 남짓으로, 7언절구형으로는 도저히 원시조의 시적 전개의 묘미나 어감을 충족할 수 없는 일부 사설시조들의 한역시이다.

今日暮 暮則曉 曉則君去
君去則不見 不見則思 思應生病 生病則不生
若知生病 不生則 宿而去   『교방가요』 96.

오늘도 져무러지게 져믈면은 새리로다 새면 이 님 가리로다
가면 못 보려니 못 보면 그리려니 그리면 病들려니 病곳 들면 못 살리로다
病드러 못 살 줄 알면서 자고 간들 엇더리.   #2054[진청506]

원시조는 결국 사랑하는 대상을 향한, 오늘밤 함께 하고 싶다는 강력한 전언이다. 이 단순한 메시지를 전달하고자 시적 화자는 가정된 상황 속에 연쇄법을 적용하여 꼬리를 물고 이어지는 두려움을 표현하고 그 유일한 해결책을 상대와의 하룻밤 시간으로 던져놓아 상대로 하여금 거부할 수 없게 만든다. 초·중장의 기법을 한

역 작품에서도 동일 글자를 겹치는 방식으로 연속 처리함으로써 노래의 효과를 최대한 살리려 하였는데, 이를 한시화 작품으로 받아들이기는 어렵다.

한역 과정상의 더 극단적인 파격은 대응 한자를 찾을 수 없는 우리말의 순수한 고유어들을 한역을 통하지 않고 과감히 그대로 노출시킨 작품에서 찾아진다. 해당 작품은 "모시를 이리저리 삼아……"로 시작되는 끊어진 모시를 잇듯이 사랑도 이어가리라는 내용을 담은 사설시조[#1036]로, 그 중장 "丹脣皓齒로 홈빨고 감빨아서 纖纖玉手로 두 끗셜 한 데 자바 바비처 니으리라 저 모시를"이 "丹脣皓齒 홈嗛甘嗛 纖纖玉手 執兩端 바비처 續彼苧"[『교방가요』 97.]로 한역된 것이다. '홈빨고 감빨아서'는 '입으로 겹쳐 물고 홈치듯 빨고 감아 빨아서' 곧 탐스럽게 빨아대는 모양을 가리키는데, 한자어로는 '홈'의 의미와 음가를 제대로 전달할 수 없다고 판단한 탓인지 그대로 노출시켰다. '감아 빨다'의 '감'은 음차한 '甘'을 사용했지만 '홈'은 그런 임시변통조차 가능하지 않았던 것이다. '바비처'는 '손바닥으로 비벼'라는 뜻인데 이 또한 한자어들 사이에 우리말 그대로 섞어 사용되었다.

19세기 들어 이미 시조한역의 표준형으로 정착한 7언절구 형식을 『교방가요』에서 자연스럽게 수용하면서도 시적 구성이나 표현면에서 특색을 보이는 사설시조들을 고민 없이 처리할 수는 없었고, 그러한 모색의 결과 파격적인 형태까지 나타나게 된 것이다.[48] 달리 말하면 그러한 자유로운 한역 방식이 가능해졌을 만큼 사설

---

48) 동일 사설시조를 한역한 권용정 작품은 7언절구 한시형으로 대조적이다. 「동구」 23.

시조가 보편화하였고, 그 노랫말도 익숙한 시대로 접어들었다고도
하겠다.

이 지점에서 『교방가요』의 의의를 다시 한 번 점검하는 것이 필요
하다. 자료의 성격상 정제된 완결판은 아님에도 국문 가집 편찬이
이미 보편화한 시대에 한역 방법을 통해 가집의 체제를 갖춘 기록
물을 남기려 한 편찬 의도는 무엇일까. 가집 편찬이 이루어지기 이
전에 노래의 체계적 기록을 염두에 둔 이형상의 「금속행용가곡」과
는 또다른 의식이 『교방가요』 편찬에 개재하고 있을 터이다.

일단은 중앙의 산물일 수밖에 없는 가집이나 가단과는 그 성향
을 본질적으로 달리하는 지방 교방 중심의 공연문화예술을 집중
조명하고 재구하려 한 것 자체를 평가해야 한다. 가집으로서의 온
전한 체제를 염두에 두고 악조 위주로 최대한 연행 현장의 실상을
반영하려 하였으며, 실제 작품 배열과 한역 과정에서도 악조를 바
탕으로 하고 있다. 국문으로 된 다양한 문화적 산물을 『교방가요』
내에서 교직한 흔적이 발견되며, 한역 과정에서 한시화에 치중하
여 한시 양식의 완성도를 높이려는 의식보다는 노래의 분위기, 시
조다운 표현 등을 살리는 것에도 관심을 가졌다. 19세기의 편찬자
에게 7언절구 형식의 선택은 불가피한 것이겠으나, 그 한역 의도
는 이처럼 소악부시들과는 다른 데 있었던 것이다.

그러한 시각에서 『교방가요』 및 그 속의 시조한역 작품의 의미
를 설명해야 하며, 19세기 후반에 노래를 왜 한문 기록으로 옮겨야
했는가는 여전히 우리가 대답해야 할 중요한 의문거리이다. 이러
한 궁금증들을 시대적 조건과 이전 한역들과의 통시적 조망 속에

서 해결해 가면서 19세기 시조한역 경향들의 의미를 다음 장에서 평가해 보기로 하자.

4. 19세기 시조한역의 시조사적 의미

시조를 한시라는 또 하나의 표현체계로 바꾸어 놓는 재현의 방식에 충실하면서 당대 흥미로운 문학적 현상에 관심을 표하는 수준에서 출발한 시조한역은, 한때의 제한된 작업으로 끝나지 않고 지속되면서 각각 자기 시대의 문화적 경향을 반영하는 산물로 성격을 변모해 왔다. 각 시기마다 대두한 시조한역의 특징적 성격들을 추출해 내고, 이를 시조한역의 지속적 전개 과정 속에서 통시적으로 조망해 보는 일은 궁극적으로 시조사의 복원에 기여할 수 있다는 점에서 의의를 지닌다. 본 장은 시조한역의 19세기적 현상이라고 일컬을 만한 요소들과 그 의미를 시대적 제조건들과 관련하여 정리해 본 다음, 시조한역의 전체 양상에 비추어 다시 점검해야 할 문제를 되짚어 시조사의 해결되지 않은 영역에 다가서기 위해 마련되었다.

소악부 계열 작품 및 권용정과 정현석의 시조한역 작품을 고찰한 결과 시조한역의 19세기적 현상으로 제기할 만한 것은 다음 몇 가지이다.

첫째, 19세기에 시조한역은 형식면에서 7언절구형으로 거의 단일화되어 양식화하였다. 시조의 한시화를 중국 이래로의 한시 전통에 비추어 합리화하면서 '소악부'의 재현을 표방한 소악부 계열 작가들에 의해 되풀이된 한역 방식은, 한역의 의도와 목적을 달리하는 권용정이나 정현석에게도 수용되었다. 특히 「동구」에는 가창가사와 잡가류 등 당시 연행 현장에서 즐겨 불리던 여타 국문 노래의 한역 작품도 몇 편 포함되었는데, 권용정은 노랫말의 길이와 정조 면에서 평시조보다 훨씬 장형화되고 유장한 이들 작품을 한역하는 데도 7언절구 형식을 고수하였다. 정현석이 일부 사설시조 등을 한역할 때 파격에 가까운 근체시로부터의 일탈을 보여주기도 했으나 그것은 거의 축자역에 가까운 번역 형태로서 또 다른 한시형의 창출과는 거리가 멀다.

초기 한역을 제외하고, 중기 1기에 이형상이나 남구만이 전체 5언6구 형식 내지 초·중장을 5언4구에, 종장은 7언2구에 배당하는 방식을 어느 정도 양식화하고자 시도했지만 정착하지 못했고, 다음 시기에 와서 황윤석과 홍양호 등이 시조의 곡진한 정감과 자유로운 의경 표출을 한역의 요체로 삼게 되면서 齊言體 형식을 버리고 과감히 장단구 형식을 실험했던 점과 견주면, 한역시의 양식화라는 측면에서 19세기는 괄목할 만한 진전을 보인 셈이다. 표현 면에서는 사물의 인상적 포착과 경물화, 대구의 세련에 대한 지나친 강조 등으로 외형에 몰두하는 경향을 보인다.

둘째, 한역의 대상이 된 시조의 내용 및 생산 작품들의 주제는 戀情과 嘆老, 醉樂 등 인간 보편의 정서와 일시적 유흥을 유도하는 것에 집중되어 있다. 물론 이들이 정감을 중시하는 시조의 가장 오랜 주제임은 의심할 나위가 없다. 그럼에도 시조 연행 현장의 실상을 반영한 「동구」와 『교방가요』는 물론 소악부 계열까지 연정취락이 거의 대부분 작품의 주제인 점은 분명 이 시기의 특징적 현상이다. 시조가 실제 노래 불리던 유흥 공간의 특수성 때문만이 아니라 일반적으로 사람들에게 널리 회자될 수 있었던 조건 또한 시조의 성격이 이처럼 감성적이고 도피적인 취향을 드러내는 점에 있다면, 시대적 분위기의 영향이라고 평가할 수밖에 없다.

다른 관점에서 보자면, 18세기 중엽 이후 평민층의 문학 참여가 확대되고 사설시조의 유행과 더불어 남녀 간의 애정과 別恨을 노래하는 것이 이미 노골화되었던 시기에도 황윤석과 홍양호의 한역 대상 시조가 江湖와 忠君, 세태반영 내용을 주로 하고 연정취락류는 제한적으로 존재한 점을 상기하면, 한역 작가의 의식과 의도를 어느 정도 드러내는 것이라고도 판단된다.

한역시에서 내용을 함축적으로 제시하는 제목 부여 방식도 특징적이다. 일찍이 이형상과 홍양호도 원시조의 첫 구를 따거나 주제에 해당하는 제목을 붙인 적이 있다. 그런데 소악부 계열 시들에서는 <滿庭芳>, <更漏子>, <憶秦娥>처럼 아예 중국 詞의 제목을 그대로 들여와 자신의 시조한역시에 붙인다든지, 사패명과 동일하지는 않더라도 대단히 흡사한 방식을 고수한다. 그들의 시조 한시화의 지향이 어디에 있었는가를 충분히 짐작하게 해 주는 대목이다. 「동구」와 『교방가요』는 노래로서의 연행 상황과 음악적 측면을 중시한 탓인지 악조명은 내세우되 제목은 표기하지 않았다.

셋째, 한역의 의도와 목적, 그리고 한역시의 역할 면에서 19세기는 전대 혹은 한역시의 일반 경향과 확연하게 구별된다. 위에서 살핀 것처럼, 이 시기 한역은 크게 소악부 계열과 「동구」 및 『교방가요』의 두 계열로 구분된다. 한쪽은 시조를 한역의 대상으로 삼되 한시화한 결과물에 관한 한 온전한 한시로서의 형상화에 치중한 반면, 다른 쪽은 연행물로서 시조를 수용하여 유흥 현장의 전반적 분위기를 전달하고 음악적으로 체계화하려는 데 중점을 두었다. 이처럼 시조의 한역의 목적과 의도는 19세기에 와서 전대와는 달라졌으며, 구체적 한역 과정에서도 차이를 드러낼 수밖에 없었다. 감탄사나 의성어, 의태어의 적절한 구사, 어미의 느낌을 최대한 살린 어조 구사 등으로 시조의 정감을 곡진하게 전달하고자 했던 바로 전대 18세기 중·후반의 한역 경향과는 대조적이며, 그 이전 시기 한역 작가들과 비교해도 시조 자체에 비중을 두는 경우는 찾기 어렵다. 따라서 시조한역의 전개 과정에서 보면 소악부를 비롯한 19세기 한역시는 시조내용의 충실한 번역으로는 볼 수 없고, 작가들의 한역 태도 역시 전대와는 전혀 별개의 목적성을 염두에 둔 것이라고 하겠다.

이처럼 한역의 목적이 분명해지면서 원시조의 주제를 변용하거나 특정 사설을 취택하여 임의로 재창작화하는 경우도 생겨나게 되었다. 丙子胡亂 때 鳳林大君의 노래로 잘 알려져 있는 "靑石嶺 지나거냐……"(#2875)의 종장 "뉘라셔 내 行色 그려내여 님 겨신듸 드릴고"를 「동구」 29.는 "어느 누가 이 행색 그려내어(誰能畵出此行色)/ 규방에 전하여 자세히 보게 할까(寄與閨人仔細看)"로 번역하여 원시조의 성격을 남녀 간의 사랑 노래로 바꾸어 놓았다. 이 시조의 이전 한역 작품들에서 '님'은 '君'이나 '美人' 등으로 임금인 것이 명시되었고 시조 창작의 배경이 워낙 잘 알려진 작품이므로,

권용정의 변개는 의도적인 것으로 보인다. 전통적인 충절을 읊은 임금에 대한 노래조차 이 시기에 오면 성격을 바꾸어 향유하는 것이 가능해졌음을 알 수 있다. 또『교방가요』에는 이방원과 정몽주의 화답 시조로 널리 알려진 '하여가'의 초 · 중장 일부와 '단심가'의 중 · 종장만을 따서 4구를 이룬 새로운 7언절구형 창작 한역시도 존재한다.49) 유교적 충절과 이념의 표상으로서의 상징성 때문에 유행할 수 있었던 시조들조차 임의로 변용할 수 있으리만치 이 시기 시조는 대중화 혹은 통속화의 늪으로 침윤되고 있었던 것이다.

논의가 이만큼 이끌어진 즈음에서, 19세기의 시조한역이 갖는 성격을 시조한역의 전개 과정 내지 시조사와 관련시켜 의미화할 수 있는 쪽으로 방향을 돌려보자.

우선, 전대와 비교할 때 19세기 시조한역 작가들에서 가장 주목되는 것은 상호간의 영향 관계이다. 19세기 내내 한역시의 표준형이 된 절구형의 존재가 증명하듯 이들 한역 작가들 사이의 소통 가능성은 매우 높다. 또 신위「소악부」에서 유일하게 한역된 작품이「동구」에 올라있기도 하고, 특정 작품을 한역한 신위와 정현석의 두 작품이 어휘 및 시적 구성 면에서 흡사한 경우도 있어 이들 사이의 소통 가능성과 영향력을 충분히 짐작할 수 있다. 이 형식적 안정성과 지속성이야말로 19세기 한역시가 가장 크게 달라진 점이며, 일찍부터 한문학권에서 눈길을 끌 수 있었던 중요한 이유이기

---

49) "萬樹山中葛藟生　만수산 속 칡넝쿨 자라나서
　　相縈交結復縱橫　서로 얽히고 설켜 다시 이리저리 뒤섞였네.
　　縱敎白骨爲塵土　비록 백골이 진토가 된다 하더라도
　　一片丹心肯變更　일편단심을 어찌 바꾸어 고치리오."　　　　　『교방가요』81.

도 하다. 그렇다면 이들이 전대 한역 작가들의 한역시나 한역 태도
를 의식하고 있었을 가능성은 없을까.

소악부 서문이나 『교방가요』 서문에서 한결같이 시경 이래로의
'採詩觀風' 시정신을 자신들의 시조한역의 근거로 내세우면서 이
제현의 작업을 전범으로 삼고 있으나, 자신이 시조를 한역한 전후
시기의 동일 작업에 대해서는 언급된 적이 없다. 소악부 계열 작가
들 경우만 신위의 작업을 계승하겠다는 의도를 밝히고 있을 따름
이다. 시조의 연행이 보편화하고 국문시가와 한시 간의 접점이 여
러 측면에서 부각되던 당대의 분위기에서도 18세기 이전의 시조한
역에 대해서는 전혀 수소문할 수 없었던 것일까. 더구나 같은 사대
부 문인으로 이형상이나 홍양호처럼 중앙 관계에 진출하여 상당한
지위와 문명을 얻은 인물의 선례에 통할 수 있는 길이란 차단된
상태였을까.

소악부 작가들이 서문을 통해 밝힌 바를 분석한다면 이들은 전
대의 한역 작업을 접할 기회가 없었다기보다는 그것을 자기 시대
에 자신들의 처지에서 계승할 만한 것으로 받아들이려고 하지 않
았던 것 같다. 소악부의 형식을 계승하고 신위의 일부 한역을 수
용하기도 한 정현석조차도 이제현의 사례와 교화론적 관점을 되
풀이할 뿐 구체적인 한역 작업의 전통이나 상호간의 영향 관계에
대해서는 관심을 보이지 않았다. 각기 목적을 달리한 독자적인 한
역 작업을 이룩하면서, 언제나 『시경』의 시정신과 기록자로서의
사명을 달성한 이제현을 거듭 언급하는 것으로 그 의미를 삼곤 했
던 것이다.

한편 이유승과 원세순의 경우 소악부라는 제목을 표방하면서도 한역 대상으로 삼은 시조를 보면 신위나 이유원의 소악부와 중복되는 것이 없다. 이유원의 경우는 신위 작품과 대상 원시조가 상당부분 겹칠 뿐 아니라[50] 曲子名까지 동일한 것도 있기에, 이 둘의 경우는 별다른 의도를 나타내고 있다고 생각된다. 중복 작품을 최소화하여 소악부 작품의 레퍼토리를 다양화하려고 시도했을 가능성이 있고, 달리 민간의 노래를 한역한다는 소악부의 창작 의식은 공유하되 한시다운 소재, 더욱 전통적 경향성을 지니는 시조 작품을 자의적으로 선택했을 가능성도 있다. 후자의 경우라면 당시에 풍류방 등에서 널리 불리던 작품보다는 한역자의 시관에 부합하는 작품이 한역대상이 되었을 것이며, 실제로 시조를 음악으로 가창하던 현장에 참여했을 가능성이 상대적으로 낮았다고 볼 수도 있다. 이유승, 원세순의 한역 대상 시조는 주제 면에서도 다른 한역 작가들의 작품에 비해 남녀의 정을 읊은 것의 비율이 낮으며, 특히 원세순이 한역한 원시조는 널리 보편화하지 않은 작품의 채택 비율이 상대적으로 높은 편이다.

그런데 신위가 우리말 노래를 한시로 옮기기 위해 모범으로 삼았던 이제현의 경우는 '소악부'라는 명칭과 그 형식은 신위의 언급처럼 한가지로 보이지만 한역을 가능하게 한 시대적 배경이나 목적성을 비교하면 성격이 다르다. 고려 말 소악부는 '樂歌=樂府'라는 파악에 기초하여 '被之管絃'의 성격과 觀風察俗을 통한 諷諭라는 목적성을 지닌 것이었지만, 조선후기 소악부 제작은 음악과 직

---

50) 「가오악부」 총 45수 가운데 11수가 이에 해당한다.

접 관련이 없고 풍유를 목적으로 하지 않는 경우가 많다.51)

오히려 신위의 소악부 재현의 정신사적 배경은 조선후기 한시단 내부의 반성적 경향과 관련이 있다. 金昌協이 穆陵盛世 이후 천편 일률적인 시단의 경향을 비판하면서 촉발된 唐宋 추종의 누적된 시사적 인습 타개라는 경향은 朴趾源과 丁若鏞 등의 조선풍, 조선 시 주창으로 계승되었고, 이때부터 우리 고유의 민간 풍속과 가요 등이 새롭게 주목을 받기 시작한 것이다. 영·정조 전후 시기에 이 르면 그러한 주장은 폭넓게 나타나, 오래전부터 한문학과 동일한 향유층을 형성하면서 서로 긴밀한 관계를 맺어온 歌辭 또는 시조 양식이 쉽게 주목받게 된 것이다. 魏伯珪나 申獻朝처럼 사대부로 서 가사나 시조를 직접 창작하고 전파시킨 사례로부터 신위 또한 시조를 긴밀한 갈래로서 자신의 관심 영역으로 받아들이게 되었으 며 이를 한시단 내부의 기류 변화에 부응하는 계기로 삼았을 법하 다. 또한 역으로 국문문학 쪽의 세력 확장을 각성하게 되는 기회가 되기도 함으로써 결국 한역의 과정에서는 한시로서의 영역을 더욱 확고히 하는 창작의식을 보이게 된 것이 아닌가 한다.

요컨대 조선후기 '소악부'의 등장은 한문학권 내부에서 나타난 반성적 경향이 새로운 활로를 모색하게 한 것과 상대적으로 국문 문학의 세력이 팽창하게 된 점, 그리고 한역 작가들의 창작 의식이 결합하여 나타난 현상이다. 그들의 관심은 국문문학의 추이 보다 는 한문학 자체의 진로에 기울어 있었으며, 그렇게 생산된 소악부 또한 그 내용보다는 한시로서의 외형에 집착할 수밖에 없었다. 따

---

51) 심경호(1983), 30면.

라서 신위의 소악부는 『詩經』 이래로의 '採詩觀風'이라는 문화행
위를 추수하는 것을 표방하고 익재 소악부를 전범으로 내세웠으나
본질적 시정신과 음악에 대한 배려는 최소화한 채, 절구의 형식 및
수사법과 언어배치 등 표현방식을 중시하며 효과를 극대화하는 쪽
으로 다가간 것이다.

　19세기 한역시의 존재는 18세기 이전의 것들과 한역 동기 면에
서 뚜렷이 변별될 수밖에 없다. 16세기 이민성이나 17세기 이후 18
세기 초까지 시조를 한역했던 남구만, 이형상, 이기휴 등의 작업은
시조가 세간의 주목을 받으며 불리게 된 현상 자체를 중시하고 문
화적 공동체의 일원으로서 그것을 후대에 전달하려는 사명감과 닿
아 있다. 특히 현전 최초 가집인 『珍本 靑丘永言』(1728)이 등장하
지 않은 시점에 가곡 연행의 현장을 경험하고 나름대로 체계화하
여 곡조별 한역 작품을 수록한 이형상의 「금속행용가곡」은 기록자
로서의 산물로 평가할 만하다.

　19세기는 이미 시조 가창 행위가 보편화하고 시조 음악의 비약
적 발전이 이루어져 가집에 의한 노랫말의 집대성도 여러 차례 이
루어진 시기이다. 한역 작가들이 공통적으로 한역 동기로 내세운
기록자로서의 사명만이 한역의 목적이라면 18세기 중반 이후 가
집 편찬과 함께 한역시도 사라져야 한다. 그런데도 19세기는 오히
려 양식화하면서 집중 양산되기에 이른다. 소악부 작가들은 시조
라는 국문 양식의 단순 번역을 통한 기록자에 머무르거나 새로운
문화매체를 경험한 호사가에 머무르고자 한 것이 아니었다. 압운
과 평측을 준수하면서 엄격한 근체시 형식 속에 시조다운 표현과

정감의 표출을 제한하면서 한시적 재구에 훨씬 집착하는 경향성을 띤다.

이것이 당시 민요 취향과 조선풍의 대두 등 한문학 내부의 반성적이고 개혁적 성향과 더불어 새로운 기풍을 진작시켰으리라는 점은 부인할 수 없다. 그러나 18세기 중반 홍양호나 황윤석이 보여준 전혀 다른 기풍으로서의 국문시에 대한 관심, 한시 형식의 일탈까지 감수할 만한 시조다운 감수성에의 경도, 한시단의 자극과 재충전을 불러올 만한 섬세하고 풍부한 정감의 포착 등 시조로의 개방적 태도와 자국어문학의 중요성을 강조하는 작가의식과는 완전히 다르다. 18세기에 보였던 자유로운 시정신과 개방적인 시형식의 실험은 19세기에 들어와 철저히 획일화한 절구 형식의 외양 속으로 숨어들고, 난만하게 피어오르던 감정의 유로, 국문시가의 가치 평가 현상도 급격히 차단되기에 이른다.

다만 『교방가요』의 존재는 지방 교방에서 행해진 공연문화예술의 종합적 기록물로서 중앙의 가집 편찬 경향과 구별되는 독자적 의의를 지니며, 소악부 시들과도 한역 의도를 달리 한다. 지방 공연문화예술을 집중 조명하고 육성시키며 스스로 기록에 의해 재구하려던 그가, 형식상의 일치 혹은 시조다움의 가치 발견과 같은 이전 한역 작업들과의 교차점을 크게 의식하지 않고 자신의 작업을 분리하여 내세울 수 있었던 것은 어쩌면 당연해 보인다. 하지만 국문 가집 편찬이 왕성해지고, 시조는 물론 가사, 잡가 등의 주요 곡목이 레퍼토리화하기에 이른 19세기 후반에 와서 그가 새삼 연행 현장을 반영한 가집 형태의 기록물을 내어놓고자 한 까닭이 무엇이었을까.

더구나 악곡구성이나 편제상의 불일치, 원시조를 부기하는 방식의 일관성 결여 등 기왕의 가집에 비하여 불완전한 교본에 머무를 수밖에 없었는데도 굳이 노래를 한역하여 기록하고, 악기와 무곡, 歌品과 노랫말 배분 형식, 연창 형식 및 각종 呈才 등에 이르기까지 연행 관련 지식을 알고 있는 한 상세히 그림과 한문 기록으로 남기려 한 점에 대해서는 보다 궁극적인 분석을 필요로 한다. 시조 한역이라는 입장에서만 보면 『교방가요』의 존재는 국문 가집의 편찬과 전파 이후에도 한문학의 영속성과 기록물로서의 가치를 신뢰하는 사대부 문인에 의한 19세기 후반 지방 문화예술 보고서의 일환으로서 한역의 목적과 동기를 인정할 만하다.

주지하듯이 19세기는 소악부형 한시의 유행으로 시조의 한역시가 대량 생산된 시기이면서 한편으로 당대에 널리 알려진 한시를 차용하여 어미와 조사만 우리말 처리한 한시현토형 시조가 크게 유행한 시기이기도 하였다. 한시현토형 시조의 창작은 18세기 중반 이후 시작되어 19세기 내내 대중적 시조창본 가집을 중심으로 확산되어 전용 곡목까지 생겨나기에 이르렀다. 이 기형적인 시조형의 산출과 전파에는 이를 애호한 중인 가객들의 상층 문화에의 동경과 추수 경향이 한몫을 담당했다. 이들은 시조 레퍼토리의 다양화에는 기여한 면이 있으나 결과적으로 시조 담당층의 취향을 창작성보다는 대중성에 편향되도록 기여하였다.[52] 소악부 시들로부터 『교방가요』에 이르기까지 한시화에 치중하거나 음악적 측면

---

52) 김석회(1999), 119~122면.

에 기울어진 19세기 시조의 한역 과정 역시 궁극적으로 시조의 창작성이 아닌 대중성을 의식한 결과이며 대중성을 강화하는 쪽으로 작용한 것이 사실이다. 따라서 단순히 창작의 방향만을 따지면 시조의 한시화와 한시의 시조화는 대조적 현상인 듯 보이나, 시조사와 관련하여 그 역할이나 담당층의 의식을 심층적으로 파악한다면 양자의 성격은 흡사하다.

19세기 시조한역의 추이를 음악과 문학의 관계, 창작 및 연행의 관계 면에서 파악할 때 눈길을 끄는 부분은 사설시조의 문제이다. 17세기 말 내지 18세기 초 시조한역을 시도하면서 이형상은 「금속행용가곡」 평시조 55수의 한역 아래 「長歌」라고 따로 구분하여 사설시조 4편을 한역한 적이 있고, 18세기 중·후반에 홍양호나 황윤석도 서너 편의 사설시조 한역 작품을 남겼다.[53] 작품 수로는 소수에 불과하고 택한 작품의 내용도 江湖至樂, 醉樂 등이어서 사설시조의 주된 정서와는 거리가 있지만, 이들은 자기 시대에 부상하게 된 사설시조를 한역 작업에 포함해야 하며, 한역 과정상 한역된 작품의 전체 구수와 시어를 현저히 늘임으로써 평시조와는 다른 장치가 필요하며 평시조 한역과는 분리 배열이 필요함을 인지했다고 할 수 있다.

19세기 한역시들에서 사설시조를 다루는 방식은 전대와 다르다. 소악부 시들에서는 사설시조에 관심하지 않았으며, 「동구」에는 7수, 『교방가요』에는 20여 수가 넘는 사설시조 한역 작품이 있다. 노골적인 애정시가 가장 많고, 일부 작품을 제하면 대부분 다른 평

---

53) 조해숙(2003), 81면; 조해숙(2002), 468~470면.

시조와 마찬가지로 7언절구형이다. 배열상으로도 평시조나 기타 시가와 뒤섞여 함께 나타나는데 악조별 배열 특성상 『교방가요』는 농·낙·편 등 사설시조가 주로 구현되는 조에 속해 있다. 결과적으로 19세기 중·후반에 7언절구 근체시 형식에 들어올 수 있는 갈래로는 평시조만 아니라 사설시조와 잡가, 가사 등으로 다양할 수 있었으니, 형식면은 완고해 졌으나 내용상의 선별의식과 갈래 개념은 느슨해진 셈이다. 한역된 작품 수는 늘었으나 19세기에 사설시조는 전성기의 탄력과 풍자성을 상실하고 관습화한 애정시의 목록으로서나 체면을 유지하게 되었다.

이상 19세기 한역의 과정에 반영된 시조 작품 및 연행의 다양한 국면들을 조망한 결과, 이 시기 시조문화의 성격은 일찍이 조윤제가 18세기 ‘詩歌選集時代’와 변별되는 ‘唱曲旺盛時代’로 특징지운 지점으로 회귀하고 있음을 발견한다. 이때의 시조한역의 성격은 한시화와 연행성의 어느 한쪽으로 편향되어, 시조의 본질을 재현하면서 새로운 창출을 모색하려는 의식이 사라지고, 사설시조가 관습적 갈래로 시들해졌으며, 양식화한 형식을 고수하기 위해 오히려 내용과 주제를 쉽게 허물어버리는, 노래의 효용과 채시관풍의 시정신마저 한낱 구호물로 전락하면서 19세기는 전 단계의 생동하고 발랄한 혁신적 기풍을 잃고 형식의 보수성과 공연물로서의 대중성 속으로 점점 깊숙이 가라앉고 말았다.

본 논의를 통해 음악적 추세의 난만함에 가려 실체를 자세히 분간하기 어려웠던 19세기 시조를 둘러싼 중요하고도 다양한 문제들을 시조한역의 양상으로부터 설명하고, 정밀한 시조사 복원에 이

바지할 만한 세부적 연결 고리들을 발견할 수 있었다. 이들을 단단히 꿰면서 앞으로 시조한역의 전개 과정을 시조사와 관련하여 정리하고, 나아가 시조한역 양상을 해명하기 위해 제기한 다양한 쟁점과 시각을 중세로부터 근대 초기에 이르기까지 국문시가 일반의 한역 과정 전체로 확장하여 논함으로써 현재적 의의에 다가설 것을 앞으로의 과제로 삼는다.

시조한역의 사적 전개 양상과 시조사적 의미

1. 서론 : 연구의 추이와 새로운 논의의 필요성

국문학사를 검토해보면 다양한 장르의 국문시가를 한역하는 현상이 조선중기 이후 두드러지게 나타났음을 발견할 수 있다. 일찍이 조윤제가 '시가의 한역시대'를 설정하여 관심을 표명하게 된 것1)이 우연한 일이 아니다. 시조의 한역은 국문시가의 한역작업을 주도하였으며 현전 자료의 규모를 보아도 단연 중심을 차지한다. 그렇다면 그 의미와 가치를 평가하는 일은 어떠한가. 이 방면의 연구 성과는, 국문학사의 객관적인 양상과 그에 대한 연구의 수준 및 평가가 반드시 정비례하지는 않음을 보여주는 좋은 사례이다.

국문시가의 한역을 의미 있게 평가한 첫 사례는 고려 말 李齊賢과 閔思平의 小樂府에 관한 연구에서이다. 고려속요를 7언절구의 시형식 속에 담은 소악부로 인해 한문학은 전통시가와의 접목을 통한 우리 문학으로서 토착화를 성취했다는 평가가 그것이다.2) 이

---

1) 조윤제, 『조선시가사강』(박문출판사, 1937).
2) 李佑成, 「高麗末期의 小樂府: 高麗俗謠와 士大夫文學」, 『한국한문학연구』 제1집 (한국한문학연구회, 1976), 9면.

러한 한문학 쪽의 긍정적인 시각과는 달리, 국문시가 쪽의 관점은 대체로 소극적이거나 부정적이었다. 국문시가의 한역이 국문문학과 한문학 사이의 거리를 좁히는 데에는 기여한 바가 있으나, 두 양식 사이의 내용과 형식의 불일치를 해결할 수 없었고 결국 자체로서 존재 가치가 충분한 국문시가를 한역한 것은 공연한 일이었다거나,3) 시조한역은 조선 사대부의 국자천시 경향과 본격문학으로서의 한문학에 대한 기호에서 비롯되었기에 이로 인해 시조의 독자층이 오히려 제한되었다는 주장까지 제기되었다.4)

국문문학과 한문학의 공존은 중세 이전 우리 문학사의 부정할 수 없는 특징이다. 시조와 한시 사이의 문제 또한, 조선중기 이후 이미 확고한 안정을 이룩한 중세 보편문학으로서의 한문학이 자국어문학이 부상하는 시기를 맞아 혼효와 갈등을 겪으면서 새로운 모색을 추구하는 과도기적 현상이라 할 만하다. 여기에는 시조의 한시화와 함께 한시의 시조화라는 또 다른 양상이 존재하며, 국문학의 총체적 양상을 제대로 드러내기 위해서는 두 장르간의 내적이고 심층적인 교류와 영향관계 속에서 발전적 수용 내지 문화의 다양성과 관련하여 논의를 진행시키는 방법이 긴요하고도 바람직하다.

그런데 한시를 중시하는 쪽에서는, 일찍이 한시를 시조로 만든 것이나 시조를 한역하는 것 모두 한시가 시조에 중대한 영향력을 끼쳤다는 사실을 증거하는 현상으로 판단하고 한시 영역의 확장 사례로 여겨왔다. 나아가 시조 속의 한시 자취를 입증하는 예라고

---

3) 조동일, 『한국문학통사』 3(지식산업사, 1984), 246~253면.
4) 林仙默, 『時調詩學敍說』(단국대학교출판부, 1981), 339~346면.

적극적으로 해석하여 時調起源論의 대표적인 外來起源說로까지 나타난 바 있다.

시작부터 시조라는 주요한 국문시가 갈래의 기원설과 관련되었던 까닭에, 국문학의 自生性을 중시하는 쪽에서도 예민한 대응이 필요했다. 시조의 한시기원설의 논거가 된 한시현토식 차용이 전체 시조 중 극히 미미한 현상임을 드러내고, "한시와 시조는 그 형태적인 특성이 도저히 상통할 수 없기 때문에" "우리 고시조가 대부분 한시의 변형이나 인용이 아닌가 하는 막연한 생각이 그릇된 판단이라는 확신"을 갖게 해주는 예로 시조의 한역 문제를 다루게 된 것이다.5) 이런 사정이 이후 시조를 비롯한 국문시가의 한역을 평가하는 데 연구자들이 소극적일 수밖에 없었던 이유였다고 생각된다.

현 단계 연구에서 시조와 한시 사이의 문제를 시가사 위에서 의미 있게 진전시키기 위한 방법과 관점은 어디에서 찾아야 하는가.

한시의 시조화는 시기나 방법, 취향이 시조한역 양상어 비해 훨씬 일시적이고 단순하다. 한시를 시조 속에 수용하는 가장 보편적인 양상인 한시현토형 시조의 경우, 18세기 후반 이후 19세기까지 음악성에 경도된 전문 가객들의 모방적 산물이 대부분으로, 중인층의 당대적 취향을 반영한다.6) 반면 시조가 한시화하는 양상은 17세기 이전부터 한문학적 소양을 갖춘 사대부들에 의해 지속적으로 이루어져 왔으며, 그 전개 과정에서 다양한 변이 요소가 끊임없

---

5) 鄭炳昱, 「漢詩의 時調化 方法에 대한 考察」, 『국어국문학』 49·50(국어국문학회, 1970).

6) 김석회, 「한시 현토형 시조와 시조의 7언절구형 한시화」, 김병국 외, 『장르교섭과 고전시가』(월인, 1999), 157~159면.

이 포착된다. 따라서 한시와 시조의 공존 양상을 계량적으로 다루는 데서 나아가, 상호간의 문학내적 장르문제로 연구 시각을 전환하기 위해서는 시조의 한역 양상을 다루는 것이 합당하다.

시조한역에 관한 논의는 조윤제 이후 자료소개와 정리 작업이 활발해졌고, 문학사적 이행기로서 조선후기가 부각되면서 19세기 '小樂府'에로 관심이 집중되었으며,7) 이후 17·18세기의 李民宬, 李衡祥, 金養根, 黃胤錫, 洪良浩 등에 의한 시조한역 양상을 개별적으로 분석하는 작업으로 이어졌다.8) 이 과정에서 시조한역의 보편적 양상을 추출하거나9), 시대별 한역작가를 망라하여 흐름을 제시한다든지,10) 개성적 작가를 통해 시대적 의미와 갈래의 대응을

---

7) 조선후기 '소악부'와 관련하여 전반적 경향을 다룬 대표적인 논문은 다음과 같다. 李東歡, 「朝鮮後期 漢詩에 있어서의 民謠趣向의 擡頭」, 『한국한문학연구』 3·4(한국한문학연구회, 1979); 鄭垣杓, 「紫霞 漢詩 研究 序說」(석사학위논문, 서울대학교, 1979); 黃渭周, 「朝鮮後期 小樂府硏究」(석사학위논문, 한국학대학원, 1983); 호승희, 「한국의 악부논의에 나타난 시가관」, 『이화어문논집』 9(이화여대, 1987); 沈慶昊, 「조선후기 한시의 자의식적 경향과 해동악부체」, 『한국문화』 2(서울대 한국문화연구소, 1981); 孫八州, 「申緯 詩文學 研究」(박사학위논문, 동국대학교, 1983).

8) 조해숙, 「李民宬의 時調 漢譯의 性格과 意味」, 『관악어문연구』 13(서울대 국문과, 1988); 姜銓爕, 「瓶窩 李衡祥의 漢譯歌曲 小考」, 『국어국문학』 102(국어국문학회, 1989); 成範重, 「時調의 漢譯과 그 形象化의 問題: 耳溪 洪良浩의 <靑丘短曲>을 中心으로」, 『울산어문논집』 6(울산대 국문과, 1990); 孫燦植, 「頤齋 黃胤錫의 時調漢譯의 性格과 意味」, 『어문연구』 30(충남대 어문연구학회, 1998); 金明淳, 「時調漢譯의 性格과 意味: 李衡祥의 作品을 中心으로」, 『문학과 언어』 12집(문학과언어연구회, 1991); 김명순, 「黃胤錫의 時調漢譯의 性格과 意味」, 『동방한문학』 13집(동방한문학회, 1997) 및 김명순(1990) 등이 대표적이다.

9) 金明淳, 「時調漢譯歌 研究」(석사학위논문, 경북대학교, 1988); 박해남, 「時調 漢譯의 背景과 樣相 研究」, 반교어문학회 편, 『조선조시가의 존재양상과 미의식』(보고사, 1999).

10) 尹勝俊, 「朝鮮朝 時調漢譯 研究」(석사학위논문, 단국대학교, 1991).

심도 있게 파고 든 성과들도 나타났다.

연구 성과의 상당한 진전에도 불구하고 그간의 연구는 19세기의 이른바 악부체에 연구가 지나치게 편중되었으며, 특정 작가의 한역 양상을 고찰한 성과도 시대에의 개인적 대응 양상으로 제한되게 해석해 온 감이 있다. 무엇보다 16세기 후반부터 19세기에 이르기까지 행해진 지속적 양상에 대한 통시적 조망과 입체적 분석이 부족했다.

본고에서는 기왕의 성과를 바탕으로 시조한역의 통시적인 양상을 드러내어 정리하는 것을 일차적 목적으로 한다. 또 여기서 추출할 수 있는 문제들을 시조사의 쟁점들 속에서 끌어냄으로써 합당한 해석과 연구사적 전망을 도모하고자 한다. 우선 한역 작가의 시대 순으로 그 양상을 특징적으로 개괄하고, 통시적 전개 속에서 추론 가능한 바들을 시조사에 기대어 해석하고 의미를 살피는 순서로 논의를 진행한다. 궁극적으로는 이러한 일련의 작업이, 성글거나 불완전하게 봉합되어 있는 시조사의 몇 몇 국면들, 가려지거나 건너 뛴 혐의가 있는 크고 작은 문제를 설명해 내는 데 기여할 수 있기를 기대한다.

2. 한역의 동기 및 자료의 성격

한역시를 남긴 작가들이 한역을 전후로 하여 직접적인 한역의 동기를 밝힌 글은 그리 많지 않다. 이는 한역 작품이 수록된 자료의 성격과 관련되므로 구분하여 점검할 필요가 있다.

한역 작품은 자료의 성격에 따라 개인 문집 속에 전하는 경우와 조선후기 가집에 전하는 경우, 악부나 사 자료집에 실려 전하는 경우로 구분된다. 또 자작시를 직접 한역한 경우와 민간에서 유행하는 노래를 듣고 한역한 경우가 있다. 이와는 달리, 타인의 시를 한역하되 鄭澈의 <訓民歌>나 李珥의 <高山九曲歌>처럼 교화적 효용성과 성리학적 미의식을 표방한 작품을 후대인이 거듭 한역한 경우도 있다. 자작시를 한역한 경우나 특정 연시조의 한역은 창작 기록물로서 시조를 접하고 인식했을 가능성이 높다는 점에서, 노래로 연행한 구비 전승 단계의 시조를 한역 대상으로 삼았을 민간 유행 시조의 한역과 구별해야 한다.

자료의 성격은 한역의 태도 내지 작가의식과도 직결된다. 특정 연시조의 한역은 문벌과 혈연, 학파와 당색 따위가 한역의 주요인이었음이 짐작되므로, 음악적·문학적 관심사로서 시조를 대하고 한역하려는 의도를 가진 경우와는 뚜렷하게 대비된다. 한편, 한역의 방법에서도 단순히 시조의 의미를 좇아 逐字的 번역을 시도한 경우와, 한시로서의 문학적 형상화를 고려한 한시화의 시도를 구별해야하며, 후자의 경우 단순한 소재나 이미지의 차용, 부분적 변이, 한시다운 재창작에 이르기까지 다양한 층위를 고려해야 한다.

그렇다면 한시와의 장르적 변별성을 논할 수 있는 문학적 양식으로서의 한역시의 조건은 한정적일 수밖에 없다. 시기의 변증이 확실하고 작가의 문학적 지향을 살필 수 있는 개인문집 소재 한역시로서, 열 편 이상으로 한역자의 의식 내지 경향성을 입증할 수 있어야 하며, 완성된 한역시가 한 편의 작품으로 인정될 만한 것이라야 한다. 이러한 조건을 만족하는 한역 작품을 남긴 작가는 16세기 후반부터 19세기 말에 이르기까지 대략 20여 명 정도이다.11)

기왕의 연구는 단연 19세기 申緯를 필두로 李裕元, 李裕承, 元世洵으로 이어지는 소악부 시들에 집중되었고, 한역의 문학사적 의미 또한 이들 '악부체' 현상을 설명하는 데서 비롯했다. 이 밖에 소악부를 표방하지 않은 19세기 한역 작품들로 權用正의「東謳」30수와 鄭顯奭의「敎坊歌謠」100여 수도 존재한다. 18세기에는 南蕭寬, 홍양호, 馬聖麟, 황윤석, 김양근 등과, 이보다 약간 앞선 시기 南夏正, 任埏의 한역이 있다. 민간의 유행 노래를 수집해 한역한 이른 시기 인물인 이민성과, 18세기 중후반 작가들 사이에서 매개적 성격을 갖는 이형상의 작업이 중시되며 南九萬과 李基休의 작업도 비교고찰의 대상이 된다.

이들 각 시기의 작업의 문학사적 의미는 구분 없이 동일하게 평가되어 왔다. 19세기의 악부체 현상은 고려 말 이제현의 <小樂府>에 나타난 고려속요의 한역 정신을 계승하여『詩經』의 採詩觀風 정신을 바탕으로 당대의 노래를 수용한 데서 문학사적 의미를 찾을 수 있다는 것이다.12) 특히 이념적으로나 신분 면에서 중세적 친연성을 갖는 계층에서 한시라는 중세적 양식을 통해 국문시가의

---

11) 조선조 국문시가의 한역 양태를 조사한 논문에 의하면, 조선조 전 기간을 통하여 적게는 한두 편에서 수십 수 혹은 100여 수에 이르기까지 한역 작품을 남긴 작가는 100여 명이고, 한역된 시조 작품 수는 750여 수이며 중복 한역을 합하면 전체 한역시는 1200여 수에 이른다고 한다. 이 가운데 연작형태 및 10수 이상 한역한 작가는 40여 명 정도이다. 관련 기록 및 한역작가와 작품의 자세한 목록은 金明淳,「鮮後期 時調漢譯의 樣相과 意味」,『한국한문학연구』22집(한국한문학회, 1998), 379~383면 참조.

12) 주7)의 논문 참조.

정서를 자기화함으로써 혁신을 꾀한 점이 문학사적 전환기의 대응 양상으로서 중시된다는 19세기 소악부시에 대한 의미부여는 18세기 이전 시기의 한역시들에게도 동일하게 적용되었다. 18세기 이전 시조한역이 특정 작가의 개인적 성향 규명에 집중된 것도 그 문학사적 의미는 19세기와 문학사의 동일한 시대에 속하는 17·18세기의 현상을 동질적인 것으로 보았기 때문일 것이다. 곧 16세기 말 이래 19세기까지 지속된 시조한역은 모두 동일한 경향을 입증하는 개별적 사례 정도로 인식해 온 것이다.

실제로 한역 작품 관련 기록을 통해 직접 한역의 동기를 밝힌 몇 작가의 언급 속에서도 그 의도는 대동소이하게 보인다. 신위는 <소악부서>에서 시조를 한역하게 된 동기를 다음과 같이 밝혔다.

> 文苑의 諸公이 못들은 척 방치하여 역대 가요가 점점 흩어지고 전하지 못하니 개탄하지 않을 수 없다. 고려 益齋 先生이 採曲하여 七絶로 지어 小樂府라 命하였다. 지금 선생의 문집에 남아 있는데 모두가 오늘날 管絃家에 전해지지 않는 곡으로, 그 辭가 消失되지 않음은 이들 시에 힘입었기 때문이다. 문인들의 글이 어찌 중요하지 않겠는가. 내가 이 사실을 몰래 기뻐하여 즉시 우리나라 小曲 중에서 내가 기억하고 있는 것을 七絶로 지으려고 한다.[13]

고려 말 소악부를 전범으로 삼아 자기 시대의 노래를 기록해야

---

13) 『警修堂全藁』 권12 <小樂府序>. "是以文苑諸公置若罔聞 將昭代歌謠 聽其散亡而不傳可勝哉 高麗益齋先生 採曲爲七絶 命之曰小樂府 今在先生集中 擧皆今日管絃樂家不傳之曲 而其辭之不亡賴有此詩 文人命筆顧不重歟 余竊喜之 就我朝小曲中 余所記憶者 亦以爲七言句" 鄭垣杓(1979), 29~30면에서 재인용.

할 필요성을 언급하고 있다. 이런 의도가 신위 이후 소악부를 남긴
다른 한역 작가의 경우에도 일관되게 유지됨은 물론이다.

18세기 후반 황윤석도 시조한역의 직접적 동기와 목적을 다음과
같이 나타냈다.

다음 시의 가사는 현인, 시인, 탕자, 사부의 무리에서 섞여 나온 것
인데, 그 사이에는 때때로 풍속을 교화하는 뜻이나 사람들을 놀라게
하는 운치가 있어 모두 후세에 전하여 중국의 여러 악부와 더불어 어
깨를 견줄 만하다. 그러나 돌아보건대 우리의 방언[한글]은 중국의 소
리[말]와 다르기 때문에 그 노래를 하는 데는 모두 俚諺으로써 하여
문자[한문]로써 하는 것은 실로 드물다. 그리하여 비록 후세에 전하고
자 하였을지라도 일찍이 거의 전해진 것이 없었다. (中略) 요즈음 한가
한 틈을 타서 약간의 작품을 찾아서 문자로써 번역했는데 요체는 본래
의 말을 따르고 조금 윤색을 가했을 뿐이다. 또 구구하게 고악부를 흉
내 내어 도리어 그 본의를 잃게 하지 않도록 하였을 따름이다.14)

그가 시조를 한역한 것은 국문시가에 대한 특별한 관심과 애정
때문인데, 직접 연시조를 창작하고 국문시가를 남긴 前輩들의 行
狀을 지으면서 그들의 국문시가에 관한 언급을 비교적 자세히 기
록하고 있는 데서도 확인된다.15) 하지만 한역시 창작의 근본 동기

---

14) 『古歌新翻 29章』 並序. "右歌詞雜出於賢人騷客蕩子思婦之屬 而其間往往有礪
俗之意 驚人之韻 皆可傳諸後世 以與中原諸樂府馳聘而上下 而顧我方言異於華
音 故其爲歌也 悉以俚諺 而以文字者實眇 雖欲傳諸後世 而曾未幾傳 (……) 頃
於閑隙 搜得若干 譯以文字 要隨本語 而少加閏色而已 又不必拘句於古樂府之
效顰 而反失其本意云爾"

15) 宋純의 국문시가 작품을 거론한다든지, 張經世의 <강호연군가>의 창작 배경과
주제를 언급하고, 丁克仁의 <불우헌곡>의 특징을 진술한 것 등을 들 수 있다.

는 국문시가가 제대로 기록이 되지 못하여 금방 잊혀지고 마는 실정에 대한 안타까움이며, 고악부를 흉내 내지 않고 시조의 본의를 충실히 재현하는 데 목적을 두었다.

우리 민족가요를 옹호하며 그 속에 담긴 民의 정서를 가치 있는 것으로 평가한 홍양호는 직접 한역의 변을 남기지는 않았으나, 그가 펼친 天機論 속에서 민족가요의 인정이나 여항문학의 옹호를 내세우고 당시의 풍속이 오로지 근체시를 숭상하여 古風長句를 알지 못하는 폐단을 개탄하는 말로 개성적인 한역을 이룩한 간접적 동기를 밝힌 바 있다.16)

남구만도 이항복의 시조 '철령 노푼 봉에…'를 언급하면서, 뜻이 초사보다 간절하며 격식을 갖추어 임금에게 올리는 獻議보다 결코 못하지 않으나 다만 노래가 우리말로 되어 있어 한문으로 된 다른 작품들과 더불어 오래도록 전해질 수 없기 때문에 한시로 옮겼다고 밝힌 바 있다.17)

이상의 언급을 종합하면, 어느 경우나 기록으로서의 욕구가 한역의 직접적인 동기가 되었음을 알 수 있다. 한문을 공식화한 본격 문장으로 인식하던 때에 우리말 노래와 그 기록은 보존성을 의심받을 만했다. 그러므로 한역 자체가 이들이 국문시가로서의 가치를 인정하지 못한 처사라거나 한시의 권위 속으로 시조를 끌어들인 행위라고 판단하는 태도는 재고해야 한다.

그런데 보존 욕구와 기록의 영원성을 추구하려는 태도를 이들

---

16) 『이계홍양호전서』 <與宋德文論詩書>.

17) 남구만, 『藥泉集』 권27, <白沙獻議手草跋>. 김명순(1998), 377면에서 재인용.

자료에서 표면적으로 동일하게 내세우고는 있지만, 각 시기에 한역을 이룬 근본 태도는 미묘한 변화를 보인다. 한역의 시대적 배경을 고려할 때, 시조한역의 양상 또한 독자적인 일련의 전개과정을 갖추었을 것이며, 그런 역동적이고 입체적인 관점에서 시조한역 양상을 통시적으로 조망할 때 시가사와의 접점을 발견할 수 있을 터이다. 다음 장에서 이를 구체적으로 살피기로 하자.

3. 시조한역의 전개 양상과 시기별 고찰

본 장에서는 한역이 이루어진 시기의 흐름을 따라가면서 그 양상의 구체적 추이를 드러내고자 한다. 시기별 성격을 고찰한 경우가 있기는 하지만18) 전 단계의 통시적 조망이 이루어진 적은 없으므로, 시기상으로나 한역의 경향 면에서 유사성을 보이는 한역 작가들을 유형화하면서 그 전후를 연계해 살피는 것은 의미가 있다. 각 시기의 경향을 특징적으로 보여준다고 판단되는 작가를 중심으로 함축적으로 양상을 제시하고, 시기상의 연관을 바탕으로 한역의 흐름을 정리하기로 한다.

3.1. 시조한역의 전개 양상

민간에 유행하는 다양한 시조를 수집하여 한역한 작가 중 현재

---

18) 조해숙, 「시조의 한역화 양상과 그 의미: 18세기의 한역 경향을 중심으로」, 『국어교육』 108(한국국어교육연구학회, 2002); 조해숙, 「17세기 시조한역의 성격과 의미」, 『배달말』 제33호(배달말학회, 2003).

까지 밝혀진 가장 이른 시기의 인물은 이민성(1570~1629)이다.
그는 조선중기를 거쳐 여러 관직을 두루 지낸 문장가로 총 13권 4
책의 『敬亭集』을 남겼는데, 그 중 권4에 「聞人唱俚歌韻而詩之」라
는 題 아래 한역시 12수가 실려 있다.[19]

戀我是虛語　　날 사랑하심 헛된 말이요
疑他夢見之　　꿈에 본다는 남의 말도 믿을 수 없네
如儂長不寐　　나처럼 오래 잠들지 못하면
安有夢來時　　어찌 꿈에 올 줄 있으리.

「俚歌」 10.

思郎이 거즛말이 님 날 思郎 거즛말이
꿈에 와 뵌단 말이 긔 더욱 거즛말이
날갓치 좀 아니 오면 어늬 꿈에 뵈리오.　　　#1405 金尙容[20]

　부재하는 님을 향한 사랑을 노래한 이 작품은 작가의 한역시의
경향을 가장 대표적으로 보여준다. 꿈속에서라도 님을 보기를 소
망하던 시적 화자는, 그것조차 여의치 않자 사랑의 약속을 의심하
고, 간절히 그리면 꿈에 나타난다는 뭇사람들의 말조차 믿지 못한

---

19) 이민성과 그 한역시에 대한 설명은 조해숙(1988) 참조. 한역시가 실린 순서대로
「俚歌○」이라 표기하고, 원시조의 가번과 작자는 『역대시조전서』의 것을 따른다.
20) 동일한 시조를 한역한 예로는 19세기 신위와 정현석의 작품이 각각 발견된다.
신위 「소악부」 <奉虛言> "向儂恩愛非眞辭 最是難憑夢見之 若使如儂眠不得 更
成何見夢儂時"
정현석, 「교방가요」 61. "君言憐我恐非眞 謂見夢中尤未恂 如我永宵長不寐 不知
何夢可相親"

다. 그런 심정의 한편에는 상심 때문에 잠 못 드는 스스로가 님을 볼 수 없는 것은 님도 같은 상황이기 때문이라고 위안하는 심정이 숨어 있다.

이처럼 戀情 혹은 別恨을 담은 시조를 이민성은 가장 즐겨 한역해 전체 12수 중 7수를 차지한다. 이 밖에 隱逸·超脫 및 醉興·遊樂이 각각 2수, 기타 1수이다. 한역시의 형식은 5언4구로 동일하고, 시조가 밝혀진 7수 중 초장·중장을 각각 한시 한 구씩에, 종장을 두 구에 배당한 경우가 3수로 가장 많다.

醉枕松根臥　　　　술 취해 송근 베고 누워 잠들었다가
覺來仍忘返　　　　깨어나서 잊은 듯 되돌아보네.
忽然望江村　　　　홀연히 강촌을 바라보니
明月無遠近　　　　밝은 달은 멀고 가까움이 없도다.
　　　　　　　　　　　　　　　　　　　　　　　「俚歌」 6.

술이 醉ㅎ거늘 松根을 벼고 누어
져근듯 잠드러 숨씨야 도라보니
明月이 遠近芳草에 아니 비친 더 업드라.　　　　　　#1745

술을 소재로 삼았지만 유흥이나 흥취의 감정은 없다. 잠에서 깨어나 홀연히 새삼 거리를 두고 세상을 관조하는 데서 느끼는 여유와 넉넉함이 한역시에서도 잘 전달되었다. 원시조에서의 그런 정서나 미의식을 작가가 높이 샀다고 여겨지는데, 한역 과정에서는 시조의 통사적 구조를 의식하지 않고 한시답게 재구성하였다. 초

장은 기구에, 종장은 결구에 배당하고 승구와 전구는 중장의 뒷구
를 옮겨놓았다. 한시의 전구가 갖는 구조상의 전환 역할과, 시조
종장의 주제적 함축성을 상기하면 이 같은 한역방식은 시조를 충
실히 재현하겠다는 생각보다는 노래의 의경을 내면화해 형식을 탈
바꿈함으로써 한시화에 충실하려는 태도로 여겨진다.

17세기 후반에 이르러 시조의 향유는 더욱 보편적 현상이 되었고
한역의 시도 또한 다양한 경로로 나타난다. 이형상(1653~1733)의
시조한역은 그러한 변화의 분위기를 확연히 전한다.

孝寧大君의 후손으로, 전국 각지의 목사를 역임하고 다방면의
해박한 지식을 담은 저술을 남긴 그는, 중국과 우리나라의 역대 음
악에 대한 기록과 작품들을 수록한 『樂學便考』를 편찬하고, 스스
로 악부시를 짓는 등 우리 노래에 대한 특별한 관심을 기울였다.
한역 자료 중 학계에 먼저 보고된 것은 문집에 수록된 「浩皤謳」
16수[21]이다. 작가가 1715년 이후 경북 永川에 두 번째로 돌아와
살 때의 것으로, 초고본은 『병와전서』 내의 「更永錄」에도 실려 있
다. 대부분 작자 미상의 원시조를 대상으로 5언6구 형식으로 통일
해 한역하였다. 형식의 엄격함을 따르려다 보니 한시화 과정에서
상당 부분 노래를 변개한 흔적이 많다. 전체 경향은 隱逸과 脫俗,
歎老 노래가 대부분으로 개인적 취향을 띤다.

다른 자료는 작가가 이보다 앞서 영천에 처음 浩然亭을 짓고 은

---

21) 『병와집』 권4(『병와전서』 1, 한국문집총간 164) 및 『병와전서』 8(한국정신문화연
　　구원 영인). 「호파구」 자료는 심재완, 『역대 시조전서』(세종문화사, 1972)의 시조
　　한역 자료 부분 및 朴魯春, 「時調漢譯總覽」, 『국어국문학』 62·63 합병호(국어국
　　문학회, 1973)에 일찍부터 소개된 바 있다.

거할 당시인 1706년에 저술한 「芝嶺錄」 내의 것이다. 「今俗行用歌曲」이라는 제목 아래 평시조 한역 작품 55수와 사설시조의 한역으로 보이는 長歌 4수가 있다.[22] 당대로서는 방대한 한역을 시도하면서 이형상은 한역 동기를 알려주는 직접적 언급은 삼갔다. 대신 「금속행용가곡」의 서문에 해당하는 글을 써서, 한역시를 싣되 곡조별 분류를 했으며, 이는 당대에 연행된 음악에 대한 요체를 그가 三調(평·우·계면조)로 파악했기 때문임을 짐작케 했다.[23] 평시조한역시 55수 중 현재까지 원시조가 밝혀진 것들은 고두 36수이다.[24] 원시조는 朱義植 등 당대의 인물을 비롯해 유명씨 작품을 절반 이상 취한 것이 주목되며, 평조 26수, 우조 21수, 계면조 8수

---

22) 이를 일찍 소개한 이는 권영철[『瓶窩 李衡祥 研究』(한국연구원, 1978)]과 강전섭(1989) 두 분이며, 『병와가곡집』과의 관계를 문제 삼은 연구로 김용찬, 「瓶窩 李衡祥의 <今俗行用歌曲>에 대한 考察」, 『고전문학연구』 10집(한국그전문학연구회, 1995)이 있다. 「금속행용가곡」을 다룬 기왕의 논문들에서 대부분 시조한역 55수만을 「금속행용가곡」으로 분류했는데, 아마도 작가의 서문에서 평시조만 다루었기 때문일 것이다. 그러나 「지영록」의 제목 부여 방식으로 보아 「금속행용가곡」 아래 ‘평조 제1지’, ‘계면조 제1지’ 등과 동일한 위치에 ‘장가’ 및 <僧父詞>를 적은 ‘別曲’이 적혀 있으므로 「금속행용가곡」은 ‘장가’와 ‘별곡’을 포함하는 조목이라고 판단된다.

23) 「芝嶺錄」 제6, 『瓶窩全書』 8(한국정신문화연구원영인본), 788면. “행용되고 있는 가운데 평조·우조·계면조는 大綱이다. 그래서 중대엽·심방곡·감군은·북전과 같이 금보에 실려 있는 것들은 가히 살펴서 그 緩急을 알 수 있다. 그러나 만대엽은 소리가 끊어질 지경에 이르러 梨園(樂院을 지칭)의 老師들 조차 그것을 노래할 수 있는 자가 없다. (그래서 내가) 단지 속악 가운데 이해할 수 있는 것들을 가려내어 세 가지 곡조로 나누어 후세 사람들로 하여금 취하고 버릴 바가 있음을 알게 하고자 한다.” 이형상의 음악 이해는 呂基鉉, 「瓶窩 李衡祥의 樂論 研究」, 『한국시가연구』 9집(한국시가학회, 2001), 379~389면 참조.

24) 권영철(1978)과 강전섭(1989)도 각각 39수와 32수의 원가를 밝혀놓고 있으나, 다수의 오류가 발견된다. 따라서 해당 작품의 원시조는 역대시조전서 #2982 작품이 #2892로 오기된 <春風丐>의 원시조 번호만 바로잡는다면 김명순(1991:149~150)의 성과를 활용할 수 있다.

로 곡조별 배당을 하고, 각 작품의 앞에 '村居樂', '江興獨'처럼 3자의 제목을 붙여 주제를 명시했다.25) 형식은 4언6구와 5언6구 등 齊言體가 23수, 장단구체는 32수이고, 대부분 시조를 거의 그대로 옮기는 데 충실한 방법을 택했다.

이처럼 동일 작가에 의한 것이면서도 두 자료는 상이한 성격을 지닌다. 「금속행용가곡」이 당시 널리 통용되던 노래를 취사선택하여 '記錄'하는 데 의의를 둔 자료라면, 「호파구」는 '樂府' 창작 관습에 따라 당시의 노래를 개인적으로 '詩化'한 결과이다. 한역의 태도 또한 전자는 원시조를 충실히 '재현'하려는 기록자의 것인 반면, 후자는 원래의 의경을 '변이'하고 '재창작'함으로써 노래의 본질적인 의미를 살리는 시인의 태도를 지닌다. 「호파구」가 작자 미상의 원시조를 다수 취택하게 된 것도 개인적인 재창작을 시도하는 과정에서 훨씬 부담이 적었기 때문이라 여겨진다.

동시대 남구만도 「翻方曲」이라는 제목아래 11수의 한역시를 남겼다.26) 두 차례 대제학에 오르고 삼정승을 두루 역임하면서, 국내외 기행문과 우리 역사에 대한 고증을 많이 남긴 그는 '동창이 밝았느냐…' 시조의 작자로 알려져 있다. 한역 작품 중 원시조를 확정할 수 있는 것은 8수이며, 전체 경향은 이형상과는 달리 戀情을 다룬 것이 많고, 忠義(頌祝), 無常 및 懷古, 田園, 歎老의 노래들이다. 한역 형식은 5언6구 3수, 7언6구 2수를 제하면 대부분 6구 장

---

25) 이는 김양근이 시조한역가 64수를 15개 항목으로 분류하고, 홍양호가 한역시 첫구의 일부를 따서 형식적으로 제목을 붙인 것과는 달리, 개별 작품의 주제를 명시하려는 태도로 19세기 신위의 「소악부」와 유사하다.

26) 『藥泉集』 제1, 한국문집총간 131, 430~431면.

단구이다.

역시 같은 시기 한역시를 남긴 이기휴의 한역 배경은 확인할 수 있는 바가 더 적다. 일찍부터 문명이 있었으나 문을 닫고 자취를 감추어 公州에서 詩酒로 즐기면서 출세의 뜻을 버리고 不世堂主人으로 自號해 林泉에 숨어 살려는 뜻을 가졌다고 한다.27) 한역 작품의 내용도 江湖(隱逸, 脫俗)를 노래한 것이 대부분이고 無常과 懷古, 戀情, 醉樂, 諷諭 작품이 있다.

이 시기 한역시 가운데 가장 먼저 주목되는 것은, 동시대 남구만의 작으로 알려진 시조의 한역 작품들이다.

東方明즘	동녘이 밝았느냐
鸕鴣已鳴	노고지리 벌써 울었네
飯牛兒胡	소 먹이는 아이들은
爲眠在房	잠자느라 방 안에 있으니
山外有田疄畝闊	산 너머 밭은 이랑이 넓은데,
今猶不起何時耕	지금껏 일어나지 않으면 언제 밭갈까.

「번방곡」 5.

東方欲曙未	동녘이 밝으려는가
鶬庚已先鳴	꾀꼬리는 벌써 울었네
可憎牧竪輩	얄밉구나 목동들은
尙耽短長更	아직도 밤 긴 것만 좋아하네
上平田畝長	윗녘들 밭이랑이 긴데
恐未趁日耕	해 맞추어 못 갈까 걱정이라네.

「호파구」 13. 督農課

---

27) 강전섭(1993), 136면.

東方明邪否	동녘이 밝았느냐
布穀處處啼	뻐꾸기는 곳곳에 우는구나
牧童起耶未	목동은 일어났느냐
犁牛覓草去	소 몰고 풀 먹이러 가야 할 것을
西疇多宿草	서쪽 두둑 묵은 풀 많은데
今夕恐不易	오늘 저녁도 어려울까 하노라.

「단가십구장」 10.

東窓이 볼갓느냐 노고지리 우지진다
쇼 칠 아히는 여태 아니 니러느냐
재 너머 스래 긴 밧츨 언제 갈려 ᄒ나니.　　　　#899 南九萬

한역시 셋을 비교하면 초장에 등장하는 새의 종류가 달라졌을 뿐, 한역 방식이나 전체 대의 전달에는 차이가 없다. 남구만은 초장과 중장을 각각 4언2구로, 정보량이 늘어난 종장은 7언2구에 수용하였다. 시조의 형식구조를 살리면서 한시로서의 정제된 형식미를 갖출 수 있는 방식으로는 나머지 두 수처럼 5언6구가 일반적인데, 남구만의 시도는 이 시기 한역시들에서 발견되는 특징적인 현상으로 「번방곡」 중 2수, 「단가십구장」 중 5수도 동일하다. 반면 시조 원가의 재현을 목적으로 했던 「금속행용가곡」에서는 이런 형식이 보이지 않는 점도 흥미로운 사실이다.

　세 편 한역시 가운데 가장 원시조를 충실히 좇은 것은 남구만의 한역이다. 이기휴의 한역은 초장 후반부와 종장 전체가 한역자의 의도대로 상당부분 수정되었다. 한시 제5·6구는 종장의 리듬감이나 경쾌한 분위기 대신 '오래 묵은 풀'이 상징하는 바 중의적인 무게를 풍긴다. 「호파구」13.에서는, 근면을 강조하면서도 잠에서 깨지 못한 아이를 책망한다기보다는 전원의 한가한 풍경을 가볍게 데생하고 있는 듯한 원가의 분위기를 '얄미운 목동들'이나 '恐未趁日耕'이라는 표현으로 살려냈다. 한시 제4구 정도가 변이된 부분인데, '여태 아니 니러느냐'라는 제3자다운 관점이 아니라 잠에 취해 깨어나지 못하는 목동의 입장에서 보다 한시답게 바꾸어 표현했다.

다음으로 한역시를 통해 원시조의 의미를 재구할 수 있는 예가 있다. 다음 작품을 보자.

宿鳥飛入 新月升之　　잘 새는 다 느라들고 새 둘은 도다 온다
獨木矼上 獨去被禪師　　외나모 드리에 혼자 가는 더 듕아
爾寺何許 遠遠鐘聲聞　　네 뎔이 언머나 흐관디 먼 북소리 들리느니.
「금속」18. 夕眺歡　　　　　　　　　　　#2495 鄭澈

시조 각 장의 정보량에 따라 한역시에 각기 다른 글자수를 배열한 장단구 형식이다. 사용된 어휘뿐만 아니라 語順과 구별 배치도 시조와 동일하며 '鐘聲聞'에서 보듯 서술어마저 우리말처럼 배치시켜 놓아 따로 한시의 해석이 불필요할 정도이다. 새들도 둥지를 찾아 들고 이미 달마저 떠올랐는데 오직 외로운 선사만은 절로 돌아가는 길이 멀다는 뜻을 '遠'자의 중첩을 써서 먼 데서 울려오는 북소리의 아득함으로 형상화하여, 물리적 거리감과 심리적 거리감을 동시에 환기시킨다.

그런데 동일한 시조를 한역한 이기휴의 한역은 종장의 의미를 사뭇 달리 처리하였다.

宿鳥投林栖	잘새는 수풀 사이 날아들고
新月上樹掛	새 달은 나무 사이 걸렸네
前溪小橋危	앞 내의 작은 다리 위에
歸僧獨杖閒	歸僧은 홀로 지팡이 짚고 한가한데
有寺知不遠	절 있는 곳 멀지 않은 듯
鍾聲來入耳	북소리 귀에 들려오네.

「단가십구장」 1.

제3·4구에 묘사된 선사의 모습은 바삐 절을 찾아들어가는 황망한 모습이 아니다. 그런 유유자적한 태도의 이유는 바로 제5·6구에서 드러나듯이, 화자의 귀에까지 미치는 종소리, 곧 절의 소재가 가까운 데 있다고 표현했다. 이기휴는 종장의 의미를 이형상과는 다른 방향에서 이해하였고 그것을 한역 과정에서 드러낸 것이다. '宿鳥投林栖'나 '新月上樹掛' 등 한시의 상용구를 활용한 점이나, 5언6구 형식에 집착한 것 등은 그가 시조 자체에 관심하기보다 한시답게 재구성하려는 의도를 강하게 지닌 것으로 해석할 수 있다.

시조에 대한 상이한 해석은 두 사람의 시조 연행 경험의 차이에서 비롯한 것으로 보인다. 주지하듯이 이형상은 음악적 소양이 상당하고 가집을 접한 적이 있으며 시조 연행을 여러 차례 경험할 수 있었던 반면, 이기휴는 세상에 나오지 않고 지방에서 평생을 살다 마친 인물로 공식적 연행 현장과는 상관없이 개인적인 차원에서 시조 의미를 이해하고 향유했고, 이런 차이가 한역 과정에 반영된 것이다. 바로 다음 시기에 황윤석이 이 노래의 유사 사설시조를 한역한 것에서 후대의 의미 향방을 가늠할 수 있기에 흥미롭다.[28]

이 시기에는 한역시 경향이 '강호한정'과 '유교적 이념(도덕 및 윤리)', '송축' 등이 대부분을 차지하고 '애정'과 '취락'은 거의 보이지 않는다. 그런데 남구만의 경우는 원가가 밝혀지지 않은 작품을 포함하여 연정을 다룬 것이 11수 중 5수나 되어, 이런 노래에 대한 특별한 취향을 시사한다.

何曾妾無信	어느 때 일찍이 제가 신의 없어서
乃與君相欺	님을 서로 속였기에
深夜遠來意	깊은 밤 멀리서 온 뜻을
而君諒不知	님은 알아주지 않는가요
鳴風落葉本無情	바람에 우는 낙엽은 본시 無情하니
渠自爲聲妾何爲	떨어지는 소리를 낸들 어찌할까요.

「번방곡」 8.

니 언지 無信ᄒ여 님을 언지 속엿관더
月枕三更에 온 뜻지 전혀 업니
秋風에 지는 닙소리야 니들 어니 ᄒ리오.　　　　　#588

---

28) "宿鳥翩翩飛入北靑樓/ 新月稍稍輾上神雪樓/ 瞻彼獨木橋獨歸僧/ 蜀歸僧招提隔幾里/ 暮鐘聲傳白雲悠"「고가」 6. "잘 식는 플플 把淸樓로 희도라들고 새 둘은 漸漸 新雪樓로 불가올제/ 외나무 드리에 홀노 가는 중아중아/ 네 절리 언머나ᄒ관더 遠鍾聲만 들니ᄂ니."『槿花樂府』 382.

한역 과정에서 작자의 의도가 개입되어 시의 의미를 분명히 해주는 부분은 제3구와 제4구이다. 시조에서 중장은 님이 온 기척이 없다는 객관적 상황을 제시하고, 종장의 떨어지는 낙엽 소리는 처량함을 고조시킨다. 하지만 한시의 제 3·4구는 깊은 밤 함께 만나기로 한 약속을 믿고 멀리서 왔건만, 오지 않은 님 때문에 그 의미가 사라졌다고 옮겼다. 제5·6구에서 바람에 우는 것은 낙엽만이 아니라 자신의 참담한 내면이기도 하다. 노래가 불러일으키는 정서를 내면화해 설득력 있게 제시하고 청자의 공감을 끌어오려는 문학적 형상화에 애쓴 결과이다.

이처럼 대부분의 한역시에서 남구만은 부분적 혹은 전반적으로 노래를 변이하고 한시화에 따르는 재창작화를 시도해 한역자의 의도를 반영하고 있으며, 직역은 2수에 그친다. 이는 「호파구」 및 이기휴의 한역 태도와도 유사하다. 그렇다면 「금속행용가곡」에서 택한 한역의 상황—곡조별 배열, 노래의 직역, 소재적 편향, 다양한 시형식 등—은 노래에 관한 사대부의 특별한 전승 욕구에 기반한, 일종의 가집 편찬에 버금가는 의식을 드러내주는 특별한 경향이라 하겠으며, 여타 한역은 개인적이고 한시화에 치중한 전 시기의 한역 의식을 잇고 있다고 판단된다.[29] 『진본 청구영언』이 편찬되기 직전에 사대부가 「금속행용가곡」처럼 전승을 염두에 둔 노래의 기록을 시작하였고 그것이 개인적 한시화의 경향과 함께 한역의 흐

---

29) 이민성도 위의 #588을 한역했는데, 형식상의 제약을 넘어 한시화를 통해 새로운 의미를 재창출하려는 의도가 분명히 나타난다. "我來豈無信 내 언제 無信했던지/ 月沈夜三更 달 기우는 깊은 밤/ 秋風自落葉 가을바람에 절로 지는 낙엽은/ 非我 惱君情 내가 님 그리는 정은 아니리." 「俚歌」 1.

름을 이루었다는 것은 특히 주목할 부분이다. 이민성의 시기가 한역 자체에 목적을 둔 초창기라면, 이 시기의 경향은 노래를 '기록'하는 '전승자'와 '시화'하는 '시인'으로서의 사명이 모두 드러난 과도기의 면모를 보여준다.

한역 태도를 두고 두 갈래로 나뉘던 과도기적 양상은 18세기 중·후반에 오면 확고한 방향성을 띤다. 황윤석과 홍양호의 한역 작업을 통해 구체적으로 살펴보자.

황윤석(1729~1791)은 늦은 나이에 진사시에 합격해 여러 관직을 거쳤으나 모두 재임기간이 길지 않았고, 종6품에 머물렀다. 짧은 재임 후 다음 관직을 제수받기까지 기다림이 오래게 되자 지쳐 벼슬자리를 포기하려 했으나 노모의 간절한 바람 탓에 귀향이 어려웠다. 기다림의 시간은 왕성한 지적 역량을 지닌 그로 하여금 사회의 각 방면에 걸친 방대한 저술을 가능케 했다. 19세 때(1747)와 그 다음 해 시조를 한역한 「古歌新翻 29章」과 「古歌新翻續 14章」을, 이후 기타 3수의 한역을 남겼고,30) 50세가 넘어 木川縣監으로 재직할 때는 연시조 <목주잡가> 28수도 지었다. 총 45수의 한역시 중 원시조가 확인된 41수의 내용을 살피면 江湖(隱逸, 脫俗)와 忠義의 노래가 가장 많고, 戀情, 醉樂 등이 그 다음이며 敎訓(警世), 無常 및 懷古, 豪氣를 다룬 것도 있다. 한역시를 나누는 특별한 기준을 마련하지는 않았으며, 노래의 배경이나 성격을 한역시 아래에 짤막하게 언급한 경우가 있다. 한역시 형식은 제언체는 단 4수에 불과하고, 長短句가 압도적으로 우세하다. 5구와 6구 형식

---

30) 『頤齋遺稿』 권1 및 권8.

이 대다수인데 한 구를 이루는 字數는 3언에서 10언에 이르기까지 다양하다.

　홍양호(1724~1802)의 「청구단곡」 작품 수는 이본에 따라 차이가 있지만, 심재완의 '한역시일람'에 수록된 40수와 「北塞雜謠」에 실린 7수가 알려져 있다. 한시 형식은 4구에서 14구까지 다양하나 6구가 21수를 차지하고, 한 구를 이루는 글자 수도 지극히 유동적이다. 한역 태도는 재현의 방식과 함께, 단어나 문맥을 교체, 첨삭하고 때로는 전체 작품의 의경을 전화하기도 하는 재창작 방식이 사용되었다.

　근체시의 제약에서 벗어나 장단구라는 좀 더 자유로운 형식을 활용해 시조의 살아있는 느낌을 살리려고 노력한 이 시기의 경향을 작품을 통해서 살펴보자.

窓前誰植碧梧桐	누가 창 앞에 벽오동을 심었는가
可愛婆娑月影中	月影 중에 婆娑는 사랑스럽거니와
底夜半驟雨	한밤중 驟雨에
一葉二葉一聲二聲	한 잎 두 잎 한 소리 두 소리
偏攪愁人枕夢驚	수심 어린 사람만 놀라 잠깨게 하네.

「속고가」 10.

뉘라셔 나 자는 窓밧긔 碧梧桐을 심으돗던고
月明庭畔에 影婆娑는 됴커니와
밤듕만 굴근 비소리 애긋는 듯ᄒ여라.　　　　　　　　#688

위의 작품은 시조를 5구의 장단구로 한역하면서 초장과 중장은 7언으로 된 1구와 2구에, 종장은 나머지 3구에 고루 나누어 한역하였다. 초장과 중장이 한 구씩 차례로 어울리는 규칙적 모습을 각 7언 형식의 반복으로 고정한 한편, 종장을 옮긴 세 구는 5·8·7언으로 변화를 주면서 유동성을 보인다. 특히 종장 첫구를 직역하는 대신, '굵은 비소리'를 '一葉二葉一聲二聲'라고 옮김으로써 제각각 다른 크기의 잎사귀마다 후두둑 듣는 빗소리를 실감나게 묘사한 점은 주목을 끈다.

종장을 이처럼 변이시킴으로써, 시조에서 '애긋는 듯ᄒ'던 정서의 관념성은, 한시에서 오히려 실재성으로 다가들게 된다. 수심 때문에 겨우 잠들었다가는 벽오동 잎사귀에 듣는 또렷하고 어지러운 빗소리에 놀라 벌떡 깨어 앉는 수척한 모습을 구체적으로 떠올리게 되는 것이다. 시의 전체 의경은 같아도 그것을 체감하는 방식은 달라질 수 있다는 점, 인간 자신의 감정만이 아니라 인간 밖의 사물을 곡진히 다루고 묘사하려는 한역의 지향성을 분명히 보여 준다.

誰種碧梧樹　　　누가 벽오동을 심었나
婆娑月蒲庭　　　月蒲庭의 婆娑로다
只怕三更雨　　　다만 三更雨에
令人睡不成　　　사람으로 하여금 잠 못 들게 할까 꺼리네.

「俚歌 8」

일찍이 이민성이 같은 시조를 한역한 것이다. 5언고시라는 형식적 제약으로 인해 시조의 정보량은 넘쳐날 수밖에 없고, 한역되어 남은 부분은 결국 작가가 노래의 정수라고 여긴 부분이다. 이 때 탈락한 '나 자는 창 밖'과 '됴커니와', '굴근' 등은, 원시조에서 공간을 구체화하고 감정을 노출시키며 청각적 심상의 정도를 표현한 부분으로, 황윤석의 한역에서 오히려 강조되고 확장시킨 부분이다. 원시조의 변이를 통한 한시화를 시도한 점은 같으나, 이민성과 황윤석이 노래를 대하는 태도는 이처럼 달랐던 것이다. 이민성이 원시조의 가치를 인식하면서도 한시로서의 완결성에 더욱 무게를 둔 반면, 황윤석은 구체적이고 생동감 있는 시어로써 원가의 장점을 더욱 배가시키고 있다.

莫燃松	솔불 켜지 마라,
明月上前峰	앞 산 봉우리에 밝은 달 솟는다.
莫設席	자리 깔지 마라,
紅葉滿溪石	붉은 잎 溪石 위에 가득 찼다.
兒兮急速取酒來	아이야, 속히 술 가져오너라,
山肴野蔌聊以娛今夕	山野의 나물안주로 애오라지 今夕을 즐기고자 하노라.

「青丘短曲」 3. 莫燃松

兒休撥松火	아이야 솔불 켜지 마라,
昨落月還復出東山	어제 진 달 다시 동산에 돋아 온다.
且休設竹簟	대자리 또한 깔지 마라,
草坐亦足容吾身	풀자리라도 내 몸 허용할 만하다.
一杯酒兒酌	아이에게 일배주 따르게 하고,
我方欲席地而衾天	나는 땅을 자리삼고 하늘로 이불 삼으려 하노라.

「고가」 19.

집 方席 내지마라 落葉인들 못 안즈랴
솔불 혀지 마라 어졔 진 달 도다온다
아희야 薄酒 山菜ㄹ만졍 업다 말고 내여라.　　　#2701 韓護

홍양호의 한역시는 원시조의 의경을 확장하는 것을 피하고 충실하게 의경을 재현하였다. 이를 위해 한시의 구성도 시조의 3장 형식에 의한 시상 전개법을 그대로 채용하면서 원가의 분위기를 살리려고 노력한다. 변형을 막기 위한 구체적인 기교도 보이는데, 초·중장 첫 구를 단 석 자로 재현하면서 '莫'字로써 시조의 부정 어미 효과를 살린다든지, '아희야'에 최대한 가까운 '兒兮'로 대치한 것이 그것이다. 「고가19」는 원시조를 충실히 따라가며 한역하다 종장에서 돌연 원가의 소박한 醉樂의 경지를 훌쩍 벗어나고 있다. 홍양호가 '聊以娛今夕'을 첨가한 것도 원시조의 단순, 소박함을 퇴색시킨 감이 들 정도인데, 황윤석은 한술 더 떠서 술마시고 천하의 속박에서 벗어나 하늘과 땅을 포용하려는 도가적 경지마저 내보인다.

그런데 두 한역시에서 모두 원시조의 초장과 중장이 순서가 뒤바뀌었다. 한역 과정에서 도치가 불가피했으리라고 판단할 만한 근거가 없으므로, 이들이 접했던 원시조가 현재와는 다른 순서의 노래이지 않았나 생각된다.

이제, 동일한 시조를 한역한 19세기 신위(1769~1845)의 작품을 통해, 18세기 후반 한역 의식과의 차이점과 새 시기의 경향성을 확인해 보자.

休煩款待黃第薦   번거로이 누런 대자리 깔기를 기다리지 말고
且坐何妨紅葉堆   낙엽더미에 앉은들 무슨 상관있으랴
豈必松明燃照室   소나무 태워 방 밝힐 필요 없으니
前宵落月又浮來   어젯밤 진달이 다시 떠오르는 것을.[31]

「소악부」 22. 慣看賓

원시조가 7언절구형으로 한역되는 과정에서 시조의 종장은 탈락하였다. 앞 작가들과 시기상 근접한 사대부 작가에 의한 한역작품이 노래의 변개나 작가의 삶의 방식 차이로 인해 변화했다고 보기는 어려우므로, 이는 7언절구를 형식으로 택한 한역의 기본태도와 관련된 것이다.

신위의 소악부가 19세기 내내 시조 한시화의 표준형으로 정착되면서 시조를 근체시의 엄격한 형식적 틀 속에 가두게 된 결과, 본래의 생동성과 발랄함이 대부분 거세될 수밖에 없었다는 점은 거듭 지적된 바 있다.[32] 현실의 구체성이나 삶의 곡절, 작자 자신의 상상과 의식을 담아내는 데 실패한 대신, 대구의 세련이나 정경화의 성취 등을 보여주면서 근체시의 형식과 기교를 통해 한시가 이를 수 있는 극치를 추구했다는 것이다.

제목에서 이미 「소악부」와의 연계성을 밝힌 이유원이나 이유승 등은 말할 것도 없고 원세순과 권용정 등도 7언절구를 택해 유사

---

31) 權用正의 한역시도 신위와 거의 유사하다. "落葉眞堪隨處坐 낙엽에는 참으로 어디에나 앉겠거니/ 松燈亦復不須燈 솔불 또한 밝힐 필요 없다/ 分明前夜下山月 분명 어젯밤에 산 넘어간 달이/ 又向東山高處圓 또 동산의 높은 곳에 둥글어 있으니." 「東謳」 17.

32) 김석회(1999), 159~160면 등.

한 한역태도와 작가 의식을 견지한 것으로 보인다. 정현석은 전체 100여 수의 한역시 중 87수를 7언절구체로 옮기고 나머지는 고시체와 장단구를 활용했다.[33] 달리 말하면 19세기 여타 작가들보다 좀 더 자유로운 입장을 지니고 시조의 충실한 재현에도 관심을 보인 셈이지만, 이 시기의 대세였던 7언절구 한시화의 방향을 거스를 수는 없었다. 또 한역한 원시조의 내용이 연정과 취락 등에 집중되어 있는 것은 이미 주지하는 바로, 형식면에서 다소간 변화를 시도한 정현석의 경우도 다르지 않다.

위의 사실들로부터 이 시기의 경향을 단면적으로 살핀다면, 한문학의 영속성을 믿는 사대부 작가들이 우리 노래의 가치를 인식해 익재를 전범삼아 기록화를 시도했으며, 중국과 달리 말과 글이 일치하지 않는 우리의 한계를 인식하고 『시경』의 '채시관풍'의 정신을 따르되 가사에의 과도한 집착을 버리고 인상 깊은 대목만을 형상화하는 '採曲入詩'의 방법을 새롭게 발견했다는 평가도 가능하다.[34] 그러나 초창기 한역으로부터 통시적으로 파악할 때 이들의 한역 태도는 분명 시조의 정서를 돌보려는 쪽이 아니라 한시로

---

33) 「교방가요」 작품 및 한역 경향은 성무경 역주, 『教坊歌謠』(보고사, 2002) 및 金明淳, 「鄭顯奭의 詩歌 漢譯 樣相 研究」, 『동방한문학』 19집(동방한문학회, 2000) 참조.

34) 김석회(1999), 157~161면. 인용 논문의 결론 부분에서 김석회는 소악부시의 성과에 대해, 19세기 문풍 일반과 같이 功過와 得失의 음영이 교차하는 양면성을 지니고 있지만, 시조나 한시의 담당층이 지닌 맹목적인 상층문화추수현상 내지 편협한 심미주의로 인해 두 장르 사이의 장르교섭 상승효과를 스스로 제약하고, 장르재충전의 효과를 반감시킨 면이 있다고 하여 過失의 측면을 부각하고 대체적으로 부정적 입장에서 평가하고 있다. 필자는 그의 전체 논조와 취지를 인정하면서, 다만 맹목적으로 소악부시의 공로만을 드러내 온 기존 논의대신 양면성을 차분히 점검한 성과를 존중하기에 그의 논의 가운데 해당 요소를 인용해 제시하고자 한다.

서의 완성도를 높이는 데 치중하고 있다고 할 수밖에 없다.

시조의 의미구조상 대개의 시조는 종장에서 초·중장의 詩意를 집약하고 주제를 드러내기 마련인바 소악부 시들에서 이처럼 종장의 탈락 현상이 빈번하게 나타남으로써 시조와의 결속력은 대단히 느슨해지는 결과를 낳았다. 소악부 작품들은 시조의 정감과 의경보다 근체시의 규격화된 틀로서 한시화의 정형을 이루고자 했으나, 형식에 집착할수록 18세기 이전에 보여준 노래의 생동감과 곡진한 표현을 획득하는 데는 실패한 채 심미적 취향으로 기울고 말았다. 이들에게 시조는 한역의 대상으로서 취재의 근원을 제공했을 뿐, 한역 작가의 의식은 국문시가의 효용과 자국어문학에 대한 인식으로부터 한시의 미의식과 형태미 쪽으로 급격히 기울 수밖에 없게 된 것이다.

3.2. 연속적 관점에서 본 각 시기별 특징

이상의 한역시의 양상에 의한다면, 시조한역의 시기와 경향을 다음과 같이 구분해 볼 수 있겠다. ① 이민성이 「聞人唱俚歌韻而詩之」란 제목 아래 시조한역을 시도한 16세기 말에서 17세기 초반에 이르는 시기, ② 기록과 한시화의 양쪽에서 시조한역을 적극적으로 시도한 이형상의 「금속행용가곡」과 「호파구」 및 남구만의 「번방곡」, 이기휴의 「단가십구장」이 나온 17세기 후반 18세기 초기, ③ 홍양호의 「청구단곡」 40수 및 「북새잡요」 내 한역시, 황윤석의 「고가신번29장」 및 「고가신번속14장」을 중심으로 한 18세기 중후반, ④ 신위의 「소악부」 이후 악부시들의 생산기인 19세기 등이다. 이러한 시조한역의 시기들의 성격과 각각의 특징을, 조선후기에 부침을 거듭한 시대적 조응의 결과로서 설명하고 의미를 밝히기 위해서는 유형화한 한역의 전후 시기와 연계해서 살피는 작업이 요청된다.[35]

16세기 후반에서 17세기 초기 이민성의 시조한역은 관습화되지 못한, 편법 정도로 여겨진 실험적이고 단편적인 작업이었다. 초창기의 시조한역은, 한문화권의 울타리에 속한 사대부가 국문시가에 관심을 표명하고 5언고시라는 양식을 택해 한역을 시도했다는 사실만으로도 대단히 중요한 문학사적 의미를 띤다. 임란 후 급격히 변화하는 현실 속에서 이미 경직화한 한문학의 탈출구를 모색하려는 의식이 작용했을 것으로 보인다. 한역의 형식과 시조의 취택 기준 등을 모두 스스로 마련해야 했던 이 시기에 근체시보다 형식적 구속력이 덜한 고시를 택하였으나, 5언4구의 분량으로는 시조의 정감과 표현을 수용하기 어려워 시조 일부를 탈락시키고, 곡진한 표현과 미묘한 분위기의 전달은 어려울 수밖에 없었다.

17세기 후반에서 18세기 초 이형상과 남구만에 이르러 시조한역은 여러 작가에 의해 일반화하는 경향을 보인다. 그 한역의 방식은 원시조의 정감과 의미를 따라가며 그대로 재현하는 방식과, 시조의 의경을 따르되 주제를 자기화하여 한시화하는 변이의 방식, 두 가지로 크게 구분된다. 또 이기휴처럼 중앙과의 직접 교류가 없던 문인도 시조한역이 가능할 만큼 시조 연행은 보편화되었다. 하지만 이들이 한역 과정상 특정 형식을 양식화할 만큼 공통된 시형식

---

35) 조해숙(2003), 87~88면.

을 확립했다고 단정키는 어렵다. 다만 5언6구 형식이나, 초·중장 5언4구, 종장 7언2구 배당 형식을 어느 정도 양식화하고자 했었다는 것은 세 사람의 한역시의 공통된 방식을 통해 조심스럽게 추정할 수 있겠다. '기록'을 위한 '재현'과 '자기화'를 통한 '詩化'가 모두 가능하고 다양한 시형식의 양식화를 모색했던 이 시기는 과도기의 모습으로 이해할 수 있다.

18세기 중·후반 황윤석이나 홍양호에 이르면 시조의 한역은 국문시가의 역할을 긍정하고 적극적으로 활용하려는 의욕이 개성적인 표현을 담은 장단구 형식에 얹혀진다. 그리하여 이 시기의 시조 한역 작업은 이미 당대의 급속한 변화와 조응하기에는 지나치게 온건한 양식이 된 중세적 한시에 영향을 불어넣는 역할을 하였으며, 시조 쪽에도 유행시들의 고정화, 재창작화를 가능케 하여 긍정적으로 작용하였다. 이것은 이 시기 金昌翕을 위시한 '眞詩' 운동, '朝鮮詩' 운동으로 불릴 만한 創新的인 시작 활동과 연계할 개연성이 충분한 것으로, 곧 한시단의 활로를 모색하려는 또 다른 방향이라고 할 만하다. 이 과정에서 작가의 개성적인 시적 감수성, 국토나 우리 것에 관한 애착 등에 의해 시조의 한역도 단순히 차용의 수준에 그치지 않고 한시의 세련미와 정조를 듬뿍 살리면서도 시조의 생동감과 정서를 곡진히 전달하는 방식으로 이루어졌다.

이후 19세기의 민요시나 소악부시들이 갖는 성격과 의미는 19세기 전반의 동향에 견주어 심층적으로 논해야 할 문제이다. 다만 19세기에 왕성하게 나타난 악부체의 양상에 대하여, 이제현의 소악부 정신이 홀연 새롭게 부상한 것으로 보는 시각은 재고를 필요로 한다. 우리가 논해온 바 소악부시는, 이미 17세기 초기 이민성의 시에서와 같은 실험적 모색기와 17세기 후반 이형상, 남구만 등의 과도기를 거쳐, 가능한 모든 시형식을 실험하는 18세기의 발전기를 지나서야 나타날 수 있었던 현상인 것이다. 19세기 한역시가 18세기 형식은 물론 이행기다운 발랄함과 생동감에서도 멀어진 채 7언절구라는 근체시의 견고함 속에서 고착화하는 현상은 문제적이다. 이는 전 단계의 난만하고 실험적인 다양성에 대한 일종의 반작용으로 형식상의 엄격함과 보수성 속으로 숨게 되는 것이 아닌가 생각한다.

이렇게 보면 시조한역 과정 자체가, 이전 것의 극복과 대안으로서의 일련의 반복 과정을 내재하고 있는 것이라고도 해석된다. 문학사의 시기로 볼 때 각 갈래들이 자기 양식의 변화와 모색을 거듭하면서 새로운 시대적 변화에 조응하려고 시도하던 소용돌이의 시기에 시조한역의 양상 또한 초창기로부터 양식화의 과도기를 거쳐 자국어문학에 경도된 발전기를 맞았으며 이후 난만한 형식과 실험성은 배제된 채 급격히 심미성과 유흥성에 치중해가는 고착화의 시기를 급박하게 맞이했다고 평가할 수 있다. 물론 이는 작가나 작품의 확충은 물론 개별적 예외나 변용의 사례들을 허용하면서 일반론으로 수렴하는 절차를 밟아야만 할 것이다. 여기서는 더 이상의 구획이나 의미 확장을 꾀하지 않고, 시조한역의 흐름이 시조사적 쟁점들과 맞물린 부분을 좇아 의미화하는 다음 장으로 건너가고자 한다.

4. 시조한역의 시가사적 의미 : 시조사의 쟁점과 관련하여

지금까지 기왕의 연구에서 특정 경향 내지 특정 작가에 국한하여 논의되어 온 시조한역의 양상을 시기별로 경향을 나누어 고찰하고, 동시대 작품의 비교 결과를 다시 전후 시기의 작업과 관련하여 살핌으로써 조선후기 문학사에서 두드러진 시가 한역 양상을 독자적인 흐름으로 파악할 수 있게 되었다. 그런데 시조한역 양상에 대해 통시적으로 접근하는 것은 그것이 시조사의 복원 작업에 기여할 때 의미가 있다. 오랜 기간 국민문학으로 일컬어질 만큼 광범위하게 체화된 갈래였던 시조의 전승 과정은, 18세기 이후 가집에 전하는 자료 또는 개인 문집 내 산발적 자료에 의해 성글게 엮여져 왔고 아직도 구체적인 보완을 필요로 하는 부분이 상당수 존재한다. 시조한역 연구의 성과는 이런 불완전한 부분에 대해 문학내적이고도 실증적인 의문과 그 해결의 실마리를 제공할 수 있다.

시조한역 양상을 통해 시가사적으로 의미 있는 문제들을 차례로 정리하면 다음과 같다.

첫째, 시조의 한역 양상은 작가가 밝혀지지 않았거나 작가의 논란이 있는 시조 작품의 작가 확정 문제에 기여한다. 이민성의 한역 대상 중 '뉘라셔 나 자는…'으로 시작되는 시조는 朴氏本『詩歌』에 의하면 李觀徵(1618~1695)이 작자라고 하였고, '일뎡 빅년 산들…' 시조도 정철을 작가로 표기한 곳이 있다. 그러나 한역 작가 이민성의 생몰연대로 보면 성립될 수 없다. 또 이형상의『악학편고』및「지영록」에는 <圃隱歌>와 <冶隱歌>라는 두 편의 한역 작품이 실렸는데, 앞의 것은 정몽주의 '단심가'여서 의심할 바가 없으나, 뒤의 것은 흔히 조식 혹은 양응정의 작으로 알려진 '三冬에 뵈옷닙고…'의 한역 작품이다. 이형상은 이것을 '冶隱'의 작이라고 하면서 "야은이 태조대왕이 승하했을 때 지은 것이라고 세상에 전한다(世傳冶隱聞對太祖大王昇遐而作)"는 언급까지 달았다. 이형상이 중앙을 왕래하면서 시조의 향유와 전승에 대해 누구보다도 해박한 지식과 영향력을 지녔던 인물이고, 「지영록」이 후대 가집들보다 창작 시기에 근접해 있는 기록이라는 점을 감안하면 신빙성을 부여할 만하다.

이와 함께 한역 작가와 거의 동일한 시기의 인물이 원시조의 작가로 밝혀져 있는 경우에 대한 의문도 조심스럽게 제기하고 싶다. 본문 3장에 소개된 「俚歌」 10.의 원시 '思郞이 거즛말이…'는 작가가 이민성과 같은 세대의 인물인 김상용(1561~1637)이라고 알려져 있다. 당대의 작품이 널리 알려져 다른 사대부에 의해 한역 대상으로까지 선택되었다고 할 수도 있겠으나 과연 그럴 수 있었을까 의문의 여지가 있다. 또 남구만의 작으로 널리 알려진 '동창이 불갓느냐…'도 마찬가지이다. 한역시들에 의한다면 남구만 자신은 물론 동시대의 다른 두 작가에 의해서 거듭 한역될 만큼 창작과 동시에 일대 유행했다는 것인데, 이 또한 작가 문제에 신중함을 기하도록 하는 부분이다. 특히 이기휴처럼 지방에 은거한 인물에게까지 선택된 작품이라는 점에서 더욱 그러하다.

둘째, 시조한역 과정은 발생 시기나 담당층, 연행 상황, 평시조로부터의 전이 문제 등 사설시조에 관한 쟁점들에 관한 해답의 실마리를 시사한다. 이민성의 짧은 한역시에서는 사설시조를 반영한 것으로 보이는 작품은 없고, 다음 시기에 와서 이형상이 「금속행용가곡」에 평시조 한역시 다음에 사설시조 작품의 한역으로 생각되는 '장가' 4수를 실었다. 이 중 <歎息喝>은 "한숨아 세한숨아…"로 시작되는 사설시조를 한역한 것이어서 그의 한역시 중 유일하게 애정을 다룬 것이고[36], <狗馬戀>은 표면상으로는 님 그리는 내용 같지만 제목에서 암시하듯이 임금을 그리는 신하의 하소연을 옮긴 것이다. 4언16구의 정제된 형식으로 님 不在의 공간을 지키는 고통을 형상화해, 시적 대상과의 관계 설정이나 태도, 꿈을 이용한 재회 등이 얼핏 <속미인곡>류를 연상시킨다.[37] <將進酒>와 <雍門周>는 『진본 청구영언』 등 후대 가집에 '蔓橫淸類' 앞에 배열되어 있는 노래이다. 이들의 존재는 후대 '만횡청류'와는 서로 다른 음악적 형식으로 17세기에 노래 불렸을 가능성을 암시하며, 17세기 이전에 이미 사설시조가 유행하였음을 알려주는 자료로서 가치가 있다.

한편 이형상이 한역한 '잘 새는 다 느라들고…'가 황윤석에 의한 한역에서는 이 평시조가 사설시조화한 작품으로 정착된 것을 볼 때 18세기 후반에 이르러 평시조로부터 전화한 사설시조의 존재가 자리 잡았음을 알 수 있다. 황윤석과 홍양호의 한역시에서 사설시조 한역으로 보이는 것은 서너 작품씩 발견되는데, 애정시조를 한

---

36) 한역시 중 표현상의 참신함이 돋보인다. "屛風 이라 덜걱 접고/ 簇子ㅣ라 둑더골 말고" 부분을 "鎖停屛風 對曲對曲 撤入乎/ 簇子 突胡廬錄 捲入乎"이라 옮김으로써 '대곡대곡', '도로로록'과 같은 의태어를 살린 점 등이 주목된다.

37) 한역시 전문은 다음과 같다. 「長歌」 3. <狗馬戀> "我久爲客 歲月空徂/ 沈誠少乎 咎罰多乎/ 何事落南 至此之離/ 月白風淸 別恨愈悲/ 昨夜勞夢 入去君所/ 耽耽別懷 切切呼訴/ 吾情若此 主豈無心/ 覺後更思 自然霑襟."

역의 대상으로 거의 선택하지 않았던 이들 작가조차 직접적 감정 노출 부분을 순화시킨 상태로나마 사설시조의 유행경향을 반영할 수밖에 없었던 사정을 짐작케 한다. 金載瓚(1746~1827)의 문집에 전하는 「詩謠」 15수 가운데에도 애정류 사설시조 내지 애정민요를 대폭 변개했을 가능성이 있는 작품들이 발견되어 이 시기 국문시가 양식들의 존재양상 내지 관련성을 고심케 한다.[38] 이 경우 한역시의 어느 갈래로의 귀속만을 문제 삼기보다는, 민요와 한시와 시조와 악부시들 상호간의 넘나듦을 상정해 보는 것이 합리적 태도라 본다.

  셋째, 시조한역 자료는 구비 전승기를 거친 시조의 변이 가능성과 탈락의 요인들을 점검하게 한다. 기록물로서 한역 대상을 접했다고 여겨지는 자작 한역시나 연작시 한역 작품과 달리, 민간 유행 시조는 구전 단계의 시조를 직접 듣고 한역한 것들이라는 점을 앞서 고찰한 바 있다. 구비전승 과정에서 노래의 변이나 축약, 탈락은 불가피했을 터이다. '집 方席 내지 마라…'는 황윤석과 홍양호가 모두 현전 시조의 초·중장 내용을 뒤바뀌어 한역하고 있으

---

38) 해당 한역시와 관련 사설시조의 예를 차례로 들면 다음과 같다.
  『海石遺稿』「詩謠」 4. "郎化爲高木/ 妾化爲葛藟/ 千回縈復縈/ 木葛同時死"
  #733 李鼎輔 "님으란 淮陽金城 오리남기되고 나는 三四月 츩너출이 되야/ 그 남기 그 츩이 낙거미 나븨 감듯 이리로 츤츤 져리로 츤츤 외오 프러 올이 감아 밋부터 솟ㄱ지 흔 곳도 뷘틈업시 晝夜長常에 뒤트러져 감겨 이셔/ 冬섯쭐 ᄇᆞ람비 눈서리를 아모리 마즈들 플릴 줄이 이시랴."

  「詩謠」 5. "小屛畫金鷄/ 夜夜鳴鼓翼/ 畫鷄鳴有時/ 郎心那復得"
  #632 "노새 노새 매양 쟝식 노새 낫도 놀고 밤도 노새/ 壁上의 그린 黃鷄 수둙이 뒤ᄂᆞ래 탁탁 치며 긴 목을 느리워셔 홰홰 쳐 우도록 노새 그려/ 人生이 아츰 이슬이라 아니 놀고 어이리."

므로 노래의 원형태는 지금과는 다른 것이었다고 생각할 수밖에 없다.

또 이형상의 「금속행용가곡」平調 第1눕에 아래 배열된 16수 중 14수는 원시조를 잃었다. 특히 6번부터 16번까지 11수는 한역시의 내용으로 보아 『大學』의 삼강령팔조목을 노래한, 이른바 교훈가류의 전형이었을 것으로 추정된다. 이들이 후대에 모두 탈락된 사실은, 송축이나 이념을 노래한 시들 가운데서도 지나치게 경색된 시들이 후대로 오면서 그것을 실은 낮고 완만한 곡조39)의 퇴색과 더불어 전승 의미를 상실해 간 것으로 설명할 수 있다. 이형상 시대에 중요한 유행곡으로 여겨진 곡조와 내용이 18세기 이후 가집에서는 그 효용성을 잃고 탈락한 것이다.

넷째, 시조한역의 경과로부터, 18세기 이후 본격적인 가집이 편찬되기 시작한 시기 이전의 시조 전승에 사대부가 적극적으로 참여한 사실을 확인할 수 있다. 한역의 첫 시기로까지 소급시키기는 어렵지만 이형상의 시대에 와서 시조는 보편적인 향유 문화로 자리를 잡았고, 사대부들에게 있어서 그 의미 또한 국문시가의 우수성을 역설하는 단계는 지나있었다고 볼 수 있다. 곡조에 따라 세분화하여 작품을 배열하고 속악 취택의 기준을 제시한다는 서문을 둔 「금속행용가곡」의 존재는, 사대부가 시조의 향유 뿐 아니라 전승에도 적극적인 역할을 담당했음을 증거하고 있다. 사대부는 작가 아니면 소비층으로서만 존재했던 것이 아니라 전승에도 적극적이었다는 것인데, 이런 맥락에서 보면 이후 가객의 가집 편찬에도

---

39) 「금속행용가곡」의 곡조별 분류와 그 의미에 관해서는 김용찬(1995), 178~185면 참조.

일정한 영향력을 행사했다는 사실을 입증할 수 있는 하나의 방법이지 않을까 한다.

그런데 본격적인 가집의 등장 이후에도 사대부의 시조한역은 그 의식의 지향이 변화했을 뿐 사라지지 않았다. 황윤석과 홍양호에게서 나타나듯이 극단적으로 자국어시의 장점을 옹호하고 가능한 모든 형식적·내용적 실험을 시도하면서 가장 시조다운 모습을 적극적으로 모색하게 된다. 기록하는 전승자로서의 사명을 가객 집단에게 넘기고, 이들은 여타 갈래에서 보이는 바 이행기다운 발랄함과 생동감을 한역시 속에서 추구한 것이다.

여기서 사대부들의 한역 의도와 동기에 관한 중요한 단서를 얻을 수 있다. 19세기 한역 작가들에 이르기까지 거듭 나타난바 '기록'만이 시조한역의 유일한 목적이라면, 18세기 이후 가집 편찬과 함께 한역시는 자취를 감추어야 마땅하다. 그러나 가집 편찬 이후에도 한역은 오히려 활발하게 이루어졌고 19세기에는 양식화하면서 집중적으로 양산되기에 이르렀다. 이를 어떻게 평가할 수 있는가. 18세기 중후반은 문인으로서 시조를 비롯한 국문시가에 대한 애착과 효용에 대한 확신이 한역을 이끌었다고 인정된다. 여기에 비한다면 소악부시들의 경우 한시적 재구에 훨씬 몰두하는 경향이 나타난다. 한시단의 자극과 장르적 재충전을 위해 시조의 전체적 의경과 에스프리만을 차용하고 원시조를 훼손하면서까지 대구의 세련과 정경화를 성취하는 데 열광한다. 정현석의 몇 작품처럼 국문시가의 형식적 특질을 고민한 흔적도 있으나 전체적으로는 이러한 문화적 대중화 현상을 추수해 간 것으로 보인다.

한편 19세기 후반에 정현석이 소악부 작가들과는 달리, 연행 분위기를 살린 곡조별 배열의 독립적인 한역시 자료를 엮은 것은 어떤 이유에서일까. 이형상의 「금속행용가곡」은 가객들에 의한 가집 편찬 이전의 기록물로서 전승자의 인식을 반영한 것인 반면, 「교방가요」는 한문학의 영속성을 믿는 사대부가 국문가집 편찬이후에도 그 인멸을 우려해 생산한 결과물로 보인다. 한역 작가가 내세운 '기록' 의도는 이처럼 시기나 개인에 따라 달리 나타나기도 하고, 때로는 한시화를 위한 형식적 수사물에 지나지 않기도 했던 것이다.

5. 남은 문제들

지금까지 제기한 시조한역의 성과를 정리하는 것은 생략하고, 남은 문제들을 간략히 점검하면서 연구자의 자세를 요청하는 것으로 전망을 삼고자 한다.

먼저, 시조한역의 흐름 속에서 한역 작가들 간의 소통 가능성 및 한역시 상호간의 영향력을 상정할 수 있을 것인가 의문이다. 이형상 이전 한역 작업은 개인적이고 차별화된 방식으로 행해져 왔다고 생각되며, 그들 간의 소통 가능성도 적다고 본다. 「호파구」의 태도도 그들과 유사하지만, 가집을 접한 적이 있고 「금속행용가곡」을 편찬할 만큼 시조 음악을 이해하고 시조의 연행 현장에 빈번히 노출될 수 있었던 이형상의 작업은 분명 구별해야 할 것이다. 후대 한역시들에도 어떤 식으로든 영향을 끼쳤을 만한데, 18세기 이후 한역시들에서 그 단서를 포착할 수 있을지가 관건이다. 19세기 소악부 작가들 상호간의 소통은 짐작되는 바이나, 이전 한역시들에 얼마큼 노출되어 있었는지, 그렇다 해도 7언절구 양식화의 의도가 벽이 되지는 않았나 의문스럽다. 이를 밝히기 위해서라도 한역 작품을 남긴 인물과 그 주변을 대상으로 한 시조 취재의 근원을 밝힐 수 있는 데까지 충실히 파고드는 작업이 필요하다.

더불어 '謳·歌·謠·方曲' 등 여러 이름으로 전하는 수많은 한역시를 발굴하는 과제도 현재진행형이다. 개인 연구자가 감당하기 어려운 이 일에 대한 다양한 노력과 관심이 요청된다. 또한 한역시의 범위를 확장하여 자작시의 한역 작품 및 연작시의 한역 흐름에 대한 논의들과 연계해야 한역의 전모를 밝힐 수 있다. 한역 작가들이 속한 한시단의 흐름과 비교 대조하여 시조의 한역 문제를 다루는 것도 최종적으로 조선후기 문학사에 다가가는 길을 열어줄 것이다.

우리 연구사에서 18세기 이후의 현상들은 중세적인 것들과의 결별 과정 내지 근대적 맹아의 징후로 과도하게 해석되어 왔다. 이에 견주면 16세기의 문학 양상에 대한 설명은 아직도 지나치게 견고한 중세적 틀 속에 갇혀 있다. 17세기의 문학 현상이 최근 중요하게 부각되는 것은 이런 괴리를 극복하려는 고뇌의 산물이다. 시조한역에 관한 17세기의 성격을 정리함으로써 이러한 문제에도 답할 수 있는 실마리를 얻을 수 있다.

남구만이 주제면에서 자유로운 취택 경향을 보이고 한시화 과정에서 창의적 변용을 한 점 등은 이전 시기와는 달라진 혁신적 면모를 드러내며, 지방에서 개인적인 한역화를 시도한 이기휴에게서 시조라는 장르의 보편화 현상을 발견한다. 또 이형상이 개인적인 한시화의 취향을 드러내는 한역과 더불어 자기 시대에 유행하게 된 시조 작품의 수렴과 체계적 기록을 시도하는 사실로부터 사대부가 시조 향유라는 문화적 현상에 대해 적극적 기록자 내지 전승자로서 참여하게 된 변화를 감지할 수 있는 것이다. 이들 모두가 16세기의 일정 부분을 지속하면서 더욱 급격하고 생동하는 18세기의 소용돌이를 이 시기가 예비하고 있었다는 구체적 증거가 된다.

이상에서 제기하고 고찰한 문제들이 시조사의 감추어지고 성근 어떤 부분을 드러내고 기우는 데 기여할 수 있다고 인정된다면, 앞으로 남은 과제들에 대해서도 언급함으로써 연구자들의 관심을 촉구하고 도움을 요청할 수 있는 계기로 삼으려 한다. 시조한역의 시대적 성격을 분명히 하고 이들을 시조사와 연결해 통시적 전개 과정을 살펴보려 한 본고의 논의 방향과 기준 때문에 제외되었던 시조한역 관련 과제들은 다음의 것들이다.

첫째, 시조한역 자료에서 이이의 <高山九曲歌>나 정철의 <訓民歌>의 한역 작품처럼 특정 작품이 여러 사람에 의해 거듭 한역되고 있는 양상에 대한 고찰이 필요하다. 이 자료들의 존재는 시대적인 조건뿐 아니라 작가들 사이의 영향 관계나 정치적 사상적 문제를 고려한 다른 관점의 고찰을 요구하고 있다. 한 개인의 특정 한역에 그치지 않고 한역의 전체 형식이나, 노래로 연행될 때의 음악적인 측면까지 포함한 광범한 논의가 이루어질 단계에 이르렀다고 본다.

둘째, 자작시를 한역한 작품들의 양상과 특징을 살피는 일도 필요하다. 송순의 한역이라고 알려져 있는 초기 작품부터 신흠, 이정환, 권섭, 조황 등 직접 지은 시조를 한역한 작가들의 성향과 한역의 특징들을 살피는 것은, 민간의 유행 시가를 임의로 취택하여 한역하는 경우와는 여러 면에서 이질적인 면을 드러낼 수밖에 없을 것이다. 구전되는 노래가 아니라 먼저 기록된 자료를 옮기는 경우가 많고, 한역 과정에서 원시조의 의미 변개가 일어날 가능성도 차단된다. 그들이 선택한 한역의 형식과 번역 의도를 고찰해 시조 갈래의 당대적 의미를 보다 잘 드러낼 수 있지 않을까 한다.

셋째, 민간 유행 노래를 한역한 경우에도 한역의 초기부터 19세기에 이르기까지 지속적으로 한역되는 시조들을 추출하고 그 성격을 살피는 것도 의미 있는 작업이 된다. 동일 시조의 당대적 한역 양상의 비교와 함께 이처럼 통시적 변이 과정을 통해 異譯의 배경과 의미를 심층적으로 탐구해 들어가는 미시적 작업도 필요하다.

마지막으로, 한역이 활발하게 이루어진 시기와 시조한역의 문학 담당층을 고려한 주변 연구도 과제 거리이다. 기왕 연구에서도 국문문학과 한문학의 관계 속에서 한시단의 변화 계기나 양상을 시조한역의 배경으로 삼곤 하였지만 한시나 시조의 한쪽에 편향되지 않은 객관적인 정황의 파악이 요청된다. 이를 위해 시조한역 작업을 여항시인들의 활동, 가객들의 시조 창작, 歌壇 및 詩社에 영향력을 행사한 사대부의 성격 등 구체적인 문헌 자료를 바탕으로 한 연구와 연계시켜야 한다.

　이상의 과제를 하나씩 해결하려는 노력들 속에서 시조의 한역은 자료 자체에 머물지 않고 시대를 가로질러 그때 그곳의 삶과 인간을 증거하는 역동적 실체로서 지금 이곳의 우리에게까지 새롭게 다가들게 될 것이다.

각 시기별 주요 한역 작가 및 한역시

* 본 책에서 다룬 주요 작가의 작품을 생몰연대 순으로 제시하였다. 정현석(鄭顯奭, 1817~1899)의 『교방가요(教坊歌謠)』는 작품 수가 많고 성무경의 역주본 (2002)에 본래의 책에 없는 해당 원시조를 첨가, 작품별 이본 수록 가집도 자세히 붙여 두어 활용자료로 적절하기에 여기서는 제외한다.

** 원시조라 밝힌 곳의 작품 번호는 심재완의 『역대시조전서』의 번호를 그대로 사용하고, 특정 가집에 전하는 경우는 해당 가집 및 번호를 밝혔다.

*** 비고에는 일반적으로 작가가 확정된 경우 작가명을 밝히거나, 변이형에 해당하는 참고 작품을 소개하였다.

〔도표 1〕 이민성(李民宬, 1570~1629) 「聞人唱俚歌韻而詩之」 12수

작품	형 식	원시조	초장 첫구	비 고
①	5언고시	#588	닉 언제 無信ᄒ여~	황진이
②	5언고시	#2444	일뎡 빅년산들~	정철
③	5언고시	?	—	
④	5언고시	#480	落葉이 둘발에 지니~	
⑤	5언고시	#2966	秋江에 밤이 드니~	月山大君
⑥	5언고시	#1745	술이 醉ᄒ거늘~	
⑦	5언고시	?	—	
⑧	5언고시	#688	뉘라셔 나 자는 窓밧긔~	
⑨	5언고시	?	—	
⑩	5언고시	#1405	思郎이 거즛말이~	金尙容
⑪	5언고시	?	—	
⑫	5언고시	?	—	

〔도표 2〕 남구만(南九萬, 1629~1711) 「번방곡(翻方曲)」 11수

작품	형 식	원시조	초장 첫구	비 고
①	5언6구	#2325	이 몸이 죽어 죽어~	종장 6·5
②	7언6구	#3202	안개 즈즌 골의~	초장 6·7
③	5언6구	#2875	靑石嶺 지나거냐~	종장 7·5
④	5구(5·5, 7, 5·5)	?	—	
⑤	6구(4언4구, 7언2구)	#809	東窓이 붉앗는야~	
⑥	6구(5·7, 5·5, 7·7)	#689	뉘라셔 날 늙다 ᄒᆞᄂᆞᆫ고~	
⑦	5언6구	#956	ᄆᆞ음이 어린 後ㅣ니~	
⑧	6구(5언4구, 7언2구)	#588	닉 언직 無信ᄒᆞ여~	
⑨	5언6구	?	—	종장 7·5
⑩	5언6구	#992	믈은 가쟈 울고~	
⑪	7언6구	?	—	

〔도표 3〕 이기휴(李基休, 1650~1710) 「短歌十九章」

작품	형 식	원시조	초장 첫구	비 고
①	5언6구	#2495	잘 새는 ᄂᆞ라들고~	鄭澈
②	장단구	?	—	
③	5언6구	?	—	#3261 참조
④	6구(5언4구, 7언2구)	?	—	#1678 참조
⑤	5언6구	?	—	
⑥	6구(5언4구, 7언2구)	?	—	
⑦	5언6구	#2718	窓밧긔 菊花를 심거~	
⑧	5언6구	#2893	靑天에 썻는 기러기 한 雙~	
⑨	5언6구	#2823	鐵嶺 노픈 峯에~	李恒福
⑩	5언6구	#899	동창이 발갓ᄂᆞ냐~	南九萬
⑪	5언6구	#37	ᄀᆞ올비 긔똥 언마치 오리~	
⑫	5언6구	#1192	白沙場 紅蓼邊에~	초장 6·5
⑬	5언6구	#2964	강에 둘 밝거늘~	
⑭	5언6구	#1166	房안에 혓는 燭불~	李塏
⑮	5언6구	?	—	#3262 참조
⑯	6구(5언4구, 7언2구)	#2918	楚江 어부들아~	李明漢
⑰	6구(5언4구, 7언2구)	?	—	#2399/#1392 참조
⑱	6구(5언4구, 7언2구)	#2387	人間이 쑴이런가~	
⑲	6구(6·7, 6·6, 7·7)	#546	南薰殿 둘불근 밤에~	

〔도표 4〕이형상(李衡祥, 1653~1733)「금속행용가곡(今俗行用歌曲)」

작품	형 식	원시조	초장 첫구	비 고
平調 第一旨				
村居樂	4언6구	#2295	이리도 太平聖代~	진청393
感君恩	4언6구	#3062	泰山이 놉다 ᄒ여도~	金綠(自庵集)
自況誇	4언6구	#2458	林泉을 집을 삼고~	병가704
山居勝	4언6구	?	—	
江興濁	4언6구	#3089	平沙에 落鴈ᄒ고~	병가207, 趙憲
大學遺	4언6구	?	—	
明德綱	6구(5·5, 4·4, 5·4)	?	—	
新民推	4언6구	?	—	
至善總	4언6구	?	—	
心性判	4언6구	?	—	
格致圾	6구(4·4, 4·4, 5·7)	?	—	
誠意關	4언6구	?	—	
正心鑰	4언6구	?	—	
修身訣	4언6구	?	—	
靈臺澈	4언6구	?	—	
學工博	4언6구	?	—	
平調 第二旨				
懷古噫	6구(5·5, 4·6, 6·4)	#2898	靑草 욱어진 골에~	일해497
夕眺歎	6구(4·4, 4·5, 5·4)	#2495	잘 새ᄂᆞᆫ 다 ᄂᆞ라들고~	진청416/병가2
經筵諷	6구(6·5, 5·7, 5·4)	#1014	孟子見梁惠王ᄒ신듸~	병가60, 金時習
聖道歎	5언6구	#3061	泰山이 놉다 ᄒ되~	진청374/병가639
忠邪辨	6구(4·4, 4·4, 5·5)	?	—	
樵翁慢	5구(4·7, 5, 5·4)	#1186	白髮에 섭흘 지고~	병가570
探芝覺	6구(4·4, 4·4, 5·4)	#640	綠水靑山 깁흔 골에~	병가569
平調 第三旨				
樂太平	6구(6·6, 5·6, 5·4)	#546	南薰殿 들 블근 밤의~	청452/병가28
春風丐	5언6구	#2982	春山에 눈 노기ᄂᆞᆫ 브람~	병가45, 禹倬
異端駁	5구(5·5, 5·5, 6)	?	—	

羽調 第二旨				
樂山操	6구(5·5, 4·4, 5·4)	#270	冠 버셔 松枝에 걸고~	병가586
浩氣閼	6구(5·5, 4·4, 6·4)	#2793	天地는 언졔 나며~	고금86
月樽皎	5언6구	#2248	劉伶이 嗜酒ᄒ다~	병가680
野眺憑	6구(5·4, 4·5, 5·4)	#2586	졋 소리 반겨 듯고~	진청306/병가591
孤竹誅	6구(5·5, 5·7, 7·4)	#1871	岩畔雪中 孤竹~	진청456/병가1003
霜竹特	5언6구	?	—	
雪梅訪	3구(6, 7, 7)	#1011	梅花 퓌다커를~	永類183
歡逝詠	6구(5·5, 5·5, 6·4)	#2445	一定 百年산들~	진청338/병가608
羽調 第三調(旨)				
採薇解	6구(5·4, 5·5, 5·5)	#2627	주려 주그려 ᄒ고~	진청228, 朱義植
三閭怨	6구(5·4, 5·4, 5·4)	#2918	楚江 漁夫들아~	진청388/병가677
小大感	6구(5·4, 5·4, 5·4)	#85	감장새 쟉다 ᄒ고~	진청446, 李澤
表裡吒	6구(4·5, 4·4, 4·4)	#15	가마귀 검다 ᄒ고~	진청418/병가716
瀟湘班	6구(6·7, 4·5, 6·3)	#2731	蒼梧山 聖帝魂이~	진청386/병가102
界面調 第一旨				
行路易	6구(5·6, 6·6, 5·5)	?	—	
自嘲勅	6구(5·7, 5·7, 6·5)	·?	—	
白髮囑	6구(5·5, 4·4, 6·6)	#1191	白髮이 功名이런들~	진청430
界面調 第二旨				
自在吟	6구(6·6, 6·4, 9·6)	#2857	靑山도 절로절로~	진청462/병가1013
淸凉秘	6구(6·6, 4·6, 5·5)	#2844	淸凉山 六六峰을~	진청312/병가16
落葉護	6구(5·4, 4·3, 5·3)	#480	落葉이 뭀발에 지니~	병가800
界面調 第三旨				
天君釋	5언6구	?	—	
項籍悔	6구(5·5, 5·5, 5·4)	?	—	
長歌				
將進酒	부정형(총14구)	#3189	흔 盞 먹새 그려 쏘 흔 盞 먹새그려~	진청463, 將進酒辭
雍門周	부정형(총18구)	#2810	千秋前 尊貴키야 孟嘗君만 홀가마는~	진청464, 孟嘗君歌
狗馬戀	4언시(총16구)	?	—	
歎息喝	부정형(총24구)	?	—	

〔도표 5〕 이형상 「호파구(浩皤謳)」 16수

작품	형 식	원시조	초장 첫구	비 고
望太平	5언6구	#3012	忠臣은 滿朝廷이오~	병가576
路松勗	5언6구	?	—	
弊屣闋	5언6구	#234	功名도 헌신이라~	靑詠314
陋巷樂	5언6구	#1803	十年을 經營ᄒ여~	진청370/병가177
安分勅	5언6구	?	—	
漁父約	5언6구	#1844	아희야 네 어듸 사노~	남태
樵翁怨	5언6구	#1186	白髮에 섭흘 지고~	병가570
邀仙檄	5언6구	#1839	아희는 藥 키라 가고~	진청314/병가168
白鷺駁	5언6구	#1192	白沙場 紅蓼邊에~	진청339/병가32
白髮鑷	5언6구	?	—	
鵠鬢囑	5언6구	#3329	희여 검을지라도~	일해376/병가603
老妄歎	5언6구	#2609	조오다가 낙대를 일코~	진청453/병가966
督農課	5언6구	#899	東窓이 불갓느냐~	진청203/병가329, 南九萬
樵子對	5언6구	#2940	楚山에 나무 뷔는 아희~	병가857
月色探	5언6구	#2528	長風이 건듯 부러~	병가36, 孝宗
節操祝	5언6구	#2323	이 몸이 주거 가셔~	진청16/병가63, 成三問

〔도표 6〕 이형상 기타 한역 작품 「가사 2결(歌詞二闋)」

작품	형 식	원시조	초장 첫구	비 고
圃隱歌	5언6구	#2325	이 몸이 주거 주거~	종장 6·5, 진청8/병가52
冶隱歌	장단구	#1478	嚴冬에 뵈 옷 닙고~	진청91 梁應鼎, 병가13

[도표 7] 황윤석(黃胤錫, 1729~1791)「고가신번(古歌新翻) 29장」

작품	형 식	원시조	초장 첫구	비 고
1.	장단구	#2844	淸凉山 六六峯을~	李滉
2.	장단구	#3061	泰山이 놉다ㅎ되~	
3.	장단구	#3123	風波에 놀난 沙工~	
4.	장단구	#2964	秋江에 둘 밝거늘~	
5.	장단구	?	—	
6.	장단구	근화387	잘 시는 플플~	#2495, 鄭澈
7.	장단구	#1097	뭇노라 져 禪師야~	
8.	장단구	?	—	
9.	장단구	#3325	興亡이 有數ㅎ니~	元天錫
10.	장단구	#2566	寂無人 掩重門흔듸~	
11.	장단구	#2323	이 몸이 죽어가셔~	成三問
12.	장단구	#817	大鵬을 칩써잡아~	
13.	장단구	#764	둘 쓰쟈 빈 써나니~	
14.	장단구	병가842	九月九日 黃菊丹楓~	
15.	장단구	#2837	淸溪上 草堂外에~	
16.	장단구	#2458	林泉을 집을 삼고~	
17.	장단구	#2966	秋江에 밤이 드니~	
18.	장단구	#234	功名도 헌신이라~	공명가(?)
19.	장단구	#2701	집 方席 내지마라~	韓護
20.	장단구	#293	구름이 無心튼 말이~	李存吾
21.	장단구	#1212	百川이 東到海ㅎ니~	朱義植
22.	장단구	?	—	
23.	장단구	#2372	伊川에 빈를 쓰여~	
24.	장단구	#2325	이 몸이 죽어 죽어~	鄭夢周
25.	장단구	#546	南薰殿 둘 붉은 밤에~	金尙憲
26.	장단구	?	—	
27.	장단구	#3809	平沙에 落鴈ㅎ고~	趙憲
28.	장단구	#2793	天地는 언제 나며~	
29.	장단구	#3111	風霜이 섯거친 날의~	宋純

〔도표 8〕 황윤석 「속고가신번(續古歌新翻) 14장」

작품	형 식	원시조	초장 첫구	비 고
①	장단구	#1170	百鷗는 片片 大洞江上飛오～	
②	장단구	#2445	一定 百年 산들～	
③	장단구	진청555	靑天에 썻는 기러기 혼 雙～	#2893
④	장단구	#2142	외야도 올타 ᄒ고～	
⑤	장단구	#2918	楚江 漁父들아～	
⑥	장단구	#2397	人生이 可憐ᄒ다～	
⑦	장단구	#1803	十年을 經營ᄒ야～	金長生
⑧	장단구	#1659	瀟湘江 細雨中에～	
⑨	장단구	#1083	물 아레 그림자 지니～	
⑩	장단구	#688	뉘라셔 나 자는 窓밧긔～	
⑪	장단구	？	―	
⑫	장단구	#1730	술아 너는 어니～	
⑬	장단구	#003	가노라 三角山아～	金尙憲
⑭	장단구	#1364	비즌 술 다 먹으니～	

〔도표 9〕 황윤석 기타 시조한역 작품

작품	형 식	원시조	초장 첫구	비 고
美人詞(1)	5언고시	#2762	千萬里 머나먼 길희～	王邦衍
美人詞(2)	7언고시	#2762	千萬里 머나먼 길희～	王邦衍
金生麗水	시조(국문)	#337	金生麗水ㅣ라 흔들～	〈魯陵志〉 게재
翻淸泠浦歌	7언고시	이재난고	淸泠浦 돌불근제～	

〔도표 10〕 홍양호(洪良浩, 1724~1802) 「청구단곡(靑丘短曲)」40수

작품	형 식	원시조	초장 첫구	비 고
日之曙	장단구	#2052	오늘도 다 새거다~	鄭澈
山上去	장단구	#1186	白髮에 섭흘 지고~	
莫燃松	장단구	#2701	집方席 닉지 마라~	韓濩
秋夜永	장단구	#2936	草堂 秋夜月에~	
一日	5언6구	#2421	一刻이 三秋라 ᄒ니~	朱義植
君家酒	장단구	#2474	즈늬 집의 술 익거든~	金堉
天有鱗	장단구	#3286	還上도 타와 잇고~	
靑蒻笠	장단구	#1493	삿갓셰 되롱의 입고~	金宏弼
手把竿	장단구	#2256	六曲은 어듸믜오~	李珥
橋邊衲	6언4구	#1083	물 아레 그림자 지니~	
睡起	장단구	#2609	조오다가 낙대를 일코~	
黃河淸	장단구	#3303	黃河水 맑다더니~	金光煜
門前水	장단구	#2633	珠簾을 반만 것고~	
百花釀	장단구	#700	늙고 病든 몸이~	
溪上釣	장단구	#1606	細버들 柯枝 것거~	金光煜
睡罷	7언4구	#1685	松壇의 션줌 씨야~	金昌翕
裏飯	장단구	#2917	청하에 바블 빗고~	李賢輔
古人	장단구	#187	古人도 날 몯보고~	李滉
一臥	5언4구	#1457	山村에 눈이 오니~	申欽
一片月	장단구	#780	돌이 두렷ᄒ여~	李德馨
山之雲	장단구	#290	구름아 너는 어니~	
百年	장단구	#2393	人生을 혜아리니~	金天澤
風雨	장단구	#1122	바람아 부지을 마라~	
人生	5언6구	#2401	人生이 둘가 솃가~	
淸江月	장단구	#2963	秋江 붉근 돌에~	金光煜
汀洲草	장단구	#1984	漁村의 落照ᄒ고~	
雪晴	장단구	#876	東嶺에 돌 올으고~	金友奎
萬疊山	장단구	#295	구버는 千尋綠水~	李賢輔
鐘聲	장단구	#1321	북소리 들니는 졀이~	
關東	7언4구	#1097	뭇노라 져 禪師야~	
落葉	장단구	#480	落葉이 물발에 지니~	
山有木	장단구	#441	나모도 병이 드니~	鄭澈
靑山裡	장단구	#2858	靑山裡 碧溪水야~	黃眞伊
春風	7언4구	#2982	春山에 눈 노기는~	禹倬

溪邊鷺	장단구	#613	닛マ의 희오라비~		申欽
烏不黑	장단구	#14	가마귀 검거라 말고~		
園中竹	장단구	#674	눈마ㅈ 휘여진 딕를~		元天錫
萬頃波	장단구	#954	ᄆ음아 너는 어이~		
劉伶	장단구	#1742	술이라 ᄒ는 거시~		
男兒	장단구	#830	大丈夫 되여나서~		

〔도표 11〕 신위(申緯, 1769~1845) 「소악부(小樂府)」 40수

작 품	형 식	원시조	초장 첫구	비 고
人月圓	7언절구		금사오죽 모란반초와~	
奉虛言	7언절구	#1405	사랑이 거즛말이~	金尙容
滿庭芳	7언절구	#67	간밤에 부던 ᄇ름~	
宜身至前	7언절구	#544	남ᄒ여 편지 젼치 말고~	
白馬靑娥	7언절구	#1133	白馬는 欲去長嘶ᄒ고~	
梅花訊	7언절구	#1010	梅花 녯 등걸에~	妓眞伊
紅燭淚	7언절구	#1166	窓에 혓는 燭불~	李塏
竹謎	7언절구	#1213	百草를 다 심어도~	
神來路	7언절구		마누라님 어대 가오~	
子規啼前腔	7언절구	#2376	梨花에 月白ᄒ고~	李兆年
子規啼後腔	7언절구	#2469	子規야 우지 마라~	
公莫拂衣	7언절구	#2209	울며 잡은 소ᄆ~	李明漢
秋山淸曉	7언절구	#1683	松間 石室에 가셔~	尹善道
玉斧桂樹	7언절구	#2096	玉도최 돌도최니 무듸던지~	
影波	7언절구	#2968	秋山이 셕양을 씌고~	柳自新
掌中盃	7언절구	#935	드른 말 즉시 닛고~	宋寅
蝴蝶靑山去	7언절구	#445	나븨야 靑山 가즈~	
沒下梢	7언절구	#3253	豪華코 富貴키는~	峯大昇
漁樂	7언절구	#2176	우는 거시 벅국이냐~	
實事求是	7언절구	#3123	風波에 놀닌 沙工~	張晩
醉不願醒	7언절구	#1970	어졔도 亂醉ᄒ고~	信川君
慣看賓	7언절구	#2701	집方席 닉지 마라~	韓護
碧溪水	7언절구	#2858	靑山裡 碧溪水야~	
綠草靑江馬	7언절구	#652	綠草晴江上에~	

祝聖壽	7언절구	#2773	千歲를 누리소셔~	
冶春	7언절구	#3297	黃山谷 도라 드러~	
落花流水	7언절구	#2609	조오다가 낙시되 닐코~	
一杵鍾	7언절구	#1321	북소릭 들니는 결~	
夢踏痕	7언절구	#334	쑴에 든니는 길리~	
枕邊風月冷	7언절구	#3200	흔 히도 열두 달이요~	
攖寧	7언절구	#539	남이 害홀지라도~	
雙玉筋	7언절구	#1212	百川이 東到海ᄒ니~	
春去也	7언절구	#214	곳지 진다 ᄒ고~	
鷗盟	7언절구	#2745	册덥고 窓을 녀니~	
金爐香	7언절구	#375	金爐에 香盡ᄒ고~	
響屧疑	7언절구	#588	내 언제 신이 업셔~	
小桃源	7언절구	#625	그듸 집 어듸메오~	
人生行樂耳	7언절구	#2401	人生이 둘가 셋가~	
十洲佳處	7언절구	#1097	뭇노라 져 禪師야~	
冬之永夜	7언절구	#894	冬至달 기나긴 밤을~	妓眞伊

〔도표 12〕 권용정(權用正, 1801~ ?) 「동구(東謳)」 30수

작품	형 식	원시조	초장 첫구	비 고
1.	7언절구	#1056	무셔리 술이 되야~	
2.	7언절구	#964	萬頃滄波之水에 둥둥 썬는~	교방88
3.	7언절구	가람본	금사오죽 모란반초와~	신위1
5.	7언절구	#445	나뷔야 靑山에 가쟈~	신위17
6.	7언절구	#2858	靑山裡 碧溪水야~	신위23/교방29
7.	7언절구	#1130	바람이 불냐는지~	
8.	7언절구	#1122	바람아 부지을 마라~	
9.	7언절구	#1888	藥山東臺 여지러진 바위~	
10.	7언절구	#1110	바람 광풍아 네 부지 말라~	
11.	7언절구	#764	들 쓰쟈 빗 써나니~	이유원35
12.	7언절구	#1241	벽오동 시믄 뜻은~	
13.	7언절구	근화	待人難 待人難ᄒ니~	교방94(?)
14.	7언절구	#3297	黃山谷 도라드러~	신위26/교방51
15.	7언절구	#2477	자다가 씨야본이~	
17.	7언절구	#2701	집方席 니지 마라~	
19.	7언절구	#117	江湖에 期約을 두고~	교방3/68
20.	7언절구	#769	달붉고 서리친 밤의~	
21.	7언절구	근화	白鷗야 느지 말아~	
22.	7언절구	?	—	
23.	7언절구	#1036	모시를 이리져리 삼아~	교방97
24.	7언절구	#992	믈은 가쟈 울고~	
25.	7언절구	#291	구름은 가건만은~	
26.	7언절구	#2054	오늘도 져무러지게~	교방96
27.	7언절구	#1113	브름도 쉬여 넘는 고기~	교방92
29.	7언절구	#2875	靑石嶺 지나거냐~	
30.	7언절구	#2513	長生術 거즛말이~	교방72/이유원28

※ 4번, 16번, 18번, 28번의 작품은 시조가 아닌 다른 갈래(잡가 등)의 작품을 한역한
   것이므로 표에서 제외하였음.

참고문헌

〔資料〕

金載瓚, 『海石遺稿』, 한국문집총간 259.
金天澤 편, 靑丘永言, 吳璋煥 所藏本: 조선진서간행회, 1948.
南九萬, 『藥泉集』, 한국문집총간 131.
孫八州 편, 『申緯 全集』, 태학사, 1983.
李民宬, 『敬亭集』, 서울대학교 奎章閣(규-5348).
李衡祥, 『瓶窩全書』, 한국정신문화연구원 영인본.
鄭顯奭 編, 成武慶 譯註, 『敎坊歌謠』, 보고사, 2002.
漢文 樂府·詞 資料集, 卷1·3, 계명문화사, 1988.
洪良浩, 『耳溪集』, 서울대 규장각 소장본.
黃胤錫, 『頤齋亂稿』, 한국정신문화연구원 간행본.

國語國文學會 編, 『歌辭選』, 大提閣, 1976.
朴魯春, 「時調漢譯總覽」, 『국어국문학』 62·63 합병호, 국어국문학회, 1973.
朴乙洙, 『韓國時調文學全史』, 成文閣, 1978.
沈載完, 『校本 歷代時調全書』, 세종문화사, 1972.
沈載完, 『時調의 文獻的 硏究』, 세종문화사, 1972.
이용기 편, 『악부』(필사본), 고려대 도서관 소장. [정재호·김흥규·전경욱 주해, 『주
　　　해악부』, 고려대 민족문화연구소, 1972.]

〔論著〕

강명관, 조선후기 여항문학연구, 창작과비평사, 1997.
姜銓燮, 「李基休의 「短歌十九章」에 對하여」, 『한국한문학연구』 16집, 한국한문학회,
　　　1993.
강전섭, 「瓶窩 李衡祥의 漢譯歌曲 小考」, 『국어국문학』 102, 국어국문학회, 1989.

姜惠貞, 「時調의 漢詩 受容 樣相 硏究」, 석사학위논문, 고려대학교, 1995.

고경식·김제현, 『시조·가사론』, 예전, 1988.

고미숙, 『19세기 시조의 예술사적 의미』, 태학사, 1998.

具本赫, 「時調唱 小考: 平時調唱에 對하여」, 『명지어문학』 3, 명지대, 1966.

金大幸, 『韓國詩歌構造硏究』, 三英社, 1976.

金明淳, "時調漢譯歌 硏究", 석사학위논문, 경북대학교, 1988.

김명순, 「時調漢譯의 性格과 意味: 李衡祥의 作品을 中心으로」, 『문학과 언어』 12집, 문학과언어연구회, 1991.

김명순, 「權用正의 <東謳>에 대하여」, 『대동한문학』 8집, 대동한문학회, 1996.

김명순, 「朝鮮後期 時調漢譯의 樣相과 意味」, 『한국한문학연구』 22집, 한국한문학회, 1998.

김명순, 「鄭顯奭의 詩歌 漢譯 樣相 硏究」, 『동방한문학』 19집, 동방한문학회, 2000.

김명순, 「申緯 小樂府의 資料的 檢討」, 『대동한문학』 15집, 대동한문학회, 2001.

金文基·金明淳, 「朝鮮朝 漢譯詩歌의 類型的 特徵과 展開樣相 硏究(I): 類型的 特徵을 中心으로」, 『대동한문학』 7집, 대동한문학회, 1995.

김석회, 「한시 현토형 시조와 시조의 7언절구형 한시화」, 『장르교섭과 그전시가』, 월인, 1999.

김석회, 「시조와 한시의 갈래 교섭 양상에 관한 연구사적 검토」, 청관고전문학회 편, 『고전문학과 교육』 2, 태학사, 2000.

김용찬, 「瓶窩 李衡祥의 <今俗行用歌曲>에 대한 考察」, 『고전문학연구』 10집, 한국고전문학연구회, 1995.

金興圭, 「平時調 終章의 律格·統辭的 定型과 그 機能」, 『어문론집』 19·20합집, 고려대학교, 1977.

박해남, 「時調 漢譯의 背景과 樣相 硏究」, 반교어문학회편, 『조선조시가의 존재양상과 미의식』, 보고사, 1999.

徐首生, 「高麗歌謠의 硏究: 益齋 小樂府에 限하여」, 『경북대학교 논문집』 제5집, 경북대학교, 1962.

성무경, 「『교방가요』를 통해 본 19세기 중·후반 지방의 관변 풍류」, 『시조학논총』 17집, 한국시조학회, 2001.

成範重, 「時調의 漢譯과 그 形象化의 問題: 耳溪 洪良浩의 「靑丘短曲」을 中心으로」, 『울산어문논집』 6, 울산대 국문과, 1990.

孫燦植, 「頤齋 黃胤錫의 時調漢譯의 性格과 意味」, 『어문연구』 30, 충남대 어문연구학회, 1998.

孫八州, 『申緯 硏究』, 태학사, 1983.

신은경, 「申緯 小樂府에 대한 문체론적 연구」, 『한국시가연구』 4집, 한국시가학회,

1998.

沈慶昊, 「조선후기 한시의 자의식적 경향과 해동악부체」, 『한국문화』 2, 서울대학교 한국문화연구소, 1981.

沈在箕, 「時調의 修辭論理에 대하여」, 김완진 외, 『문학과 언어의 만남』, 신구문화사, 1996.

安大會, 「漢詩와 時調 意象의 유형적 특질: 錯覺 모티브를 중심으로」, 『한국한시연구』 2, 한국한시학회, 1994.

柳在泳, 「頤齋 黃胤錫의 木州雜歌에 對한 考察」, 『한국언어문학』 7, 한국언어문학회, 1970.

유재영, 「黃胤錫의 古歌新翻二十九章 및 古歌續新翻十四章에 대하여」, 『국어국문학』 4, 원광대 국문과, 1982.

尹勝俊, 「朝鮮朝 時調漢譯 硏究」, 석사학위논문, 단국대학교, 1991.

尹在根, 『文藝美學』, 고려원, 1979.

李圭虎, 『韓國古典詩學論』, 새문사, 1985.

李東歡, 「朝鮮後期 漢詩에 있어서의 民謠趣向의 擡頭」, 『한국한문학연구』 3·4, 한국한문학연구회, 1979.

이병기, 「시조의 발생과 가곡과의 구분」, 『진단학보』 1, 진단학회, 1934.

李佑成, 「高麗末期의 小樂府: 高麗俗謠와 士大夫 文學」, 『한국한문학연구』 1집, 한국한문학연구회, 1976.

李鍾燦, 「小樂府 試攷」, 『동악어문연구』 창간호, 동국대학교 동악어문학회, 1965.

林仙默, 「時調의 飜譯問題」, 『東洋學』 5집, 단국대 동양학연구소, 1975.

林鍾贊, 『時調文學의 本質』, 대방출판사, 1982.

임형택, 『한국문학사의 논리와 체계』, 창작과비평사, 2002.

정병욱, 『한국고전시가론』, 신구문화사, 1977.

鄭炳昱, 「漢詩의 時調化 方法에 대한 考察」, 『국어국문학』 49·50, 국어국문학회, 1970.

鄭垣杓, 「時調의 漢譯에 대한 考察」, 『홍익어문』 창간호, 홍익대, 1982.

정원표, 「紫霞 申緯의 漢詩 硏究」, 박사학위논문, 서울대학교, 1987.

정원표, 「紫霞 漢詩 硏究 序說」, 석사학위논문, 서울대학교, 1979.

鄭惠媛, 「時調의 意味構造에 관한 分析」, 석사학위논문, 서울대학교, 1970.

조동일, 『한국문학통사』 2·3, 지식산업사, 1983~4.

조윤제, 『조선시가사강』, 박문출판사, 1937.

조해숙, 「시조에 나타난 시간의식과 시적 자아의 관련 양상 연구」, 박사학위논문, 서울대학교, 1999.

陳在敎, 『耳溪 洪良浩 文學 硏究』, 성균관대출판부, 1999.

최강현, 「黃胤錫論」, 韓國時調學會 편, 『續古時調作家論』, 백산출판사, 1990.

崔東元, 『古時調論』, 삼영사, 1980.

崔載南, 『士林의 鄕村生活과 詩歌文學』, 국학자료원, 1997.

호승희, 「한국의 악부논의에 나타난 시가관」, 『이화어문론집』 9집, 이화여대 한국어문
　　　학연구소, 1987.

황면주, 「時調唱의 起源」, 『현대문학』 3-11, 현대문학사, 1957.

黃渭周, 「朝鮮後期 小樂府 硏究」, 석사학위논문, 한국정신문화연구원 부속대학원,
　　　1983.

찾아보기

■ 조해숙(趙海淑)

서울대학교 인문대학 국어국문학과 및 동대학원 졸업
홍익대학교 교육대학원 국어교육과 겸임교수 역임
현재 서울대학교 인문대학 국어국문학과 교수

주요논문
「농부가에 나타난 후기가사의 창작의식과 장르적 성격 변화」(1991)
「義城 金門의 時調 落穗 11首에 대하여」(1994)
「시조에 나타난 시간의식과 시적 자아의 관련 양상 연구」(1999)
「근대전환기 국문시가의 장르적 변환과 근대성: 〈초당문답가〉를 중심으로」(2004)
mernette@hanmail.net

한국시가문학연구총서 ⑤
조선후기 시조한역과 시조사

2005년 9월 10일 초판 1쇄 발행
2006년 9월 15일 초판 2쇄 발행

지은이 조해숙
펴낸이 김흥국
펴낸곳 도서출판 **보고사**

등록   1990년 12월(제6-0429)
주소   서울시 성북구 보문동 7가 11번지
편집부 922-5120~1, 영업부 922-2246, 팩스 922-6990
홈페이지 www.bogosabooks.co.kr
메일   kanapub3@chol.com

ⓒ 조해숙, 2005
ISBN 89-8433-325-5(93810)
정가 15,000원

잘못된 책은 교환하여 드립니다.